U0830730

这座城　那些年

杜晓军　著

燕山大学出版社
2019 · 秦皇岛

图书在版编目（CIP）数据

这座城　那些年/杜晓军 著. -- 秦皇岛：燕山大学出版社，2019.7

ISBN 978-7-81142-835-3

Ⅰ.①这… Ⅱ.①杜… Ⅲ.①中篇小说－中国－当代 Ⅳ.①I247.5

中国版本图书馆CIP数据核字（2019）第148860号

这座城　那些年

杜晓军　著

出 版 人：陈　玉

责任编辑：裴立超　王海平

出版发行：燕山大学出版社 YANSHAN UNIVERSITY PRESS

地　　址：河北省秦皇岛市河北大街西段438号

邮政编码：066004

电　　话：0335-8387555

印　　刷：秦皇岛墨缘彩印有限公司

经　　销：全国新华书店

开　　本：700mm×1000mm 1/16　　印　　张：17.25　　字　　数：255千字

版　　次：2019年7月第1版　　印　　次：2019年7月第1次印刷

书　　号：ISBN 978-7-81142-835-3

定　　价：66.00元

版权所有　侵权必究

如发生印刷、装订质量问题，读者可与出版社联系调换

联系电话：0335-8387718

序

1600万平方米，是可以炫耀的数字，是一座城的某些建筑面积。可它又是让人无法启齿而又不能不提的数字，因为它是违法建筑，它横冲直撞，把一座原本漂亮的城市搞得遍体鳞伤。

秦皇岛是座美丽的海滨城市，山海关、北戴河天下闻名。每年旅游者络绎不绝，怎样才能成为国际旅游都市是市委、市政府奋斗的目标，怎样尽快实现这一目标是政府的不懈追求。

拆了违法建筑，秦皇岛离国际旅游都市的路尚且很长；不拆违法建筑，实现秦皇岛国际旅游都市更无从谈起，所以拆“双违”是秦皇岛作为旅游城市发展的首要前提，是政府工作的必然，而且完成这项工作越快越好，拆得越干净越好。

冰冻三尺，非一日之寒，这种城市顽疾的存在有其深刻的历史渊源，时间长了，人们逐渐把这个非法利益当成了既得利益，把侵权当成了权利。1600万平方米的违法建筑牵涉到成千上万人的利益，利益博弈是最激烈的博弈，这是一次政府执政能力的考验。怎样才能既实现预期目标又保障稳定，考验着执政者的智慧。

秦皇岛市委、市政府在拆“双违”问题上思想高度统一，全市上下齐心协力，层层签订责任状，奖罚分明，严抓落实，在短短两年时间里实现了秦皇岛“双违”台账清零，比原计划三年时间的既定目标提前了一年。

对违法建筑无偿拆除，一把尺子量到底是这次“双违”整治的原则。法律是道德的底线，公平、公正、公开也是人们的呼唤。这满满正能量的执法逐渐破解了人们的猜疑、不理解、抵触。人们逐渐懂得了法制社会的内涵，也懂得了法律就是高压线，任何人都不能触碰。

秦皇岛市委、市政府要求拆违干部要走遍千家万户，历尽千辛万苦，说尽千言万语；硬着头皮，磨破嘴皮，跑碎脚皮。这种“三千三皮”成了拆违干部的精神，广泛地立体宣传培育着社会的正能量。

不允许拆小不拆大、不允许拆软不拆硬、不允许拆明不拆暗、不允许拆民不拆官的“四个不允许”，让人信服，深得民心，这种浩然正气的作风成了维稳的基石。这是秦皇岛用这么短的时间拆了那么大体量的违法建筑，触及那么多人的利益却又让全市人民拍手称快的法宝。

规划先行，即拆即建，后期维护，秦皇岛的整体价值在提升，市民分得了红利，市民的幸福指数在提高，创造了真正的和谐。

正如住建部专家总结的那样：“‘快、公、责、美、制’五字真经，无偿拆除定标尺，先难后易破困局，拆规建管换新颜的秦皇岛拆违模式值得推广。”

我们秦皇岛来了一次彻底大扫除，不只在环境上也是在心灵上，我们已经准备好了，天下的游客们，你们准备好了吗？

2019年5月10日

内 容 提 要

市委书记曾雁来通过深度暗访，发现了这座城的“疮疤”。

市长金海东从唯GDP情结中挣脱出来，和书记联手打造这座城的未来。

贾文海这个“小人物”的“大能量”，让市长和副区长背个处分。

李旭天被重用后独闯龙门阵，铲平霸王楼，把生孩子理论用于治理这座城的“疮疤”，惊天动地。

海老、豪叔、翟彪、三雕、三凤、二驴子等人，把非法利益当成了既得利益，把侵权当成了权利，汽油桶、煤气罐、粑粑雷、人体盾牌、美色诱惑等等无所不用，来对抗政府治理“疮疤”的行动。

本书人物和部分故事情节为虚构，如有雷同，纯属巧合。

目录 Contents

第一章　深度暗访

曾雁来不是第一次来到渤海市，以前陪省里领导考察过，陪家人旅游过，7年前也在此工作过。但这次与上几次心情不同，如果说以前来，他对于渤海市只是个局外人的话，那这次他真的变成了局内人，而且他不光是个局内人，他还成了“下棋”的人，他的命运和渤海市紧紧地联系到了一起，渤海市的命运也和他紧紧地联系到了一起。接到省委组织部的任命，他将出任渤海市市委书记。

“凤山书记，我就不明白了，渤海市有那么得天独厚的自然优势，为什么每年的国内旅游人数在增加，而国外来旅游的人数在减少？这不合乎常理嘛！”曾雁来原本做过省委凤山书记的秘书，后调任省政策研究室主任，凤山书记在他眼里是位领导，更确切地说是个值得尊重的长辈。

凤山书记放下文件，把眼镜往下移了移，眼睛直视着曾雁来，“你不觉得这句话是我应该问你的吗？你给省委写的《关于渤海市城市经济发展定位的报告》我看过了，你不把外国游客鼓捣过来500万人到渤海市，你就别给我回来，我说的是每年。”

“压力山大，给我一个礼拜的假，我要换换脑筋。”曾雁来皱了皱眉，像个孩子似的两手一摊，双肩往上一耸。

“你小子魂飞到渤海了吧？我现在就给你假，但是别影响手头工作的交接。”凤山书记当然了解他这个得力下属想要干什么。做他秘书时每次他到下边去调研，曾雁来准是先他几天到，打个出租车，带着记事本、录音笔、照相机，最后搞得下边汇报的领导都很被动。

曾雁来是个急性子，这一点凤山书记当然了解。在省委大院，对渤海市了解最深的应该就是他，他给省委写的《关于渤海市城市经济发展定位的报告》是经过深思熟虑的。曾雁来觉得从研究的角度是可以的，但一旦变成了一个实施者，他还是觉得不踏实。曾雁来曾在渤海市工作过，但毕竟那是7年前的事了，对于渤海市在省委大院他是最接地气的一个人，可在渤海市曾雁来觉得自己是最不接地气的一个人。

渤海市是我国首批沿海开放城市之一，也是我国著名的旅游度假胜地，拥有天然不冻港和长城、百里金沙滩、祖山等良好的旅游资源。渤海市长期以来依港兴市，渤海港是我国最大的煤炭输出港，由于货品单一，近年来港口开始遇到发展困境，培育新的经济增长点，让渤海市实现经济转型刻不容缓。

火车驶入渤海站。曾雁来背起背包随人群下了车，刚出车厢，一阵清凉舒爽的风袭来，驱散了燥热，只觉得心旷神怡。曾雁来深吸一口气，心想：不愧是避暑胜地，虽说九月份了，别的地方还像蒸笼一样，这里虽然也热，但风是凉爽的。

出了火车站，曾雁来站在广场上，一眼望去，左前方与周围的建筑格格不入。低矮杂乱的房屋映入眼帘，站前村还没改造完毕？曾雁来确实有点惊讶。因为以前来渤海市时，他就觉得火车站前这个城中村是个特煞风景的地方。火车站是城市的脸面，而这个村又确确实实给这个城市光彩华丽的脸上贴了块狗皮膏药。几年前他陪领导来考察，当时的区委书记就介绍过，三年的时间让站前村大变样。眼下看真是变了，可是是越变越破了。

站前村有600多年的历史，过去曾是沟通华北和东北的陆路必经之地，地理位置尤为重要，自古以来一直是交通要道。1984年，新渤海市火车站建成，站前村这个片区地理位置就更加重要，扼守铁路、公路、市内公共交通要塞，成为重要的交通枢纽。改革开放以来，由于站前村的地理位置优越，许多村民依托自家的住宅，搞起了“庭院经济”，开旅馆、经营饭店、出租房屋……

城中村向来是阻碍城市发展的重要因素之一，城中村改造也是每个城市发展的必经之路。渤海市作为旅游城市，火车站及附近的区域是这座城市的门面，渤海市要以“最美丽的方式”向游客打开大门，就必须对周围的环境及现存的城中村进行治理改造，曾雁来皱着眉头在深刻地思考着。

“大兄弟，皱着眉，这是琢磨啥呢？来渤海市旅游吗？找到地方住了吗？没找到地方来我家旅店吧，干净、卫生、便宜，就在附近。”

曾雁来扭头看去，一个大约五十岁的妇女，站在离他半米远的地方，正在热情地盯着他。

曾雁来微笑着说：“大姐，你家开旅店吗？在什么地方？”

妇女道：“是咱自己的房子搞的家庭旅店，就在前面的站前村里，也就五六百米远。”

曾雁来问道：“就前面那个村？我可以先去看看，不过事先说好，要是不干净卫生，我可不住啊！”以往曾雁来肯定会婉言拒绝这种城中村的旅店，但这次他来渤海市不是旅游，是肩负着使命和责任，同时他也想深入了解一下站前村的有关情况，如果住宿环境还凑合就先住下，方便在村里走走看看。

“放心吧，大姐不会骗人，不满意你立马就走。”妇女很有自信地说着，便领着曾雁来向站前村走去。

“大兄弟，你是干啥的？看上去斯斯文文的像个领导的样子。”妇女边走边好奇地问。

曾雁来也正在想以什么样的身份才能通过她更详细地了解一下村里的情况呢，他微笑着答道：“我正在着手写一部关于城中村的小说，正好你家店在城中村，想去了解一下，收集一下素材。”

这妇女惊讶地看着曾雁来说：“我说呢，体验生活对吧？那这样你住我家店就对了，大姐还没接待过写小说的呢，也给大姐一个机会，房费给你打九折。大姐是实在人，你看了房间就知道了，大姐家的店不比那些连锁酒店差，又干净，又卫生，包您满意。对了，大兄弟怎么称呼？”

曾雁来说：“我姓曾，大姐贵姓？”

“我叫谢春花，就是站前村人。你是写小说的，那我叫你曾作家吧。”谢春花说。

两个人边聊着天，边穿过迎宾路。站前村位于迎宾路的东侧，这条路因为连接着火车站，所以路面宽阔平坦，可以并排过去四辆汽车，用来分开来往车辆的隔离带中开满了白色、蓝色的小花，还有金色眼睛的紫罗兰，小小的带着淡淡的粉色。马路两边有船帆型的路灯，路灯两旁两排高大茂密的白杨树整齐地排列着，光影透过碧绿的杨树叶，星星点点地洒落在干净宽阔的街道上，一阵阵凉风吹过，窸窸窣窣，摇曳着掉落的斑影。下了火车走在这样的道路上，真有种贵宾被渤海市迎接的感觉，这也可能是取名迎宾路的原因吧。

穿过迎宾路，就到了站前村。路旁有一排二层、三层的小楼，这些楼房大部分都在经营饭店生意，有海鲜大排档、家常菜馆、烧烤……虽然过了饭点，饭店里还是有好多人在吃饭聊天，非常红火。

曾雁来四周观看着，问道：“生意不错啊，这点了还这么多人吃饭？”

谢春花热情地说：“可不嘛，这儿靠近火车站又是旅游旺季，旅游的人多，来火车站的人饿了都会来这儿吃点饭，这地儿到了晚上更热闹。”

曾雁来跟着谢春花从一条狭窄的小路进去，七拐八转地向前走了估计有一二百米远，往右一转，看到一座三层的小楼，谢春花指着小楼说：“曾作家，这就是我家旅店。”

曾雁来抬头望去，小楼外面牌子上写着“春花旅店”。这幸好是白天，要是晚上进来，绝对找不到出去的路。

曾雁来看着招牌问道：“春花旅店？用自己名字命的名？”

谢春花不好意思地说：“是啊，我没啥文化，也不会起好听的名字，干脆用自己名字得了。”

曾雁来说：“这旅店名字很好啊，显得很亲切。”

走进旅店一楼，左边摆着几个沙发，中间有一张接待桌，上面摆着一台电脑。接待桌后面坐着一个女孩，谢春花笑着说：“这是我堂侄女，不好好上学，让她过来帮忙收个钱啥的。”

说着话，谢春花带着曾雁来走向二楼，打开 208 房间说：“曾作家，看看房间，还算满意吧？”

走进房间，面积虽然不大，但还算整洁，空调、电视也都有。曾雁来点点头说：“还行，那就先住一晚吧。”

谢春花开心地说：“好嘞！我先下去，有事您喊我。”

曾雁来简单洗漱了一下，然后打算去村里转转。谢春花看到曾雁来下楼，说：“曾作家，出去走走吗？村里的路大部分是土路，不好走，您小心点，别走太远，不熟悉俺村地形的人容易迷路。”

曾雁来边往外走边说：“屋子里有些闷，我去村里面走走看看。”

出了春花旅店，曾雁来顺着一条不足一米宽的小巷走着。这个季节的午后是慵懒的，人们也仿佛会了意，路上竟然没有一个人，只有几只小狗在墙角处睡着懒觉。曾雁来的心思可没放在这些上面，他的眼睛始终观察着小巷两侧的房屋和卫生环境。

站前村的建筑绝对将土地空间利用到了极致，想方设法地将每一处可利用的空间拓展成房屋，每户人家基本上都没有了院子。更多的人家在原有房屋上又加盖一层、两层，还有的在房屋上搭建了彩钢房。房与房之间横七竖八地拉着很多电线和铁丝，铁丝上面又挂满了衣服，这要是着火后果不堪设想，曾雁来感叹着。

村里的环境卫生也非常恶劣，小巷隔一段距离就有一处露天的垃圾池，可能是处理不及时又赶上这个季节，垃圾散发着阵阵令人作呕的臭味，小巷的两侧也飘满了垃圾袋、食品袋等垃圾。曾雁来捂着鼻子想：这卫生条件也太差了，城市不城市农村不农村的，乡下的哪个村也找不到这么差的环境！

曾雁来顺着这条像迷宫一样的路走了一段，想起谢春花的话，别真迷路了，想到这便转身往回走去。

到了旅店，在二楼走廊，看到谢春花正在收拾着 207 客房，曾雁来站在外面感慨道：“我刚才在你们村里走了一段，体会到了什么是一米阳光了，也感觉到蓝天白云的可贵！你们村的房屋建设得非常乱，而且密度也太大了，不仅影响你们的居住，还存在很多安全隐患。村里的基础设施也不健全，环境也很差，这么多年政府没有想对这里实施改造吗？”

谢春花看了一眼曾雁来说：“呦，回来了？不愧是作家，说话还真有诗意。咋没有啊，有过六七次拆迁呢，都没有拆成。”

曾雁来疑惑地问道：“是什么原因啊？”

谢春花说：“啥原因，你看俺村这地理位置，绝对是寸土寸金的地儿，我家是稍微靠里点，那些临街的自己盖个三四层的小楼搞出租，哪年不得有个四五十万的收入，这些用自己房子搞经营的谁愿意拆迁啊！”

曾雁来说：“自己盖个三四层的小楼，如果未经政府有关部门批准，这些应该属于违法建筑吧？”

谢春花停住手上的活，看了曾雁来一眼，说：“啥违法建筑，我这三层小楼就是自己盖的，在自己家的宅基地里盖房咋能算违法？”

曾雁来也没有跟她争辩，又问道：“咱们村这种情况多吗？”

谢春花认为他是想收集些素材，也没多想，说：“农村不都这样嘛，我家还算好，你看临迎宾路的那些房子了吧，有些是在村里的公共土地上盖的，那些房子的主人，是有背景的人物，他们都还在经营，我这儿怕啥？”

曾雁来只是点了点头未予置评，谢春花继续说着：“你看到村里那些狭窄的道路了吧，为啥那么窄，两边的住户哪家没有侵街占道的，这种事情多了。谁不想占点便宜，占便宜要是不积极都是脑子有问题，你说是不是？”

曾雁来对谢春花笑了笑，接着问道：“城中村改造不成的原因，是不是也和这些违法建筑有点关系？”

谢春花放下手里的活，直起了腰，说：“那是，占村里公共土地建房的我们不管政府怎么认定，我们建的房子说是按违建不给补偿，那谁干啊，别说不给，给少了都没人干，这补偿多少钱谈不拢，你说政府能拆得了吗？”

曾雁来看了看手表，快到六点了，就说：“到了晚饭点了，还真有点饿了，我出去吃点饭，明天早起还有事。”

谢春花说：“好的，回来早点休息。”

曾雁来出去找了一家面馆，点了一碗牛肉面，边吃面条边想着在站前村看到的一些问题。吃完面，曾雁来回到房间洗了个澡，去村里走了一圈搞得他也不敢开窗户了，海风虽然凉爽，但夹杂着臭味，他索性打开空调，然后进入了梦乡。

“何宝赢，你家着火了！”曾雁来被叫喊声惊醒。

“嘭嘭嘭”，突然一阵急促的敲门声，“着火了，赶紧穿上衣服快点出来。”谢春花也焦急地喊着。

曾雁来一听着火了，外面又非常嘈杂，赶紧穿上衣服跑出房间。谢春花正在挨个敲着房门，让住客赶紧到街上去。春花旅店的后面一条街有浓烟冒出，一个五十多岁的男人拿着根木棍敲打着铁盆，在冒烟的房子外面高喊着：“何宝赢，你家着火了，赶快把人都叫起来！”

第一时间发现着火的就是这个人，他名字叫孙德旺，他在这座着火房子对面的一间临街的老房子里开了一家特色烧烤店，这店经营有十几年了，这个季节营业要到凌晨一两点钟。正是因为孙德旺的店要营业到后半夜，所以才及时发现火情，让房屋里的人们幸运地躲过一劫。

送走最后一批客人，孙德旺看了一下表，凌晨一点了，他收拾了一下东西，准备把垃圾倒在垃圾池，然后关门睡觉。就在出门倒垃圾的时候，借着月光他发现何宝赢家有烟冒出，那时还没有火苗。因为经营饭店，对于防火的事情特别上心，他还专门在网上学习过预防火灾的相关知识。

看到有烟冒出，孙德旺快速反应判断出何宝赢家着火了，虽然还没看到火苗，但烟越来越大，随时可能烧起来。他赶紧扔下手里的垃圾桶，一边打报警电话，一边向何宝赢家的院子跑过去，呼喊：“何宝赢你家着火了，着火了！”

着火的院子是何宝赢家的，他在自己家的院子和房子上面搭建了十几间彩钢房搞出租，为了保温在彩钢内部加了一层泡沫，每间房大概十几平方米，每间房月租金二三百元。为了多挣点钱，他院子里就留了个人能过去的道，只要有点空地都盖起了房子。

何宝赢和家里的租客在睡梦中被孙德旺的呼喊声惊醒。一看可不是嘛！西侧的房屋正冒着烟，也顾不上哪个房间着的火了，何宝赢赶紧叫着租客先往外跑，租客有的拿了点值钱的东西，有的啥也顾不上拿，有的甚至连衣服都没穿好就往外跑。这时院子里有了火苗，人们在外面呼喊着“烧起来了”。

曾雁来看到火苗已经起来，此时从院子里也跑出来了不少人，他问身边的谢春花：“这房子是谁的？”

谢春花指着人群中的一个人说：“何宝赢的。”

曾雁来赶紧上前焦急地向何宝赢问道：“院子里的人都出来了吗？”

曾雁来这么一问，何宝赢从慌乱中醒过神来，老李、老张、小杨，何宝赢喊着租客的名字，清点着人数。突然惊呼：“不好，张萌和她女儿还没出来！”

张萌夫妻两个是关外人，带着一个五岁的女儿在渤海市打工，一家三口租住在何宝赢家，今天晚上张萌的丈夫王路上夜班，张萌在家独自带着孩子。

曾雁来想到人在里面多待一秒钟就多一分危险，这时周围已经聚集了不少被惊醒的人，曾雁来高声说道：“去几个人到路口接消防车，给消防员带路，剩下的人赶快回家拿能盛水的家伙什儿，接力端水向着火的地方泼水，减缓火势蔓延，等待消防车救援，但大家一定要注意安全。”

曾雁来又高声地问道：“谁家院子里有水井？”

“我家里有，离何宝赢家也近。”孙德旺举起手高声说着。因为开饭店方便用水，孙德旺自己打了一口井，没想到今天派上了用场。

曾雁来说：“太好了，大家去他家打水救火。”人们按照曾雁来的安排，有人去了村子的路口接消防车，现场的人回家拿脸盆、水桶过来救火。

谢春花也因为挨着何宝赢家，怕火势蔓延到自己家，带着几个人尽可能地把客房里的易燃的东西往外搬。

曾雁来对何宝赢说道：“这火着起来了，靠人力打水、泼水肯定是扑不灭院子里的火，只能稍微减缓一下火势蔓延。所以我们得立刻进去救张萌和孩子。你前面带路，你熟悉张萌她们的房间位置和院子里的情况，进去后你先告诉我她们房间的位置，然后你赶紧去把自己院里的电断了，断完赶紧过来支援我。”

何宝赢说：“好的，好的，我知道了！”何宝赢心里明白，损失点财物没啥事，可别出人命，要是出了人命，自己肯定要摊上官司的。

这时，急促的消防车警笛声越来越清晰，消防车应该是到了路口。

多争取一秒钟，就有可能挽救两条生命。曾雁来和何宝赢一人拿了两条蘸了水的毛巾，捂住鼻子向院子里跑去。进了院子，交织的电线和彩钢房已经烧起来了，浓烟更多了，何宝赢向曾雁来指了一下张萌房间的位置，自己飞速过去切断电源。

曾雁来向何宝赢指的方向跑过去，喊着：“张萌，张萌，你在里面吗？”在夹杂着噼啪、噼啪的燃烧声中，有个女人哭喊着：“我在这里，门打不开了，还非常烫，快点救我女儿。”

这时，房子的屋顶已经开始起火，情况十分危急。曾雁来喊道：“张萌，门是往里面开的吗？”

“是的，往里开的。”

“你们离门远一点，我踹门啦！”曾雁来抬腿用力向门上踹了一脚，砰！门应声而开，情急之下人发出的力量让曾雁来都感到惊讶。

曾雁来迅速跑进屋子，丢给张萌一条毛巾，另一条护在孩子的鼻子上，抱起小女孩说：“火势越来越大，快点跑。”

这时何宝赢也断完电过来，曾雁来喊道：“赶紧往院外跑！”

大家看到曾雁来他们出来了，高喊着：“好样的！”曾雁来转身把孩子送到张萌怀里，看了一下母女俩，问：“有没有受伤？”

张萌抱着女儿激动地说：“谢谢啊，您救了我们一命。”她仔细地摸了摸女儿说：“没事，都没啥大事。”

何宝赢看到人都救了出来，也没啥事，紧张的神经一放松，瘫坐在地上，开始有心情关心自己的房子了，“完了，完了，辛辛苦苦挣点钱，一把火全没了。”

“何宝赢你往好处想想，你院里的人都逃出来了，已经算是不幸中的万幸了。”有人劝解说。

这个时候，去路口给消防车领路的人带着消防员往现场走来，老远就听他喊：“糟糕了，消防车进不来，咱们村里的路都被房子挤没了，根本进不来，消防员跟着进来看看情况。”

消防员问道：“里面没有人员了吧？有谁知道详细情况？”

曾雁来上前回应：“已确认没有人了，我们刚从院子里把最后两个人救出来，现在火势已经越来越大了，你们看看赶紧想个灭火的方案。”

消防员迅速地查看火情说：“不行啊，照这样下去，非出大问题不可，赶紧让周围的群众撤离。消防车进不来，我们只能在消防车能覆盖的区域喷水，防止火势蔓延，够不到的地方只能看着燃烧了。”

一听消防员这样说，何宝赢家周围的居民害怕起来，说道：“消防同志，别啊，赶紧想想办法啊，这一烧就是我们一辈子的积蓄啊，一辈子都完了。”

人们焦急地议论着，有的准备赶紧回家把值钱的东西搬出来，有的埋怨地骂着：“以前拆迁的时候，你们狮子大张口要钱，要是早早拆了，哪里会遇到这事，这下好了，一把火给烧光了。”

这时曾雁来好像突然想到了什么，立即向消防员说：“他家有口井，不知道能不能派上用场？”

消防员惊喜地说：“真的？太好了，太好了，当然能派上用场，还能派上大用场，小杨你带两个人赶紧拿来泵和喷枪。”

“收到，吴队。”

曾雁来急切地问：“吴队，这样是不是就能把火扑灭了？”

“有很大的希望，你这条消息能挽回很多的财产损失。”吴队握着曾雁来的手感激地说。

小杨和另外两个消防员拿来水泵，放到孙德旺家水井上通上电，试了一下水压后说：“吴队，水压还算理想，应该可以扑灭。”

三个喷枪喷出的强大水流宛若三条巨龙一样，扑向火点。很快，强势的火焰被遏制住了，不到半个小时，火势被完全控制，也未蔓延到其他房屋，消防员检查现场再无复燃的可能性后，才放心收拾器械收队了。

“虽然何宝赢家烧毁了大部分房屋遭受了不少损失，但幸运的是孙德旺及时发现了火情，曾作家亲自入火场救人，不然很可能就出人命了，大家的房子也会受到波及。”周围的人们在议论着。

折腾了近两个小时，看见火灭了，大家都各自回家休息。何宝赢家的租客暂时住进了春花旅店，等到天亮再想其他办法。经历了凌晨的火灾，站前村的村民都很担忧，电线到处乱搭，房屋私搭乱建，道路狭窄消防车进不来，这是发现得及时，这要是发现得晚点，火着大了，跑都跑不出去。越想越后怕，有些人一回家就把自己家的电线、电器什么的通通排查了一遍，看看有没有线路老化。院子里摆放得杂七杂八的东西也都整理了一下，担心自己住的地方再起了火。

曾雁来回到春花旅店收拾了收拾东西，经历了凌晨这一幕，曾雁来对城中村存在的问题有了更深刻的了解，城中村存在的违法建筑不仅仅影响城市形象，还是制约城市发展的绊脚石，也为这个城市带来了诸多的不安全因素。

站前村违法建筑只是渤海市的一个缩影，渤海市的其他区域肯定也存在同样的问题。渤海市拥有得天独厚的旅游资源，渤海市要实现转型，培育新的经济增长点，解决季节性旅游难题，就要利用自身优势促进渤海市旅游业转型升级，要由观光旅游向休闲度假、体验参与深度旅游延伸，这也符合国家发展旅游业的整体规划。曾雁来在想着渤海市的整体布局，就是要把渤海市打造成国际一流的旅游城市，但现在他面对的第一个问题就是渤海市违法建筑这个顽疾必须要得到根治。

“昨晚没睡好吧，曾作家？”曾雁来没有睡懒觉的习惯，多年来他的生物钟定到 5 点起床，雷打不动。

“确实没睡好，你们这儿总着火吧？”曾雁来揉了揉眼睛。

“您看还是作家聪明，这房子上蜘蛛网一样的电线，一年不着几次火才怪呢！”谢春花倒不以为然，“只是凌晨这场大火也确实挺吓人的，话说回来我还真得谢谢您，要不是您冷静指挥，说不准我家也跟着遭殃了呢。”

曾雁来笑了笑说：“情急之下本能的反应，或许是我经历的事情多点，才没那么慌乱。”

“有惊无险，我说曾作家，今天您去找个景点放松一下吧，我们这儿有全国独有的百里金沙滩，有世界闻名的观鸟胜地，有名震华北的祖山……”谢春花眉飞色舞，如数家珍，最后说了一句：“我丈夫是开出租的，他绝对是渤海市的活地图。”

“大姐，渤海市内还有像这样脏、乱、差的村吗？”曾雁来若有所思。

“我说大兄弟啊，您说这话大姐可就不爱听了，我们村多好啊，哪儿脏、乱、差了，不比那龙头村，还有那凤凰村强多了？”

“对、对、对，那我就去看看龙头村、凤凰村，叫上你家大哥，我们现在就走。”曾雁来打断谢春花的话，困意全无。

谢春花摇了摇头，“我说您这个曾作家，别人到渤海市来旅游都往好地方看，你专拣破地方转，您真是，您真是，……（小声）病得不轻唉。这一趟回来您可要浪费姐姐家的洗澡水了，我不心疼您也心疼我家的爱车呀。”

按照省委组织部通知，周一上午 8 点半曾雁来书记到渤海市报到。渤海市市长金海东，其他市委常委和政府领导 8 点在市委 5 号楼一楼大门外集合，准备迎接新书记。

金海东了解曾雁来的脾气秉性，他通知所有人 8 点前必须集合完毕。他说曾书记肯定 8 点就到，他最了解他的这个老搭档。

8 点整，一辆车稳稳地停在市委 5 号楼楼前，金海东率领一行人迎了上去，从车上下来的却是市委书记的秘书路远。路远跟了曾雁来十年，渤海市主要领导跟路远都不陌生。

“小路，你好！”金海东边跟路远打招呼，眼睛边瞄向车里。

路远诧异地看着金海东，“金市长，是来接书记的吧！曾书记一周前就来渤海了，你们还没见面？”

这时路远的电话响了，是曾雁来打来的，“路远，你见到金市长了吧？就说我让他到凤凰村来一下，你也过来，对了，别西装革履的，穿个运动装，关键是穿靴子过来，给我也带一双。”

第二章　纵 横 棋 局

凤凰村的村街由柏油路和土路交错组成，昨夜一场大雨把本身就是遍体鳞伤的凤凰村打得更是狼狈不堪。那原本是水泥的路段也满是泥浆，这个村的雨水排放配套设施极不完善，有的路段高些尚好，尤其那些低洼的路段，雨水、淤泥甚至大粪汤搅在一起。

“雁来，你还是那个脾气，到渤海市一周了也不告诉我，不把我当老朋友了？怎么也得让你嫂子给我们弄几个下酒菜呀！”金海东用嗔怪的目光看了看曾雁来。

“海东啊，我着急呀！”还没等曾雁来再往下说，金海东打断曾雁来的话说：“你看看，你看看，都让凤山书记给猜对了。”

“是不是老爷子又跟你说我啥坏话了？”曾雁来看了看金海东。

“是说你坏话了，就是让我看着你的急脾气。”两个人相视大笑起来。

“海东啊，我离开渤海市7年，转了一周也算是补补作业，我有个提议，咱们市委常委和主要领导首先要走遍渤海市，要把大街小巷走遍，尤其要把最差的地方走遍，要不我们没有发言权啊！”曾雁来盯着臭水沟，好像在臭水沟中寻找着什么。

“好啊，雁来，要走遍最差的地方这个提议好，我马上落实。”金海东看着曾雁来，似乎在询问，还有什么指示。

“海东啊，我还要请你帮我个忙。”金海东再次打断曾雁来的话：“你是书记，是管市长的，别跟我婆婆妈妈的，有事尽管说。”

“不过这事需要你的理解，半年内，我要到政府相关部门做调研，你要给我授权啊！”曾雁来看着金海东说。

“我马上安排，不过你说错了，不是半年，是随时，是永远，只要对渤海市有好处，我金海东鼎力支持。”两个人的手紧紧握在了一起。

曾书记的办公室多了三样东西，雨鞋、雨伞、运动服。这是他从金海东那“化缘”化来的。他安排秘书路远把所有关于渤海市的负面资料都找到，他要把那些伤口都撕开，再往伤口上撒些盐。

“啪”，曾雁来重重地拍了一下办公桌，站了起来，走到窗前。

路远在外间听到屋里的响声，轻轻地推开书记办公室的门，拿起书记的水杯在饮水机上加了些水。在把水杯放回办公桌的时候，瞥见桌子上的《国家旅游局通报》。

初秋的阳光透过玻璃窗照在曾雁来的身上，他双手叉在腰间。

路远轻轻地退到门口，刚想转身走出书记办公室。

“打电话给陆远庭，让他在驻兵关等我。”曾雁来并未转身地说道。

路远一边往外间走，一边掏出手机找出龙头区区委书记陆远庭的电话号码，拨了过去。

“您好，路秘书。”陆远庭当然知道这位市委一秘的电话号码的。

“您好，陆书记。曾书记让您在驻兵关等他。”

“什么事呀？透露一下呗。”

“到了您就知道了。”曾书记虽然没说去干什么，但是路远也猜到个大概。

路远又打电话给司机小刘，让他在楼下等着。

曾雁来拉开自己办公室的门，走了出来。

“走吧。”

路远赶紧收起手机，拿起公文包，跟着曾雁来乘电梯来到楼下。

路远紧走几步，拉开等在楼下的市委一号车的后车门。看着曾雁来坐了进去，他关好车门。

路远坐在副驾驶的位置，侧身对小刘说："去驻兵关。"

市委一号车融入到午后街道里的车流中。路远从后视镜看了一眼后座上的曾雁来，又把目光转向前方。

曾雁来微闭着眼睛，双手合抱在胸前。

一号车很快驶到驻兵关的城楼前。

陆远庭看见一号车开过来，赶紧向前小跑几步，车刚停稳，还没等路远下车，他就打开了后面的车门。

"曾书记您来了！"陆远庭弯着腰对着还坐在车里的曾雁来说道。

曾雁来没有说话，抬脚伸腿跨出车外。他抬头凝视着眼前的城楼。

1987年，驻兵关作为明长城东端的起点，就跻身"世界文化遗产名录"之列，可谓"出身不凡"。从2003年开始，政府开始大规模修复驻兵关，当时耗费了20亿元。2007年的时候，旅游景区开始了等级评定，拥有深厚底蕴的驻兵关景区毫无疑问地成为首批国家5A级景区。当时同期入选的还有北京故宫博物院、西安兵马俑、杭州西湖等国内顶级旅游景区。

在古时候，驻兵关是很有名的防御建筑。最开始建设的初衷，就是为了抵御外族的攻击，保卫华夏土地不受侵害，用这坚固的建筑对抗恶势力。

这里凝聚了华夏古长城的精华，也有着"天下第一关"的称号。

天下第一关城楼，耸立长城之上，雄视四野。

站在曾雁来身后的陆远庭和路远两个人，谁也不敢说话。陆远庭扭头望向路远，投出询问的目光。路远看了陆远庭一眼，同时摆出了"摘牌"的口型，陆远庭后背的汗就下来了。

"天下第一关"的金字匾额，被下午的阳光照射得异常发亮。但这块匾额据说是仿制的，真匾在日本侵华时被抢运到了日本。

自从旅游景区开展A级评定十几年来，对5A级景区最严厉的处罚是严重警告。今年，国家旅游局启动对既有星级资质景区的暗访，第一次暗访便对龙头景区作出最严厉的处罚。

驻兵关是第一个被取消5A级资格的景点。

曾雁来回头看了陆远庭一眼，用手指着城楼上的匾额，“老祖宗给我们留下个天下第一，今天你又来个‘第一’，你这是要光宗耀祖呀！”说完，曾雁来大步向城楼走去。

陆远庭低着头，满脸通红，鬓角的汗都下来了。看见曾雁来往城楼上走，陆远庭和路远都紧跟在后面。

登上城楼二楼，可俯视驻兵关城全貌及关外的原野。北望，遥见角山长城的雄姿；南边的大海也朦胧可见。天下第一关城楼南北，还有靖边楼、牧营楼和临闾楼等建筑。

全龙头区有四座主要城门，并有多种古代的防御建筑，是一座防御体系比较完整的城关，有“天下第一关”之称。以威武雄壮的“天下第一关”箭楼为主体，辅以靖边楼、临闾楼、牧营楼、威远堂、瓮城、东罗城等长城建筑，展示了中国古代城防建筑风格。龙头区拥有的这座文化古城，明代城墙、建筑基本完好，主要街道和小巷大部分保留原样，特别是保存众多的一批四合院民居使得古城更加典雅古朴，古城最为增色的是关城东门。

漫步在万里长城之上，会使你感受到我们祖先的伟大和华夏子孙的非凡智慧。

一阵微风吹过，站在垛口前的曾雁来转身对陆远庭说道：“你来闻闻，这味道真是最原始、最正宗的。”

陆远庭又一次低下头，因为他知道这味道是从景区的公共厕所传来的。

“对于这次‘摘牌’，你们区委、区政府三天之内拿出整改方案，市委常委会将进行专题讨论。”曾雁来说道。

“是、是，我们一定拿出整改方案，保证尽快恢复景区的5A资质。”陆远庭一边擦着鬓角的汗一边说。

曾雁来知道，这种局面也不是一天两天形成的。曾雁来在思考祖先留给渤海市这么多世界性的历史文化资源，该怎样才能保护好并使其发扬光大呢？

“老板、老板，吃饭不？正宗家常菜，量大实惠，免费停车。”

一个女人的声音，让刚到车边的曾雁来回转过身。女人穿着吊带背心紧身裤，脚上是高跟鞋。她正拉着陆远庭的胳膊呢，见曾雁来看向她，又接着说道："我们饭店就在前面，干净宽敞又卫生，是景区的定点饭店。"

"不吃、不吃。"陆远庭甩开了拉扯。

这时路秘书已经打开后车门，曾雁来坐到了车里。路秘书又向陆远庭点了下头，就坐到了副驾驶的位置上。

市委一号车刚开到主路上，路远感觉到裤子口袋里的手机的震动，拿出手机，低头看了一下。"是金市长秘书打来的电话。"路远转身回头对曾雁来说道。路远见曾雁来点了一下头，就接通了电话。

"市长要见您？"路远捂着手机说。看见曾雁来又点了一下头，"半个小时后曾书记会回到办公室。"路远打开捂着的手机又说道。

"市长好。"看见金海东走进办公室，路远马上站起来说。

"曾书记在里面等您呢。"

这时金海东已经推开曾雁来办公室的门，走了进去。路远也马上跟了进去。

曾雁来从办公桌后面站了起来，绕过桌子，伸出手来，拉着金海东一起坐到沙发上。

"小路，把我的好茶叶给海东市长沏上。"曾雁来对着站在门口的路远说。

路远赶忙拿来杯子给金海东沏茶，放在茶几上，然后拿起曾雁来在办公桌上的杯子，添了些水，也放在茶几上。路远向后退了两步，转身走出曾雁来办公室，关上门。

"雁来书记，我是来请罪的。5A 级景区的牌子被摘掉，是我的工作没有做好。"

曾雁来忙松开金海东的手，做出了一个阻止金海东继续说下去的手势。

"海东，摘了 5A 的牌子，何尝不是一件好事呢？要不我们总用全国著名旅游避暑胜地的光环来照耀着，来吓唬人。我们可以利用这次契机，在城市管理上找出不足，找出新出路，找出新方向，找出发展的着力点。现在中央和省委都提出创新、协调、绿色、开放、共享的发展理念，这五大发展理念对我们城市管理者来说，是管全局、管根本、管长远的导向，具有战略性、纲领性和引领性。”

“是呀，雁来。就目前来看，咱们市的各项经济指标不是十分理想。因为关停了一些污染企业，现在，钢厂又要搬走了。旅游收入能占到全市 GDP 的四分之一，5A 被摘牌后又严重影响到了旅游收入。今年在全省的排名不容乐观啊。”

金海东摇着头，拿起茶杯喝了一口。

曾雁来站了起来说：“海东，旅游经济对我们渤海市至关重要，那我们就抓住五大发展理念中的绿色和共享，绿色发展注重的是解决人与自然和谐的问题，共享发展注重的是解决社会公平正义问题，在我们手中把渤海市建设成一个沿海强市、美丽港城，一个国际化的旅游都市。”

金海东知道曾雁来想要表达什么，曾雁来的《关于渤海市城市经济发展定位的报告》他认真研究过，对于渤海市，是打防守还是打反攻，还是打防守反攻，他金海东没有下定决心，毕竟无论打什么战术，都需要钱啊！钱从哪儿出，他市长必须考虑这个问题。

金海东站起来，用手点了点曾雁来说：“你是班长，我最后听你的，不过凤山书记可让我看着你啊。”

走到门口，金海东扭过身来，对曾雁来说：“今天你这茶可不怎么样，哪天给你拿一罐你嫂子给你准备的茶。”

曾雁来不依不饶，“你不说我还忘了，嫂子还没给我接风呢，告诉嫂子，杀猪菜、杀猪菜。”

送走了金海东，曾雁来看看天色已晚，估计食堂也没有吃的了。

“小路，我们出去吃点烧烤？”曾雁来也不忍心让秘书饿着肚子陪自己。

“领导，你也会吃饭啊，这些天我跟着您净喝西北风了，请就大方点，别烧烤烧烤的，我嫂子说过不卫生。”路远是曾雁来从省城带来的唯一一个人，别看一上班路远就一本正经的，一下班他总爱跟曾雁来絮絮叨叨。

“我在渤海市发现了一家非常有味道的烧烤店，对了，你小子可要管好自己的嘴，别动不动就给我告状，什么卫生不卫生的，你嫂子又没在，你不去就算了，我可要解馋去喽。”曾雁来边说边往外走。

“我能不给领导面子嘛，我去、我去。”路远紧跟身后，生怕落下，只能回去泡方便面。

“回头烧烤店”屋里的桌子坐满了客人，屋外又摆了七八张桌子，也是坐满了人。

地面在白天吸收的热量，这时又慢慢地释放出来。好几桌的客人都是光着上身在吃着喝着。

看见有客人来了，烧烤店的老板就跑了过来。

“两位稍等，我马上给你们加一张桌子。”

等到曾雁来和路远坐下来之后，老板递过来菜单，“二位想吃点什么？”

曾雁来看看了菜单，“老板的生意不错呀。”

“谢谢、谢谢，还行还行。”

“给我们俩来二十串羊肉串，二十串牛肉串，五串干豆腐，两串烤馒头，再来两瓶冰镇啤酒。”

“好嘞，您稍等，马上就来。”

紧挨着他们的那张桌子上也是两个人，可能是因为喝了不少酒，说话的声音越来越大，“对了，彪哥，驻兵关被摘了牌，您的生意肯定会受到影响吧？”

“No，no，摘不摘牌那是政府的事，我那里的生意是没问题的，皇帝的女儿不愁嫁。大龙，你家是在海北路边上吧？我前两天在豪叔那儿得到消息，他听海老说市里要搞的新区，主要连接道路就是海北路。想不想一起干？现在往地里插些树枝子，到时候可都是钱呀！哈哈哈哈！”

曾雁来看了路远一眼，端起酒杯，慢慢地喝了一口。

“一会儿海老一会儿豪叔一会儿彪哥的，这不黑社会吗？”路远压低声音说。

“这个海老我可熟悉，他曾经是我和海东市长的上级，退休之后在渤海市商会工作，在渤海市官、商两界都有影响。”曾雁来若有所思地说道。

“那您应该去拜访海老啊，毕竟是老上级。”路远不假思索地说。

“你小子给我听好了，我曾雁来只拜访三种人：一是能给我们渤海市带来资金的；二是能给我们渤海市带来金点子的；三是能给我们渤海市带来好项目的。没有第四，你给我听好了，没有第四。”曾雁来像是说给路远又像是自言自语。

“规划局孙铭杰局长来了。”路远进到曾雁来的办公室说道。

“让他进来。”曾雁来一边看着文件一边说。

“孙局长，书记请您进去。”等孙铭杰进到里间后，路远关上了门。

曾雁来没有站起来，指了指办公桌前的椅子，“孙局长，请坐。”一边说一边合上文件。

“曾书记，我们对比了2010年度的土地卫星照片和2015年度的土地卫星照片，在站前村您遇到的着火的那家加盖的房屋，是在2010至2015年间建的，但是我们规划局没有备案。”

“那也就是说，加盖的房屋是属于违建？”

“是的，应该是。”

曾雁来在2015年度的卫星照片上找了一会儿，指了指，“这里有一家家常菜饭馆，而2010年度的卫星照片里没有，是不是也是违建？”

“应该也是违建，”孙铭杰回应道，“类似这种情况，我们规划局初步统计了一下，全市范围内，各个景区附近的违建大约有10000多处，500万左右平方米。”

“什么应该也是，它就是违建，那为什么出来这么多违建，不是一夜能冒出来的吧？”曾雁来敲着桌子说。

“曾书记，这里涉及建设、房产、土地、城管、街道等几个部门的事。”孙铭杰显得很无辜也很无奈。

曾雁来的拳头重重地砸在了航拍图上。

“孙局长，你对我们海岸线的规划满意吗？”孙铭杰琢磨不出曾雁来想要听什么，他一时间也不知道该怎样回答。

“比如说，渤海市区域就是你家的院子，你觉得这样摆好看吗？”孙铭杰听出来了书记对规划不满意。

“曾书记，我们规划局肯定是依法办事，合法的我们就批，不合法的，哪怕只有一点点，我们就卡住，这个请领导放心。”孙铭杰答非所问，但曾雁来连问了两句他也不能不说话。

“一个城市的规划影响一座城市的发展，你们这个部门真的很重要，把城市的规划做好，花多少钱，我都认。近几年全国规划部门抓了很多人，主要是在利益输送上，但你放心，你们规划局大胆工作，不只是规划局，在我们渤海市，领导干部只要不是犯主观错误，其他错误我曾雁来给你们担着。”曾雁来慷慨陈词，像是对孙铭杰说的，也像是对渤海市所有干部说的，所以他的目光放得很远。

孙铭杰战战兢兢地离开了书记办公室，嘴里默念着：“不成熟，不成熟，你给我担着，谁给你担着？不成熟，不成熟！”

规划局局长刚走，路远就推门进来，一边整理曾雁来的办公桌一边说：“旅游局局长在外面等着呢。”

“让他进来。”

“王局长，这是你们的‘十三五’规划吗？”

曾雁来拿起桌子上的文件，抖了抖说：“沿海开放城市，优秀旅游城市，历史文化名城，旅游胜地，最佳休闲城市，旅游竞争力百强市，可我们5A级资质为什么被摘掉了？首先我们要面对现实，承认我们的不足，这里面一定有我们管理不到位的地方。其次要拿出办法，想一想怎样才能尽快地拿回我们的5A级资质。杭州西湖也是5A级资质吧，人家早就免费开放了，放弃了一年几千万的门票收入。事实上，免费的优质景区，老百姓都想去体验体验，于是成千上万的游客涌入到了西湖。你来了，总归要吃饭吧，要逛街吧，要住宿吧，要买点土特产吧！这些消费所带来的收入是门票的几十倍。”

“是、是、是，我们回去重新制订这个规划，不过……”王局长稍微语顿。

曾雁来微微点头，示意他说下去。

“曾书记喝过舍得酒吧，我们能不能先舍后得，其实经营模式会影响到盈利模式，高质量发展势必损失眼前的蝇头小利，可整天GDP、GDP的，我们不能干杀鸡取卵的事啊。”王局长也是一个直性子，话憋在肚子里等于杀了他。

曾雁来离开办公桌，坐到沙发上，示意王局长也坐下。

“我想让你给我捅破天，你的GDP我可以三年不考核，这个我跟海东市长去商量，但三年后你要给我鼓捣过来500万名外国游客，不，是550万名外国游客来我们渤海市旅游、度假，我说的是每年，听清楚了吗？是每年。”曾雁来忘不了他对凤山书记的承诺。

“小路，帮我找台车，我要去渤海学院。”

曾雁来不想让人看见市委一号车在渤海学院出现，因为他知道金海东市长的夫人万灵是渤海学院的院长。

曾雁来在中央党校学习时的老师、住建部专家、城市管理研究中心主任、法学教授王教授今天来渤海学院讲学。他想利用中午休息时间见一见王教授。

万灵还是风韵犹存，知识分子的气质体现在神态上。

“大书记到我们食堂吃饭，让我们学院蓬荜生辉啊。”万灵和曾雁来非常熟，曾雁来和金海东共事期间，曾雁来没少吃万灵做的菜。

“海东可是欠我一顿杀猪菜，一定要用嫂子亲手腌的酸菜才入味。”曾雁来边说着话边咽着口水。

“这啥季节还亲手腌的，再说你和海东啥时能凑到一起呀，我看难。你当书记了可不能欺负海东啊，你们在一起工作时没少吵架，吵一次架你吃一次杀猪菜，好像我欠你们俩似的。”虽然是知识分子，但万灵毕竟还是女人。

“我欺负他怎么了，谁让他比我大了，再说还有杀猪菜吃，一举两得嘛。”曾雁来见到万灵就喜欢斗嘴。

“您好，王教授。欢迎您来到渤海市。我今天冒昧，打扰教授中午休息的时间，在渤海学院食堂请您吃个饭，顺便有一些问题要向您请教。”

在渤海学院的食堂一边吃饭，曾雁来一边把自己的想法跟王教授说了一遍。

王教授说："我们现在的社会治理正在从物质层面的以经济发展为中心到以制度和技术发展为依托，再到以社会文化和人的美好生活为落脚点的双重社会转型。

"传统的社会治理面临诸多困境，如果我们认识到了这些困境，就可以为新的社会治理转型奠定基础。这些困境至少体现在：一、注重短期成效，预见能力较弱，难以对未来发展做出长期科学的规划；二、有关社会治理的政策滞后，治理成本偏高和资源浪费的现象大量存在；三、基层治理实践中存在大量治理过度的现象，小事大治、小病大医现象普遍，基层治理负担过重；四、忽视治理对象的情感和文化需求，致使集体抗争行动易发，从而出现了因治理而引发的新问题；五、社会流动性越来越大，传统的以地域性治理方式为主的治理模式越来越难以应对快速变化的社会；六、社会治理的主体越来越多元，但绝大多数参与治理的主体作用有限，存在主体功能虚化的现象。

"对此，必须加强针对性研究，提前做好预判，根据不同的发展阶段，积极调整好社会治理的重心，逐步推进社会治理在未来朝如下方面转向：一、从制度型、技术型治理转向社会文化、心理情感层面的社会治理；二、从地域型、行政区划型的治理转向全球型、流动型的社会治理；三、从管制型、压力型的治理转向多方协商式、共治共享型的社会治理；四、从问题解决型的回应式治理转向预防预见型的社会治理。这些社会治理的转向在某种意义上代表了未来社会治理的发展方向，也是社会治理日益走向成熟的标志。

"你要发展旅游经济，渤海市确实有着得天独厚的先天条件。但是如何能够利用好这些条件，就看这个城市的管理者的水平了。就像你说的，你要创全国文明城市，你要创全国卫生城市，所有这些都不可回避违法占地、违法建设的问题，诚然，这不仅仅是渤海市的问题。近年来，全国各地'双违'问题日趋严重，这一城市经络和肌理上的'毒瘤'，已成为人民群众深恶痛绝，各级党委、政府久治难愈的'腹心之疾'。

"医生现在知道病人的'毒瘤'在那里了，手术开刀就可以把'毒瘤'

取出来了。这个病人就会痊愈了吗？西医治标不治本，那么中医又该怎么治？

“所以呀，拆难拆，拆了以后更难。你有没有系统地考虑过？能不能拿出一种新的拆违模式？”

曾雁来微微地点了两下头。

下午，纪委书记李远达、政法委书记陈开明、宣传部部长程玮和市长金海东都来到了曾雁来的办公室。

“今天这个书记办公会，或者说不是个正式的会，我想就渤海市能否打造成国际化旅游都市的这个城市规划听一听各位的意见。”曾雁来开门见山地说。

李远达端起茶几上的茶杯，喝了一口，说：“就咱们市的自然资源来说，发展国际旅游是具备条件的，前些年国外游客尤其是俄罗斯的游客就非常多。但是随着5A级景区被摘牌，俄罗斯游客往泰国跑，虽然我们渤海市的旅游人次在增加，但国际游的相对人数在减少，这就说明我们管理上出了问题。环境卫生差，服务管理差，收费混乱这些都会让游客望而却步的。而且我们纪委注意到了有些党员干部也在利用景区为自己谋利，群众的上访信越来越多，大部分就是状告这方面的。还有，曾书记您在站前村遇到的着火的那家，就是卸任的村长加盖的，没有任何批文。再说那么多的违法建筑冒出来肯定存在我们党员干部违纪违法的问题，冰冻三尺，非一日之寒啊，融化坚冰，也非是一日之功啊。”

陈开明说：“发展咱们市的旅游经济老百姓肯定是欢迎的，所以我也举双手赞成。但是，困难肯定是有的。那么，环境不行，我们就治理环境；管理不行，我们就加强管理。这样肯定就能实现我们的目标。”

金海东说：“是呀，我们对不起老天爷给我们的这些资源啊，5A被摘牌我很痛心，不可否认我们已经是全国旅游胜地了，但我们的旅游短板就是季节性太强，怎样多来人，怎样延长旅游期是我们首要考虑的问题。曾书记关于渤海城市定位的报告我详细研究过，我同意把我们渤海市建成国际旅游都市，但什么时候建成，我们是否具备接待大规模外国旅游的城市配套，馒头要一口一口地吃。速度、节奏，我们要讨论，要商量。但无论节奏如何，我们现在的规划都得围绕国际旅游都市这样一个定位来考虑。”

曾雁来环视了一下眼前的三个人，说：“看来大家对把渤海市建成国际旅游都市都没意见，只是速度、节奏有自己的理解，这是一个大概念，需要我们慢慢统一思想。但无论如何，我们的发展理念是应该发生转变了。以前，我们总是纠结每年GDP的增加或减少，而疏忽了城市长远的规划，疏忽了城市管理的研究。今后，我们的城市管理要找回我们的青山绿水，着重在绿色、智慧这两个理念上，发展我们的旅游经济。”

曾雁来喝了口水接着说：“社会转型是需要剧痛的，管理的理念是需要巨变的。怎样才能让渤海市的500万老百姓满意呢？沿海强市、美丽港城、国际化旅游都市，就是我们这些渤海市的管理者要展现给老百姓的答卷，实际上我们已被其他沿海城市落在后面了。我们还馒头一口一口地吃，我们能不能把几个馒头变成一个包子来吃？”

曾雁来往回拉了一拉情绪，说：“海东市长关于现在就立足于长远，站在国际旅游都市的定位上做规划，非常有前瞻性。这也避免了重复投资，避免了社会资源的浪费。关于怎样实现国际旅游都市的议题我们会在常委会再深入讨论一下。”

曾雁来这才回到了正题，他表情严肃地说：“来渤海市报到的前一周我在渤海市转了转。违法占地、违法建筑是我们5A被摘牌的关键原因。不管我们的国际旅游都市怎样实现，违法建筑这个‘馒头’我们要首先吃掉。它是我们这座城市的疮疤，是我们这座城市肌体里的毒瘤。有人说有颜粉还贴在脸上呢，可这块狗皮膏药已经实实在在地贴到了我们脸上。”

曾雁来的提议大家一致同意，况且金海东的政府工作报告提到了，而且每年都提到。

市委常委们陆续来到会议室。这届的市委常委有：市委书记曾雁来，市委副书记、市长金海东，市委副书记、凤凰区区委书记李峰，常委、常务副市长侯天明，常委、站前区区委书记姜凌志，政法委书记陈开明，公安局局长冉临江，组织部部长，统战部部长，纪委书记李远达，秘书长，宣传部部长程玮和军分区政委13人。

还差2分钟到9点的时候，路远把曾雁来的水杯放在会议室他的位置上，并环视了一下会议室，离开了会场。

“常委们都到齐了。”路远回到曾雁来的办公室说。

曾雁来点了一下头，站了起来，大步朝会议室走去。

“我们今天的常委会两个议题：

“一、讨论我市国际旅游都市的定位及实现这一目标的时间节点。

“二、整治‘双违’工作的研讨。

“大家对这两个议题畅所欲言。”

常委们对实现国际旅游都市的定位都没意见，但对快速实现这一宏伟蓝图都缺少信心。多数人认为先巩固住国内旅游胜地的名誉，再谋图稳健发展。

大家都认识到了整治“双违”的紧迫性、重要性，整治“双违”关系到5A复牌。大家认为可以按照市政府的年初安排，切实抓好落实。

第三章 风声初露

正午的阳光炙热，让人浑身慵懒，嘴里没有半点滋味儿。站前街道办单位食堂内，几个干事围坐在一桌乏味地吃着午餐，一边侃起了闲篇。

一大腹便便梳着油亮头发的男子眯着眼说道：“听说啊，上级指示咱们又要开始整治‘双违’喽……”

旁边的俏妹子小刘把头发撩到耳后，夹起一片生菜叶子送进嘴里嘟囔道：“这有什么好指示的，照着老样子走个形式，最后拆不拆得了也不是我们能决定的。”

“是啊，从 1992 年开始，都不知道启动了多少次征拆了，违建不还是如雨后春笋般出现？我们能有什么用？”在单位干了快三十年的老许早已对此毫无激情，按他的话来说便是：“都看透了，不如看淡点吧。脚踩西瓜皮，溜到哪儿算哪儿得了。”说着，便搁下筷子，端起手边的保温杯抿了一口西洋参黄芪茶。

“古道穿街连两京，皇帝枭雄往返行。目睹春秋烟云起，迎送王寇与无名。”渤海市的站前村，古时候乃是长城驿站，现如今是港城窗口。

本应当是公主头上的一颗珍珠的站前村，实际上却成了美人脸上的一道疤痕。

楼上楼、房上房，垃圾遍地、污水横流，还有摆摊的、送货的、聊天的、拉客的……乱乱糟糟，就如一锅杂烩粥，特别是旅游旺季，挤占人行道、盲道等状况非常严重。

村中的街道上，每隔一段距离，都会看到一处异味弥漫的旱厕，偶尔还能看见几只土鸡在附近啄食，站前村的违建之严重、环境之恶劣简直难以一一状述。

由于站前村位于人流量巨大的火车站附近，各种客源丰富，有着极大的商机，大量小商小贩聚集，各种利益错综复杂，实在是一团理不清的乱麻。

村里的街道设施还特别老旧，建筑也多为低矮平房，聚集着大量低收入居民，有的还是残疾人、老年人和无房户人家，拆违可谓难上加难。

站前街道办主任武军带领工作组来到了站前村，做拆前的又一次调查，这种调查连武军都记不清有多少次了。眼前满是搭起的棚亭、侵街占道的砖混建筑，油烟四起，怪味扑鼻，秩序混乱不堪。

工作组成员们艰难地穿梭在手抓饼、烤冷面、煎饼果子等临时摊点间，心里五味杂陈。

在繁华的都市之中，许多城中村一直喊着要拆违，结果却一直“繁华”至今，可这电线交错、幽暗紧贴的街道，或许爬上阳台才有手机信号的乌烟瘴气的城中村，真的是他们自己想要的家吗？

我们究竟要怎么做才能真正帮助到老百姓们呢？回到办公室的武军不禁想着，一边自言自语地叹道：“难啊！真的是难啊！”

听到了拆违风声的百姓们，开始做起了充足的应战准备。

村里的刘大妈在老屋外围了一圈地，平日里养养鸡，栽栽葱，听说要拆违了，心里莫名有点慌，老伴儿走得早，儿子又在外地工作，她有些手足无措，不知该如何是好。

隔壁张大爷家，有个儿子，是一米八大高个儿的壮汉，刘大妈寻思着万一火烧到自家了还得请他们帮忙，便在菜地里拔了几大把葱，拎着一只鸡去了老张家。

张大爷家自然是不会养鸡栽葱的，干的可是“大事业”。在儿子的操持下他家建起了一栋四层小楼，一楼开着发廊，来来往往的是顶着各色头发的帅哥靓女，楼上三层开成了小旅馆，一到旅游季节便能帮张家赚得盆满钵满。

张大爷家的儿子，人称“三雕”，是村里出了名的地痞头儿，上高中时跟人相约去海滩边打群架，不打不相识地结识了渤海市的一些社会“名流”。他这建楼开店挣钱的“吃饭手艺”，便是从一群哥们儿那儿学来的。

在站前村，提到三雕就不能不提翟彪。

翟彪又是何许人也呢？此人在渤海市颇有些实力与势力，据说黑白两道通吃，他开着宝马飞驰在滨海大道上是没有敢不给他让路的。

彪哥时常爱穿印着豹纹的短袖T恤衫，可以完美地展现他粗壮手臂上的青龙文身，文身下隐隐约约可见他早年打架时留下的刀疤。

彪哥总是能坐车就不自己走路，一走路他肚子上的肥肉便会随着他的喘气一颤一颤，颇有狐假虎威之势。

正像彪哥的霸气一样，他盖的大楼也同样是霸气威武，更霸气的是这座大楼直接挂出“霸王楼”的匾额。他在站前村集体土地上私自建的一座巨型违法建筑便是无人敢去撼动的。

这栋霸王楼紧邻迎宾路，主体四层并连带着一个两层的拐角楼，南侧还有一个才建成框架的五层大楼，建筑总面积达5000多平方米，不仅严重影响了后面村民的采光，而且没有任何审批手续。如此张狂的“霸王楼”出现在站前村，村民是敢怒不敢言的，政府部门其实也曾多次下达《停工通知书》，并下达了《行政处罚告知书》，而翟彪根本没当回事儿。

这也正是工作组头疼的事儿，他们前去实地调研具体情况时，便被20余户有违建的村民团团围住，七嘴八舌地质问着：“政府是不是只拆小的不拆大的，只拆容易的不拆难的？”

当情况反映到武军那里，武军气愤地说道：“这个翟彪，咱们迟早得拿下才是！现在上级高度重视拆违，看来我们也要加大拆违力度了。”

办公室的李立丰说：“不成啊，武主任。这翟彪背景深得很，后台靠山还硬，真的是块硬骨头啊！可别拆没拆成，反倒把我们自己的乌纱帽整丢了。”

翟彪在积蓄了一定势力和财富之后，自然就拥有了一位让世上男人们眼红的美人。

他的女人名叫三凤。三凤相貌娇美，肤色白腻，精致的鸭蛋脸上是盈盈的笑容，那眉心天生携来的花痣，为她颇添了几分妖艳，莫说北方罕有如此佳丽，即使江南也是极为少有的。她虽已年过三十却全然看不出岁月的痕迹，如同十八岁少女一般。丹凤眼的她，眼角微微上提，微笑时可见她如微波般的皱纹在眼角荡漾。平日里爱穿颜色甚是鲜艳的裙装，但在她容光映照之下，再灿烂的色彩似乎都显得黯然无色。她在大街上走着，随意抛去一个眼神，便足以让街上的男人们驻足凝望。

三凤这位女子可不简单，不仅貌美如花，头脑还特别精明，翟彪为她在凤凰村盖了个夜来香酒店，她经营得井井有条。靠着她男人翟彪的势力，夜来香酒店的客人也是络绎不绝，还时常会来一些大人物，据说就连某系统从各地来渤海市休假的高层，都是到她家用餐的常客。

其实，夜来香酒店也不过是凤凰村众多海边酒店中的一家。然而，这些酒店可不是正正当当建的，这还得从凤凰村的源头说起。

上天恩赐的宝地凤凰村，生来便有着波涛起伏的碧蓝，有着肆意腾舞的金黄，坐拥着最美的黄金海岸，就如凤凰来游时凤尾划过洒下五彩斑斓，勾勒出曼妙画卷。

然而随着凤凰村的开发与建设，海鲜酒楼、宾馆饭店沿海而立，渔家大排档、风味小吃沿街相连，越是风景绝佳处，违法建筑就越多。

许多村民为了一己私利，全然不顾生态环境，无视法律法规，对优美的海岸线资源肆意践踏，不断地把公共空间占为己有。

鉴于众多的利益相牵连，若牵一发便要动全身，相关部门也只能无可奈何地睁一只眼闭一只眼，导致这种现象久久得不到改善。

正是钻着这样的空子，又占着天赐的福地，自认为是翟彪远房亲戚的二驴子，在同样美丽的龙头村也干着这样的“大事业”。

二驴子心爱的金库——海鲜城，用两个字来说就叫气派，可以看出花了主人不少的心思。正厅是两层餐厅，正面大门两侧悬挂着二驴子为应对拆违而特意制作的两个牌子——左侧是印有习近平总书记照片和“五一讲话”的牌子，右侧是印有李克强总理照片和“国务院常务会议讲话”的牌子。

餐厅旁边是伸向海里的木质的海上平台，基础是用铁管搭建的，后用混凝土浇筑而成，不仅违法占用海滩，而且严重影响了周围的景观，并且还存在重大的安全隐患。

这二驴子为了发海鲜城这笔横财，在没有任何合法手续的情况下，擅自建起了这楼房。

其实，很早之前海洋局就对二驴子非法占用海滩进行了查处，但二驴子一直拒不执行处罚决定，后来海洋局将二驴子涉海案移交法院强制执行，但由于种种原因，该违建一直还是拆除不了，拆除难度可想而知。

龙头村与凤凰村相对应而生，同样也是滨海村庄，坐拥着大自然赐予的宝贵财富，碧海金沙，魅力无限，吸引着国内外众多游客。

近十年来，沿着海岸线陆续建起了几十家海鲜酒楼，大排档、小吃街等也如桃花汛一般遍及海岸，它们没有任何土地规划手续，完全属于违法建筑，这些违建破坏了优美的海岸线资源，俨然已经成了风景中的“风景”。

最令人痛心的是，龙头村因为8000平方米大规模违建，导致风景区痛失了全国首批5A级金字招牌。这8000平方米大规模违建就像一块稀巴烂的烂膏药，结结实实地贴在这历史悠久旅游城市的心窝子上。

5A级风景区被摘牌，让全渤海市人民如鲠在喉，其复牌之责，没有一天不压在龙头区政府的心头。然而这8000平方米的违法建筑始终明晃晃地哽在景区复牌的评定环节上。

如今，借着拆违的东风，能不能趁势一举拿下这大规模的违法建筑，正是龙头区政府当前重点考虑的。为此区委书记陆远庭指派街道办主任钟辉牵头，对龙头村的违建进行整治。

钟辉说：“虽然看着仅仅是6户人家，但是20年来，8000平方米，这时间、这空间的数字便不由让人心生恐惧了吧。”

组员也纷纷表达自己的观点：“可见呀，不是什么人都能在这地盘上安营扎寨，敢在这里里外外、密密匝匝地盖房，可都是些牛人啊。”

这6户人家各有各的背景，无一不是开出几千万、几百万的天价索赔，想用重金走活他们靠违建赚得盆满钵满的死棋，也无一不是搬重兵求人情，想用背景卡住拆违的脚步。

钟辉正打算下班回家时，接到了谢凌的电话。

“喂，哥们儿！今晚一起喝点？邱云呢？咱们也有时间没聚啦。”钟辉、谢凌和邱云是大学时的同学好友。钟辉是龙头区的街道办主任，邱云是副主任，谢凌是凤凰区街道办主任。

“邱云出差了，要不改天？”

“别呀，我就今天有空，那就咱俩喝。”

酒过三巡，两个人谈起了心里话。

“唉，最近我可头疼了，新来的市委书记可能要开始狠抓拆违了。”谢凌一边为钟辉倒酒一边叹息着说。

“确实啊，我也正头疼这事儿呢，摸不准。我们这里有个叫二驴子的最让人头疼，听说他站前村有个亲戚叫翟彪，说是个不简单的人物，二驴子仗着他彪哥天天五马长枪的，天不怕地不怕的，唉……”

“站前村的翟彪啊，据说他的背后可是有海老撑腰的。”

“这倒还拿不准，不过在渤海市能有这么大的势力，说不定真是有海老撑着的，这海老也实在是不简单。”

“嘘，小点儿声，他可是个大人物。”

“嗯，还是说说咱们自个儿吧，我们街道办呀，觉得拆违工作还是先缓一缓比较好，咱们还是先观望观望，比较稳妥。”

“是啊，不知道风往哪边吹啊，还是别先冒头比较好，可别把我们都给吹跑喽。”

武军正在召开紧急会议，准备着接下来站前村的拆违工作。

工作组用了两个星期的时间终于跟几家违建户谈好了，过几日便可去拆。

可当武军带着拆违队前往违建户的家时，发现通往这些家唯一的一条狭窄道路，被三四台大卡车堵住了。武军他们只好七拐八拐，蛇步前行。

刘大妈站在篱笆旁紧张地望着他们，生怕自己的小地盘今天也“没了命”。等到武军他们走近了，大妈咳嗽了几声，招手喊道：“领导们辛苦啦，上俺家喝杯热茶吧……”

武军扬了扬手，“谢谢大姐，我们一会儿来！”

刘大妈更慌了，心里嘀咕：“哎哟，我这是干啥？他们一会儿就得来俺家了，我的鸡啊、葱啊可咋办呢？”她皱着眉头忙往屋里跑，拿起手机，给儿子打起了电话。

武军正寻思着他们今天该怎样寻找突破口，他每到一家前都会制订谈判方案，唯有今天要去的这家，他绞尽脑汁也想不出道道来。

思考间，不觉便来到了三雕家外边，却发现他家大门紧闭，工作人员上前敲门，可怎么敲门都没有人来应答。

“要不咱们走吧，回办公室吧，今天别谈了得了。”

“小李，先打联系电话。”

“嘟……您拨打的电话已关机。”

三雕的电话怎么都打不通，最后还好拨通了张大爷的电话。

“喂！谁呀？……”这下电话倒是总算打通了，“加价吧，加价我们就拆！自个儿拆！”

此时，刘大妈的儿子在电话那头也说着相似的话。

“妈，别怕啊，你就说，再拿两百万来，咱们就拆。不然你就坐在院子中央坚决不走。”

“这样能行吗？”

“他们不敢把你怎么样的，妈，放心吧，对于他们来说能拿钱解决的问题就不是问题。”

此时，三凤正与彪哥在夜来香酒楼吃着肉，喝着酒，一起盘算着一局大棋。

其实，今天整的这出戏，也正是彪哥得到风声透露给站前村的三雕他们，让他们早就做好了充足的准备。接下来他们要盘算的可是一出更大的戏，若是演得好，说不定能从中捞到一笔巨款。

“彪哥，您那大楼能撑住吧？没问题吧？”

“怕啥？你也不看看你老公是谁，咱有人罩着！谁怕谁呀？！”翟彪极其自信地拍着肥实的胸脯说。

站前村受翟彪霸王楼影响着的村民们想方设法地维护着自己的“权益”，可是却迟迟得不到明确的答复，各个部门像踢皮球一样把大家伙儿踢来踢去，都给整懵圈了，总是闹得十分不愉快。

几个村民到村长康有法家里去诉苦，政府踢皮球不给解决，要求康有法往上面反映反映霸王楼的事。康有法立即找武军去汇报此事，看看如何解决。康有法到街道办门口时正好碰到武军出来，康有法简单地向武军汇报了有关情况，同时说政府是不是该下个狠心动动真格的。

武军告诉康有法，你回去跟大家说这次肯定要动真格的了，新来的曾书记这次下决心要整治“双违”，站前村的霸王楼一定能拆除，但是拆除也是要有程序的，让大家稍微等等，这事肯定能解决。

与此同时其他区域的多头执法、相互推诿的事情也在凸显。苟大林家的违建在今年的强拆中再次引发争议。

城市区域归街道管，农村区域归镇里管，其他区域归城管管，可苟大林这是什么区域谁都说不清楚，或者说谁都不想说清楚。

苟大林的违建处在一个绝妙的位置上，苟大林不懂法律，虽然他自认为很懂法律，但这个违建擦了很多法律边缘根本不是苟大林设计的，虽然他吹牛说是他设计的。

苟大林的违建处在佛塔村的西南角上，佛塔村已经拆迁并返迁多年。苟大林有自己的宅基地，已经分得了几套房，母亲去世后他占了这个宅基地，他不着急，非在这个宅基地上多讹出个二三百万才肯罢手。因为他的残疾弟弟原本跟母亲同院，早已交房（因还涉及其他子女继承问题，所以拆迁办只能收了一半），被拆平的一大片正好让苟大林派上了用场，建起了临街违建，堂而皇之地搞起了生意。

“整个佛塔村都返迁了，这个地界已经变成城市区域了，就是应该归街道管。”镇领导有理有据。

“这分明是拆迁还没拆完，农村就是应该归镇里管。”街道领导依理依法。

“这个属于拆迁的遗留问题，我们城管局不能把手伸得太长了。”城管领导显然认为镇里和街道在踢皮球。

物业公司怨声载道，“菩提院”小区就是因为有这个敞着口的区域，所以经常出现偷盗的事件，物业公司也是费尽了脑筋。

这种争执已经持续了三年，而且还在继续。各个部门好像更热衷于这种争执，各个部门都强调要依法办事，要有法可依，在他们眼里尊重法律比违建拆除更重要。他们知道拆除这种没有难度的违建只是分分秒秒的事，但他们不惜争论几年，他们相信，总有一天他们会把法律研究明白的。

第四章　暗 流 渐 涌

翌日清晨，轻轻软软的微风吹拂，惹人又爱又恼，仿佛温柔的母亲预备唤醒自己的孩子，用手轻推孩子的肩膀，风准备唤醒城市。

海浪扑打着向前，又急剧地退后，冲平了昨日人们嬉戏后留下的痕迹，留下了细腻无痕的海沙。太阳像正在分娩的婴儿，从海的怀抱中挣脱出来，一下跃到了海平线上。金色的阳光铺上了海滨路，照映在黑色的汽车身上，很刺人眼，车里的人可能并不觉得。

正所谓当局者迷呀，曾雁来是当局者，海老也是当局者。

“海老，你说弟兄们那么多没有手续的建筑，这次政府不会是来真的吧？我总有一种不祥的预感。”豪叔在海老的会所拜会海老。

“他曾雁来和金海东都做过我的下属，他们撅个尾巴，我就知道他们拉几个粪蛋。”海老呷了一口茶，眯缝着眼睛。

豪叔弯下腰，继续听海老面授机宜。

“他曾雁来是新官上任三把火，想要干出点成绩。他金海东可是强拆怕了，我们贾文海那个棋子稍微一动，他金海东就受了个警告处分，要不这次市委书记也许就是他的了，他还敢干吗？”海老冷笑了两声，轻握着手里的茶杯，仿佛全局尽在手中。

“您判断还是换汤不换药？”豪叔挺起了腰身，又给海老的茶杯里倒满了茶。

“哪年不强拆呀，太阳该怎么落下去怎么落下去，该怎么出来还怎么出来。你的那些兄弟这些年不也是发了强拆的大财了吗？”海老胸有成竹，看着窗外叽叽喳喳的麻雀，脸上没有一点起伏。

“是的，海老，今年还得孝敬您。”豪叔满面欢喜，向海老揖了揖手，便出去了。

豪叔手下的兄弟确实发了强拆的大财，拆了给补偿，补偿完再建，建完再拆，循环往复。在海老的授意下，豪叔的几个重量级的兄弟更是在规划局、土地局管辖的争议地带，建起了“巨无霸”。翟彪的霸王楼成了渤海市违法建筑的代名词，不拆霸王楼那渤海市就不算是在拆违法建筑。

果然让海老给言中了，对于霸王楼的管辖认定问题，规划局和土地局再次把官司打到了市法院，法院说按照法律应该把建设局和城管局也拉进来，这样就更热闹了，公说公有理，婆说婆有理，多方又都聘请了律师。其实这官司打了有十年了，未分胜负。

还是那样的程序，告知、取证、量尺、画图。

下违法建筑处罚决定，并告知被处罚人行政处罚的事实、理由和依据，同时告知其享有知情权、陈述权、申辩权。

下限期拆除通知书，并告知对方可以再次重新举证，可以复议，可以诉讼。

短短的一个月，渤海市各区法院收到相关诉讼 108 件。也就是有 108 户用法律的武器，捍卫着自己的私利。

其实政府很多官员也都盼着被强拆户去诉讼，这样他们就可以不用强拆了。说是等法院的判决，可一旦进入诉讼程序，遥遥无期，基本上就给拖到下年了。因事实没搞清楚，所以暂停强拆，这样对上对下都好交代，岂不是两全其美的事。

被强拆的就开始闹补偿，不嫌麻烦的去上访还能额外得到一笔收入。

之后大家开始忙建房，等待明年的强拆。

政府是老套路，豪叔的兄弟们当然也是老套路，每一年强拆他们都能兴奋一阵子。

在霸王楼大酒店，翟彪摆上庆功宴，三凤、二驴子当然到场，这个场合刘龙当然就上不得台面了。

“接下来你们知道怎么做了。”翟彪像一个将军安排下属的工作，显得很老到成熟。其实这些都是多年前跟豪叔学的。

“该怎么做？老大。”有个不知趣的小弟显然是酒喝多了，不知道怎样讨好翟彪。

“你他妈猪脑啊，鼓捣老百姓要补偿啊，谁家补偿还能少了你的，就怕猪一样的队友。”翟彪很生气。

“大哥别生气，我自罚一杯。”那小弟知道酒后失言了。

“你他妈还是给我省点吧，那一杯酒好几十块钱呢。”翟彪是豪叔之下，众小弟之上。

站前村、凤凰村、龙头村的村民，分别涌入各自的区政府，讨要补偿。

“去年每平米给600元，加上经营补偿也不到1000元，今年怎么也得破千了吧。这物价都涨了，你们政府财大气粗，别总挤对我们老百姓。”张大嘴这么一喊，其他村民都鼓起掌来。他们有备而来，有的带来破褥子，扬言政府这么一拆无家可归，打算住在区政府。

说到上访不能不提贾文海，他可是渤海市出名的上访专业户。他能把一块地要出三块地的钱来，而且还不算完，每当他有兴致的时候就去“要一要”政府。

妙言就在三五句，不授真传妄徒劳。豪叔曾经在一个五星级酒店请过贾文海，那是贾文海第一次进五星级酒店，他给门童、服务员、保安、保洁分别鞠躬，想让豪叔高看他一眼，证明他是个见过世面的人。

晚上弄得贾文海一夜无眠，他反复重复豪叔的话，政府怕上访，抓住政府里脑壳软的，使劲弹，每次都能弹出金元宝来。

他抓住了原区土地局局长、现市规划局副局长阮中华。当初一个大学征地占了他家二分地，他在阮中华那儿硬是要出了二亩地的补偿。这还不算完，他在阮中华的办公室熬了一个礼拜，阮中华就把他的残疾儿子安排到了这所大学做保安。因身体原因不能履职，他儿子工作没到半年就被大学劝退。他再次找到阮中华，又是熬了一个礼拜，阮中华找到该大学校长，以善良的名义，让学校把贾文海安抚到位，否则不配合学校办土地手续。

“你们大学是教书育人的，如果连一点同情心都没有，那还办什么学，有什么资格办学。如果贾文海再到省里上访，省里再给我挂一次号，我就给贾文海出资，给贾文海找律师，让他到法院告你们，诋毁你们学校的名誉，看你们连人性都不讲的学校怎么招生。你校长就把他那残疾儿子当成自己的儿子，换位思考一下什么问题都解决了。”阮中华不让校长说话，校长几次想打断他都被他拒绝。

“你不用说了校长，你想说什么我都知道，我只是想代表政府告诉你，连人性都没有的学校是要遭到政府乃至舆论封杀的。”阮中华说完话就起身，算是洽谈协商完毕。

大学无奈又给了贾文海 18 万元残疾人补助费。

阮中华升职前把贾文海安排在了区土地局打扫卫生，一个月 2000 元的工资优哉游哉。可打扫卫生贾文海是兼职的，他的专业是上访告状。阮中华也是无奈，睁一眼闭一眼，唯一的回报是贾文海无论是到省里还是到北京上访挂单，都不上访阮中华，而且他到上级信访部门都说渤海市就一个阮中华是清官，心里装着老百姓，为老百姓办事。有一年全国要树立接待上访的典型，上边明确点名，渤海市的阮中华是不是可以推荐一下。当渤海市信访局把这个消息告诉阮中华时，阮中华一百个说不。

“我只是做了我应该做的，我都是快退休的人了，把出名的机会让给其他的同志。”阮中华非常谦虚。

“那你也得介绍下经验，信访工作最难做，你的信访工作能得到我市最大的一个上访户认可，肯定有你的独到之处。”信访局局长非要取出真经。

“如果非要说的话就是保护好弱势群体，别让老百姓吃亏。这是我们党的优良传统。”阮中华吸了口烟，意味深长地说。

“阮局觉得上访户是弱势群体吗？”信访局局长顺嘴说出，这可难坏了阮中华。

“这是个仁者见仁智者见智的事了，你我都懂，关键是把事给平了，或者准确点说是给压下，不给领导添麻烦。”阮中华道出了心声。

贾文海的命运也不总是那么好，这不随着阮中华高升，新来的土地局局长就改变了他的命运。

新来的土地局局长叫马声，他是一个特别重视厕所文化的领导。他说到一个单位就看它的厕所，如果一个连厕所都脏兮兮的单位，就什么都不用看了。

“刘主任，你这个办公室主任厕所是怎么管的？”马声声音很大，弄得在走廊里闲逛的贾文海也听到了。

“局长，我管得了厕所，但我管不了贾文海。他拿着我们的工资还告我们土地局的状。”刘主任满脸委屈。

“哦，就是那个满大街告状的上访专业户啊。”马声恍然大悟。刘主任立刻心里放松了许多，既然领导知道，也不需要他再解释什么了。

“开除他！”

刘主任吓了一跳，赶快关门，看着局长根本没把这当成什么大事，刘主任觉得自己是不是听错了。

“你把门给我打开，我办公的习惯是开着门办公。是，开除他，就说是我马声定的，他不是愿意告状吗？让他告去。而且我们土地局如果谁干不好，就和贾文海一样。”马声故意把声音提得很高，整个楼层都能听得到。

刘主任离开局长的办公室，在走廊里没有看到贾文海，而且土地局从此再也没了贾文海的身影。贾文海告别了他的伤心之地，他觉得还是豪叔说得对，还得找脑壳软的捏才行，于是他又打起了阮中华的主意。

贾文海的成名之作还是那起强拆案件。他成功地让市长金海东受了警告处分，让时任站前区副区长的李旭天受到了严重警告处分。

事情还得从两年前说起。

李旭天是当时主管城建的副区长，他负责站前村的违建拆除工作。贾文海根本就不是站前村的人，他远房的大姨子的三叔的小舅子在站前村，所以他跟站前村挂上了关系，更重要的是他是豪叔的一个棋子。由于贾文海在渤海市上访界是名人，所以在渤海市他做起了上访代理的职业，他成了上访户的“法律顾问”，渤海市的上访户都想找他讨个主意。

“我说表弟呀，你大哥给你代理违建强拆的事你同意吗？”贾文海喝了一口自带的矿泉水。贾文海无论到哪儿都背着一个帆布兜子，里边装着上访材料，矿泉水是必须要带的，因为为了倾诉“冤情”，他每天都要说很多话，口干舌燥的。刚开始“从业”的时候，没经验，上访到哪儿喝哪儿的自来水，有一次闹了好几天肚子，耽误了好几天上访，所以他索性破费带起了矿泉水。说是矿泉水，其实就是早晨自己家烧开的水，灌在矿泉水瓶子里。但不管是什么，用了自己家的他都觉得破费。

“当然可以呀，大表哥可是名人，请你都请不来呢！”表弟李坤满心欢喜。

“这样吧，因为你大哥是名人，那名人出场费都很高，多讹出来的钱要分我一半。这人吃马喂的，你要先付我 2 万元。”贾文海回到了正题。

“大哥，多讹出来的钱给你一半可以，但这先付的 2 万元，你看弟弟兜比脸都干净，就看在亲戚的分上别要了，也算是可怜可怜小弟。你可是大款啊，谁不知道你贾百万，这么多年我们都知道你在政府那儿没少捞钱。”李坤冲着贾文海做个鬼脸。

“什么大不大款的，你大哥我是凭本事挣的钱，他们是心甘情愿给的，也不是我抢的。好了，财神爷也不跟你这穷鬼计较，写授权委托书吧。”贾文海心里美滋滋的，论资产，他确实是贾百万，他比那些接待他上访的干部都富裕，所以每次上访他都有优越感。他觉得上访是艺术，他享受这个过程。

“你不是所有权人，有什么资格跟我谈李坤家的违法建筑。”李旭天工作历来强势。

“你这个区长懂不懂法，谁说我不是李坤就不能谈了。”贾文海胸有成竹地掏出了授权委托书。

豪叔安排几十号站前村的村民给贾文海助威，那助威的村民又是叫好又是一片掌声。贾文海的残疾儿子不离左右，关键时刻他儿子能派上用场，他儿子建立了一个渤海市残疾人的微信群，只要他一发话，就能上来几十号残疾人。

“强制拆除通知已经到期了，今天必须强制拆除，谁敢阻拦就拘留谁。”李旭天知道，站前村的强拆才开始，如果刚开始就卡壳了，那站前村今后就别想搞强拆了。这么多群众在这儿，强拆了正能量就发出去了，以后的工作就好干了。李旭天的工作风格是先难后易，今天他是准备拿贾文海开刀了。

“我有异议，我到法院起诉了，你们必须等到法院的判决。今天要是让你拆成了我就是你儿子，如果拆不成你就是我儿子。”贾文海话一出立即引来一片哄笑，那笑声是在给贾文海打气同时也是在嘲笑李旭天。

“今天你这个败家儿子我是收定了！拉警戒线，给我拆，有事我李旭天一个人兜着。”李旭天受不了这种侮辱，火爆脾气一下就上来了。

围观群众一看这阵势全都散开了，只有贾文海和他的残疾儿子还在挣扎。他儿子掏出手机，一阵呜哩哇啦（耳聋嘴哑），他们约定了暗号，他那些“群友”会从四面八方赶来。

只一刻钟的功夫，李坤的违法建筑已经趴在了地上。那违法建筑本来就不结实，加上挖掘机司机业务娴熟，所以这活干得痛快，在贾文海儿子“群友”赶来前干完了。李旭天命令收队，强拆的队伍胜利而归。

李旭天这一拆虽然拆出了一个干儿子，却也是捅了马蜂窝。贾文海领着残疾人以旅游的名义到了省城，一下车他们马上打车去信访接待中心，他上信访接待中心像回家一样，又像打了吗啡一样。

“老贾，你的事阮中华不都给你处理完了吗？咋又来了，还领了这么多人。”信访接待中心的老马对贾文海很熟，因为贾文海是他这里的常客。

“马长官，这次可事大了，我为了不给政府找麻烦，只带来这么十个人，家里还有百十号人。这十个人可都是残疾人，政府李区长不懂法律，瞎强拆，那个违法强拆事还小，您看这十个孩子，因为强拆把耳朵都给震聋了。”贾文海眼睛瞪得快出了眼眶，气得顿足捶胸。

那十个人呜哩哇啦，算是证明。

“马长官，这是我写的材料，您要让领导马上处理，不然那一百多号人就都来了，您也知道，我不愿给政府找麻烦。”说完话，贾文海连连作揖。

“老贾呀，这事我们会等领导签批后，让渤海市马上拿出处理意见。你也不用老往省城跑了，啥事在当地都能解决，劳民伤财的。”老马总接触贾文海式的人物，说话不温不火。

很快，省里领导批示，查明真相，依法处理。

渤海市信访局联系站前区很快查明了真相，可是都拿不定处理意见。最后金海东市长拍板，李旭天不应该批评，是应该表扬，应该提拔。本来一个区的强拆怎么也问责不到市长，就是他这一决策，把自己也牵扯了进来。

见信访迟迟没有结论，贾文海坐不住了，他去请教豪叔，豪叔又给他一招，别就盯着信访局呀，还有残联，还有人大，还有北京。

贾文海是渤海市的信访稳控重点，在他的上访过程中早已突破了稳控障碍，他可以做到随时说走就走的境界。

他在北京医院，给儿子挂了一个专家号，专为治疗儿子的耳疾。

“什么时候得的这个病？”专家问。

“前一个月，政府组织强拆给震聋的。”贾文海不假思索地回答。

“跟大夫得说实话啊，不然没法治病。”专家就是专家，一看就知道是先天性的，只是顺嘴一问。

“生下来没多长时间就这样了。”贾文海还以为在信访局呢，一看穿白大褂的才反应过来，趴在医生耳边说。

“大夫，求求你了，在病历本上帮我写上耳朵有病就行，不用写啥时得的，再说也真不知道啥时得的了。”他又给大夫作揖。

专家笑着摇了摇头，满足了贾文海的要求。

贾文海拿着医院诊断，到了残联，到了人大，到了信访接待处。残疾人可是一个弱势群体，在哪里都会得到同情。

由于北京相关部门的过问，省里直接干预此事。李旭天被调离原工作岗位、被严重警告，保护李旭天的金海东也受到了警告处分。

贾文海这下在渤海市可是出了名，他手里代理的上访案子是越来越多。

由于曾雁来特别重视渤海市的拆违工作，金海东也给予了比往年不同的关注。往年拆违是政府的一项常规工作，由副市长主抓他几乎没太过问。

由于今年市长经常过问，几个县、区的拆违数量明显多于往年，但相同的是被拆的群众闹着要补偿而且数额比以前有所增加，再一个就是复建之风慢慢刮了起来。

天阴了，渤海市的风刮得格外紧，天空的云也碎成了棉絮一般，遮掩着阳光。海水像风的孩子，紧紧跟随着流浪。哗的一下冲到海岸，唰的一下退回大海。木制的观海板被浪打得吱呀吱呀地叫着，像饿急了的小兽呼喊着妈妈。在岸边，矗立的海鲜城却在风中岿然不动。闪烁的灯光从玻璃窗射出来，屋里房顶上的欧式水晶吊灯轻轻地摇摆着，仿佛和屋里的人一起谈笑着。

第五章　风波又起

窗外如墨的夜色，连日晴天但今晚却一反常态，不仅月亮不见了，连星星都寥寥无几。已是初秋季节，白天的渤海市虽气候宜人，但到了晚上就有些渐凉，尤其是海风一吹，更是让人直打哆嗦。路上的行人也都早早回家，只剩下空寂寂的夜。

说真的，金海东以前没太多关注过违法建筑的拆除，曾雁来在常委会上提醒的时候，他也没觉得有什么特别。他以前更多关注的是 GDP，拆违这东西带不来直接利益。可今晚他认真思考了一下，拆违确实是个系统工程，怎么管、怎么拆、拆后怎么维护、怎么求得老百姓的理解、怎么对待上访等等，这里需要解决的问题真的很多。

各区被强拆的村民在金海东市长接待日，集中到了信访局接待中心。他们要向市长讨说法，以前类似情形金海东都是委托副市长接待，这次他倒有了兴趣，他觉得曾雁来在常委会上提起这样的议题，肯定有他认识不到的意义。

“去年强拆每平米还给 900 元补偿呢，今年为什么不能超过去年，这物价都上涨了，敢情你市长不买菜。”张三说。

“你们政府就是欺软怕硬，我们家的房子每年都拆，那霸王楼你们怎么就不敢拆？”李四喊。

“怎么盖的时候你们不说违法，拆的时候不管三七二十一，你们这不是土匪吗？”王五闹。

“你不是市长吗？今天我们就要你们政府的答复，要不我们就住在政府，反正我们也无家可归了。”现场的人又一起喊着。

金海东听着、记着，一言不发，他要调研清楚，考虑清楚。

最后金海东说：“今天我没有发言权，但我把大家说的都记下来了，十天之内，政府会给乡亲们一个答复，是不是满意得看法律怎么规定，我们任何事都只能在法律的框架内解决，乡亲们的权益受到侵犯了，我市长不答应，但同时谁违法了，我市长也同样不答应。”

金海东有金海东的气场，如果换另一个领导这样跟上访户说话，肯定被揪住不放，可几个上访户面面相觑，没有一个敢上去揪住市长的。这跟他们原来的计划是有出入的，他们的计划是张三拽住市长，李四和王五在前边截住市长，然后是不给零花钱不许散局。

贾文海是一个独来独往的人。他是上访户，但他看不起其他上访户，认为他跟他们不一样，所以他提出来专门向新来的市委书记上访。按他的理解，拿住了一个阮中华就挣得金银满盆，如果拿住了曾雁来不就是拿住了一座金山。

他跟市信访局的领导提出要见曾雁来，扬言如果不给他约他就上访告信访局，告他们失职。如果换一个别的上访户说这样的话，信访局的人会当成笑话听。可他是贾文海，是名人，是一个让市长都能挨上处分的人。

信访局局长试探性地给曾书记秘书路远打电话，路远顺嘴问了下曾书记，曾书记还真爽快地答应了。

“曾大人能见我这个草民，真是大人有大量，我代表我的残疾儿子和我的傻老婆感谢书记。”贾文海连连作揖。

“我也是农民的儿子，咱们一样，您有什么事要上访？”曾雁来在区里、县里工作时经常接待上访，都说贾文海上访有名，他反倒想见识一下。

“你们政府的金大市长还有原来站前区的李大区长，因为损害我的权益，被我上访都给了应有的惩罚，看来政府就得依法办事。”贾文海又翻出了他的“成名作”，他到哪儿都用这吓唬人，有的还真让他给吓唬住了。

“哦，有这事？”曾雁来有些吃惊，他真不知道。他马上交代路秘书，把这事了解清楚，明早把报告放到他的办公桌上。

“大书记就是个爽快人，那我就直说了吧，站前村的强拆又损害了我的利益。全渤海市都知道，全站前村都听我贾文海的，把我哄乐呵了，站前村的事就好办，要不就寸步难行。”贾文海从来不缺少这种自信。

“政府要依法行政，老百姓也要依法办事，管和被管不是矛盾的，都是为了我们渤海市更美好。”曾雁来语重心长地说。

“渤海市好不好那是你大书记的事，我们家好不好那是我的事，把我逼急了兔子还会咬人呢。”贾文海做了一个告别的手势。

对于贾文海来说今天不是让书记解决什么事，他一是觉得曾雁来是渤海市的一把手，而他是渤海市上访界的“一把手”，有必要两个一把手见个面，来试探下虚实；二是他要让市委书记认识到他的能量，能把金海东告输的人，在渤海市还就他一个，他要引起市委书记的重视。他觉得他这次是来着了，要不曾书记真不知道他告倒金海东这件事。

金海东意识到问题的严重性，他马上安排主管副市长组织就拆“双违”问题作专门汇报，他准备请常委们都参加。

在市政府会议室，拆“双违”的专题汇报会马上开始。

市委常委、市政府领导，各县、区两个一把手，规划局、土地局、城管局、公安局等一应到齐。

主管副市长开始汇报，主要内容如下：

市委、市政府及各县、区各部门高度重视。

今年拆除“双违”30万平方米，是过去三年的总和。

每个区片都涌现出了拆“双违”的典型，应该表彰。

没出现一起伤亡事故。

没出现一例到省里及北京上访事件。

曾雁来闭上眼睛用笔轻轻地敲着桌子。

金海东打断发言，说：“重点说说还存在什么问题，下一步的措施和办法。最近我也是在搞这方面的调研，看来问题不小啊！”

“各部门各抒己见，还用我点名吗？”金海东眼睛一瞪。

“书记、市长、各位领导，要说问题还是那些老问题，什么补偿标准低了，虽然没有到省里上访，但从市到县、区都出现了上访。”

曾雁来听得不耐烦了，站起来，啪地一拍桌子，“散会，金海东你给我留下。”

曾雁来没想到，大家依旧是老调重弹，问题放在那儿就像是惯例，没有解决办法。你推推我，我推推你，敷衍了事。经过这么多天的观察，他全看见了，也听见了。政府是一家人，但一家人力不往一处使，哪有能解决的问题？曾雁来越想越气，真想抓住金海东直接开揍。

参会人员很快撤离了会场，曾雁来终于释放出内心的怒火，他用笔指着金海东，“金海东啊，金海东，我说你什么好呢。晚上让万灵给我做杀猪菜，我吃定你了。”曾雁来气呼呼地走出了会议室。

金海东太了解曾雁来了，从称呼上就能了解他的心情。生气的时候他会直呼其名，特别生气的时候对万灵也是直呼其名，这次他是真的生气了。金海东又何尝不知道曾雁来会生气呢，这些天随着他对拆“双违”的调研，他也觉得这里真的存在问题，只是多方面的因素在困扰着他，让他没理出头绪。

“万灵啊，雁来晚上到咱家吃杀猪菜，单位没要紧的事就请会儿假，准备一下。”金海东情绪低落。

“是不是又吵架了？怎么一听说吃杀猪菜我心里就发毛。算了，这季节哪有好酸菜呀，我包饺子吧。”万灵征询着金海东的意见。

“哎呀，你爱做啥做啥吧，你也知道猪能吃下去的东西他都能吃下去。”金海东挂了电话。

“肯定又生气了，这省里领导怎么这么有眼光，把这俩犟驴拴到了一起，不打才怪呢。”万灵自言自语。

曾雁来晚上六点准时到了金海东家。万灵给他开门时心里觉得奇怪，金海东怎么没和他一起回来。

“怎么没和海东一个车回来呀？”万灵纳闷，从前他们吵得再凶也是一个车回来。

“我才不坐他车呢，怪怪的香水味。”曾雁来眼睛盯了一下厨房。

“那是我让司机放的，是我拿的香水。你怎么知道有香水味，你还是坐过。”万灵嘴不饶人。

金海东回来了，眼睛不看曾雁来，径直进了书房，把公文包摔在桌上。

“我说雁来，你也给我进去，还是老地方，记住把门给我关上，你们吵架去，我耳不听心不烦。”万灵7年前就习惯了，金海东家书房是曾雁来和金海东吵架的专用地方，除此地之外他们俩没红过脸。

“你说你金海东，把表面文章做到我曾雁来头顶上来了，你看你那汇报会还邀功请赏呢，你说你脸皮怎么这么厚。”曾雁来在金海东的面前走来走去。

“曾雁来，渤海市的拆‘双违’在全省，别说全省就说全国，比哪个地方落后？你见多识广，请你曾雁来告诉我。”金海东气得站了起来。

“你别提全国，一提全国我就来气，你说深圳和我们渤海市不都是第一批沿海开放城市吗？我们是一起起跑的，你告诉我人家跑到哪儿了，我们渤海市跑到哪儿了。人家起步只是个小渔村，你看我们呢，有着几百年的历史了，老祖宗给我们留下一个5A，还让我们给弄丢了，我们还有脸跟全国比吗？”曾雁来用手做了一个自杀的手势。

“你知道我们渤海市‘双违’建筑有多少吗？1600万平方米。你知道1600万平方米是什么概念吗？是一座城。你知道这涉及多少人的利益吗？数不清的人。社会稳定，社会稳定，你这个做书记的还用我教你吗？”金海东气得双手也舞动了起来。

“我知道你金海东委屈，都是前任欠下的债，你金海东不准备还了是不是？你知不知道新官要理旧债。你的党性让狗给吃了？”曾雁来上纲上线。

“你曾雁来好，不管怎么干，也不能拿稳定来赌啊，这也是党性原则问题。”金海东不甘示弱。

“吵够了吧，吃饭了，吃饭了。”万灵边喊边推门。

“不吃了。”金海东气呼呼地回了一句。

“你不吃我吃，嫂子的饭，馋死我喽。”曾雁来不管不顾，坐到餐桌前，狼吞虎咽，片刻就填饱了肚子。

曾雁来生气归生气，但和金海东这么多年的好兄弟，都互相知道对方的脾气，虽然经常呛嘴，但心却是往一处想的。多少年，多少成绩，都是这样一起完成的。争执完了，吃饱了饭，曾雁来的气消得也差不多了。

“嫂子，给我打包。”曾雁来用筷子比划着。

“那剩下的不是海东还得吃嘛。”万灵往书房看了一眼。

“我不吃。”金海东气还未消。

“对、对、对，他刚才就说了，他不吃，我那儿路远还没吃呢，来时我都说好了，给他带。”曾雁来像是在自己家一样。

“嫂子，我走了。”曾雁来又望了一眼书房，“我可走了啊。”

“你给我站住。”在曾雁来一脚门里一脚门外时金海东喊道：“我安排司机等你呢，这么晚了怕让人给你拐走了。”

“谢了，金市长。”曾雁来俏皮地一眨眼。

“你不是讨厌香水味吗？”万灵可抓住机会了。

“不碍事，不碍事。”曾雁来装作之前没说过。笑了笑，提着打包好的饭菜走了。

早晨，曾雁来依旧八点准时来到办公室，路远对他说：“金市长在办公室等您呢！”

“呵，来炮打司令部啊，不讲规矩呀。”曾雁来边进屋边唠叨。

“我金海东有那么小气吗？痛快呀，痛快，你说雁来，我们7年没吵架了吧。”金海东坐在沙发上，拍了拍腿，眼睛望着天花板。

“小路，给市长沏好茶。”曾雁来边说着边坐到了金海东身边。

“省着点吧，小路给我沏了，你那还叫好茶呀。”金海东边说边从包里掏出两盒茶叶。

“这是金祖茶，采自云南，海拔在3000米以上，少女采摘，古法烹制。”金海东好像背课文一样。

“别跟我装了，从嫂子那儿学来的吧，想干啥，想退休了？”曾雁来最懂金海东，和自己一样没有生活品位。

“我说雁来呀，年龄大了，我可能真的求稳了，你小我五六岁，跟我不一样，你不怕我给你捅出篓子，可我怕呀！”金海东道出了他的心思。

“海东，我懂你说的话的意思。我们都是党员，战争时期你的爷爷和我的爷爷把命都豁出去了，我们还怕掉乌纱帽吗？”曾雁来端详着眼前空空的茶杯。

金海东一拍茶几站了起来，“那我们联手再干他一场，痛快痛快，告辞了。”

曾雁来的案头放着路秘书给他准备的两份资料，一份是金海东和李旭天挨处分的全部经过的资料，一份是贾文海的上访全过程的资料。

啪，曾雁来一掌重重地拍在桌子上，他双手捂着脑袋。

渤海市要发展，经济和思想意识领域都遇到了大问题。他以前更多关注的是前者，但他现在体会到后者的瓶颈比前者还要长。而且后者遇到的问题解决不了，要想实现国际旅游都市的定位不只是遥遥无期的事，而且是空谈。

以前人们大干快上的劲头哪儿去了？

战争年代面对生命危险共产党员都在抢着上，为什么现在涉及一点点责任大家都互相推诿？

政府为什么怕上访，是我们真的做错了还是我们得了软骨病，还是我们的评价体系出了问题？

为什么不敢担当了？

为什么形成了企业怕政府，政府怕老百姓，老百姓怕企业这样一个怪圈？

和稀泥、和事佬是解决了社会的暂时稳定还是制造了更大的麻烦？

是什么导致了管理者的短期行为？

我们的用人机制是不是有问题？

真的是一管就死一放就乱吗？这里没有中庸吗？

怎样把各级管理者的主观能动性都调动起来，潜力都发挥出来？

曾雁来陷入了深思，他知道这些问题和城市发展的关系，他知道这些问题不解决，他的老搭档金海东就是有三头六臂也得累死疆场。

“想啥呢？想我嫂子了吧！没啥事我可要下班了。”已经到了晚上九点钟了，曾雁来还是抱着头，好像这个姿势几个小时没变过，这时路远实在坐不住了。

曾雁来回过神来，摆摆手示意让路远走，紧接着又招招手让路远回来，“那个李旭天你有印象吗？”

“我当然有了，刚整的材料。”路远答着。

“什么印象？”曾雁来试探着问路远。

“说真话还是说假话？”路远调侃着说。

“真话怎么讲，假话怎么说？”曾雁来看着路远问道。

“假话是他欺负弱势群体，尤其是残疾人，真话是他真是员虎将。”

路远在曾雁来跟前从来不说假话，即便说曾雁来不爱听的话，他也毫无顾虑，这正是曾雁来喜欢路远的原因。

曾雁来用手点点路远，“你小子有进步啊！”

路远扬扬下颌，“看跟谁学了。”

“马上给我联系李旭天，明早到我的办公室。”曾雁来指示路远。

路远翻开电话册，马上给李旭天打电话。

“是计生委的李主任吗？”

“是，您是哪位？”

“我是市委曾书记的秘书路远，书记请您明早 8 点到他的办公室。”

“曾书记现在还没下班？”

“是的。”

“问问书记现在有没有时间，有时间我现在就过去。”

路远把手机拿开耳边，想问曾雁来，曾雁来大声说：“你们说话我都听到了，有时间，有时间，顺便带两桶方便面过来，要大桶的。”

路远放下手机，说：“这是王八看绿豆对眼了，你要两桶方便面干啥？”

曾雁来用手点点路远，“还有你啊。”

“你不是让我下班了吗？”路远唠叨着。

“谁说了，谁说了？你给我做作业去吧，我这段时间考虑了有十多个问题，每个问题你都要给我答案。”曾雁来每时每刻都在锻炼着路远。

十五分钟后，李旭天到了市委曾书记的办公室。

“您这么晚了找我，我哪敢推到明天早上啊！这是您的方便面，外加火腿肠，还有榨菜。”李旭天边说边把东西递给了路远。

“你咋知道我爱吃这个牌子的榨菜，还有这个牌子的香肠？”曾雁来站了起来。

“我哪里知道书记爱吃啥，这都是我爱吃的。”李旭天规规矩矩地站着。

“这不对眼了，啥都对眼了。”由于有外人，路远没敢说王八那两个字。

“小路你赶快给我泡面去，李旭天你给我坐下。”曾雁来拐到沙发前坐下，示意李旭天坐到对面。

“书记我还是站着吧，见您这么大的领导我不敢坐。”李旭天应承着，笔直地站在曾雁来的对面。

“你爱站着就站着，别说废话，你给我谈谈感受。”曾雁来看过李旭天的材料后就想见识见识这位虎将。

李旭天一下犯了合计，你这是让我谈啥感受啊。

“您说书记，这过去生孩子管都管不住，什么北戴河呀，海南岛呀，可现在让人生都不生了，有的想生又生不出来。我这计生委副主任……”

“你给我打住，我不是听你谈生孩子的。”曾雁来知道李旭天还有着情绪。

“听说你收了贾文海这个干儿子？”曾雁来调侃道。

“他哪是儿子，这儿子就是个孙子。”李旭天走到沙发前坐到了曾雁来对面，接着说：“曾书记，就因为这事我火上大了，不是因为这个计生委副主任，是我觉得对不起金市长。”

“你觉得我们渤海市拆‘双违’能拆得了吗？”曾雁来用手指轻轻地敲打着茶几。

“拆不了，肯定拆不了。”李旭天毫不犹豫。

“哦，那你说说为什么？”曾雁来就想知道为什么。

“书记您会下围棋吗？”李旭天一挑眼神。

“会点，不精，但棋理还懂。”

“这就好沟通了，您看书记，这全市拆‘双违’应该是一盘棋，可操作起来都是各干各的，有的在棋盘的角上下功夫，有的在边上下力气，有的又谋图口腹，您看这一盘棋能不下乱吗？”

李旭天喝了口水接着说：“我们政府各职能部门内部也应该是下一盘棋，可规划想规划的理，土地想土地的辙，城管又有城管的打法，县、区又有县、区的考虑，您说这还能拆吗？”李旭天出了口长气。

“按你的说法，我们渤海市就死在这私搭乱建上了？”曾雁来眼睛盯着李旭天。

“那倒不是，我要是您，就能拆了。”李旭天话说出来觉得话说过了，所以他停下来，看着曾雁来的反应。

“说说，别婆婆妈妈的，有什么高招尽管说出来，我要让你给我捅破天。”曾雁来兴奋地站了起来。

“全市一盘棋，党政一把手挂帅，一把尺子量到底。”李旭天也站了起来，把曾书记领到渤海市地图前，好像这是他的办公室。

“您看，曾书记，我们渤海市首先要把龙头村、凤凰村、站前村的‘双违’建筑扫平，这是三大战役。只要全市统一调度，全市各区片用一把尺子，对所有违法建筑不管是什么人建的用一把尺子，我就不信拆不掉。老百姓怕的就是我们政府欺软怕硬，只要我们公平、公正、公开，我们的工作就能得到老百姓的理解与支持，到时别担心老百姓去上访，没准我们还能收到锦旗呢！”李旭天满脸微笑，好像跟打了三大战役胜利了似的。

“好，好，嗯，好一个李旭天，我记住你了。”曾雁来用手点着，也笑了起来。

翟彪心里美滋滋的，这又是他的一场胜利，每年的强拆他都能发一笔财。他的庆功宴也摆了，下面的安排也安排了，就等着坐地收钱了。

豪叔心里泛着嘀咕，今年是不是要变天啊？他的视野比翟彪大得多，今年的强拆明显比去年多了很多，这个他不担心，因为新来了个市委书记，肯定是新官上任三把火啊。但唯一让豪叔读不懂的是，今年和往年一样，大家复建的心气很足，也都在积极准备着，等待着时机，可政府看得很紧，各部门都严防死守，似乎不给复建一丝机会。

豪叔拜访海老，豪叔知道海老不仅信息灵通，而且格局比他高，这些年霸王楼之所以八面威风，笑傲渤海市，没有海老撑腰是没有那么大的气场的。

海老在自己的会所品味着冰山生普洱。海老生来爱茶，从原来的铁观音，到武夷山的金骏眉、大红袍，到熟普洱，再到今天的生普洱，海老的茶路历程可以讲上一天。海老呷一口茶，微闭双眼，遨游在云南的几个山头，最后徘徊在自己买断的那二十棵古茶树上，无比惬意。海老说这才叫生活，相比之下他曾经的手下曾雁来、金海东，都分不清什么叫生普洱什么叫熟普洱。想到这，海老笑了笑，“人和人真是不能比呀！”

“要变天吗？”海老依旧品着茶，思绪好像还畅游在云南他那些古茶树上，“渤海的违建好像跟我没关系吧！”

海老和豪叔心里都清楚，那霸王楼建设之初就受到了建设局的制止，后来还是海老出面，开了罚单，工地几乎一天都没停过。七天一层，装修只用了 45 天，只用了三个月的时间，霸王楼就开始开门纳客。霸王楼速度创造出了渤海市之最。

“没关系，当然没关系，怎么能跟您套上关系呢！”豪叔连连点头，像是鸡啄米似的。

“山区那几个矿也该转手了吧？霸王楼才几个钱。他曾雁来不懂舍得，我们得懂，这就是财神爷为什么喜欢我们的原因。”海老说完，干脆闭上了眼睛，那意思是送客。

豪叔找到翟彪，暗示了海老的意思，翟彪不以为然，他翟彪可不是吓大的，霸王楼是豪叔的一小部分，是海老的一个小零头，可是是他翟彪的全部，“什么狗屁舍得，我翟彪舍了就是穷光蛋了。”翟彪心里骂着豪叔，可脸上还是堆满笑容。

豪叔看出来了翟彪不服气，他也觉得说服不了翟彪，他叹了口气说："那霸王楼今后就不用给我钱了，以后的事也与我无关。"

翟彪早就希望豪叔说这样的话，这么多年干股拿的，让翟彪心疼。霸王楼离不开豪叔，没有豪叔，海老认识他翟彪是谁？那霸王楼也盖不起来。霸王楼红红火火这么多年，依托霸王楼翟彪又接触了很多"能人"，翟彪越来越觉得豪叔钱拿多了，他早有甩掉豪叔的心思，但怕江湖人说他不讲义气。这次是豪叔自己提出来的，正中了翟彪的下怀。

"仰仗豪叔这么多年护着小弟，小弟心里有数，看小弟怎么孝敬豪叔的。"翟彪嘴上只能这么说，这只是个台阶，下一步主动权可都掌握在他翟彪手里了。翟彪心里暗乐，差点乐出声来。

第六章　溯源革新

金海东是个不含糊的人，他是一个言出必行的人，他答应了曾雁来，他就决心把渤海市的拆“双违”一抓到底，而且想一个人承担责任。

他组织了渤海市拆“双违”专题讨论会，他必须把渤海市“双违”存在的病根全部找出来，之后再对症下药，而且他要下一服猛药。

“今天把大家请来，给我们渤海市的‘双违’号号脉，大家知无不言，言无不尽，我不扣帽子，不打棍子。大家听好了，如果谁敢打太极，我可是既扣帽子，又打棍子。”金海东言简意赅，这是他的开会风格也是他的办事风格。

“这么大的一个局怎么能少了我，我是不请自来呀。”曾雁来大步走进了会议室。全体人员都站了起来，有人马上把金海东市长边上的位置给让了出来。

曾雁来示意大家都坐下。

“刚才海东市长说的话我都听到了，他的意见就是我的意见，你们可都是跟海东市长共事多年啦，肯定比我更了解他的风格。”

“你来干啥？这是市政府的事。”金海东小声对曾雁来说。

“这么大的宴席，我怕你吃不消。”曾雁来对金海东挤了挤眼睛。

曾雁来环顾了一下四周，“今天我还给你们带来了一个你们原来的战友李旭天，你们比我还熟悉，就不用介绍了，会议按照海东市长安排的议程进行，我只是列席，只是来听听。”

好一个只是来听听，又带来了李旭天，与会人员显然都来了兴致。

站前村所在地站前区区长说：

“长期以来，由于个别人法律意识淡薄，为谋私利进行违法占地和违法建设，再加上一些部门执法不严，导致城市发展过程中‘双违’大量存在，严重影响了人民利益、人身安全和城市形象，危害了社会公平和市场秩序。

“行动伊始我们就发现，整治‘双违’过程中，存在着‘村看村，户看户，老百姓看干部’的现象，而且涉及‘双违’的人员有不少是老百姓认为‘有背景’的人，其中还涉及一些党员和干部。

“个别执法部门存在观望情绪，对整治‘双违’信心不足，工作进展不快。”

凤凰村所在地凤凰区区长说：

“‘双违’存在的原因不外乎下面几个原因。

“一是经济利益驱使。近年来，很多地方征地拆迁速度加快，一些个人和群体抱着浑水摸鱼的心态，加之，一些幕后黑手推波助澜，想借‘双违’谋取高额补偿。同时，由于部分农村群众法制观念淡薄，抱有‘法不责众’的侥幸心理，看见他人参与违建，担心在日后拆违中‘吃亏’便跟风违法建设，这在一定程度上助长了歪风邪气。

“二是基层防线失守。有的基层一线部门对‘双违’工作存在重突击、轻日常的问题，未形成常态长效管理机制。在‘双违’刚出现苗头时，没有采取有力措施制止和打击，未能有效发挥‘桥头堡’的作用，第一道防线失守。

“三是担当意识不足。一些基层干部担当意识不浓，守土有责、守土尽责意识不强，没有认清‘双违’的严重性和紧迫性，没有深入细致、高度负责地做群众工作，未及时进行制止和清理，而是停留在一般性地反映问题和说服教育上，寄希望于上级安排，等靠依赖思想严重。

“四是教育管理不深入。一些党员面对利益诱惑，忘记了身份、忘记了党性、忘记了责任，也充分反映了基层乡镇对农村党员干部管理教育失之于粗、失之于浅、失之于散，没有真正深入下去，没有收到应有效果，没有发挥应有作用。

“整治‘双违’没有捷径和窍门，坚决依法拆除是关键。

“要想根治‘双违’，管理要到位。

“1．科学规划到位，着力构建不易建的保障机制；

“2．教育引导到位，着力构建不想建的教育机制；

“3．常态化管理到位，着力构建不能建的防范机制；

“4．严厉打击到位，着力构建不敢建的惩戒机制；

“5．后续处置到位，着力构建不愿建的约束机制。”

龙头村所在地龙头区区长说：

“整治‘双违’的核心是与违法违规行为做斗争，是还老百姓一份公平，还城市一片净土。过去违建乱象林立，肆意挤占城市空间，老百姓深恶痛绝，因为它影响了环境，影响了秩序，影响了党和政府在群众当中的声誉和形象。

“各方面存在顾虑和观望，同时也暴露了在城市管理上的粗放式模式。

“在整治工作推进过程中，各种新情况新问题仍然不少，如地面阳光房违建、下沉式庭院加盖、楼顶接违建等新情况、新问题不断涌现，加之涉及弱势群体的违建、拆除后影响合法房屋主体安全的违建、有购房合同发票等但无产权证疑似违建等一直存在的突出问题，给下步工作推进造成一定困难。且这些多涉及群体事件，拆除难度较大，认定环节复杂，虽经多方面工作，群众依然不予配合，甚至激烈抵触。

“干部队伍的执行力不足以及发现问题、解决问题能力欠缺尤为明显。

“长效机制建设方面还存在短板。‘双违’整治搞集中突击虽然速度快、见效好，但是做好机制建设、日常管理相关工作更为重要，也更为扎实。其他地方已经有过‘集中整治效果明显，整治过后违建依旧’的经验教训，往往最后陷入了‘建了拆，继续建，接着拆’的恶性循环，群众意见很大、政府疲于应付，究其原因就是没有加强制度和机制建设，或者说有了制度、机制，没有坚持好。

城管局局长说：

"'冰冻三尺，非一日之寒'，从'双违'的成因看，原因有二：一是群众法律意识淡薄或明知违法，却还要钻法律空子，愈演愈烈，为了一己私利顶风乱占乱建，助长了歪风邪气；二是执法部门执法不坚决、不彻底，社会责任感不强，'双违'问题屡禁不止。"

土地局局长说：

"长期以来，在土地管理方面尤其对农村的土地管理方面存在放任状态，导致用地问题乱象丛生，破坏了规则，败坏了风气，尤其严峻的是，少数的违法者使得守法村民怨声载道，极大地阻碍了经济发展、项目落地，也严重制约着城市发展建设的谋篇布局。"

信访局局长说：

"这些年，由'双违'引发的信访问题呈上升趋势，大大增加了社会不和谐因素。个别人法律意识淡薄，或受利益驱使，不惜代价搞'双违'，不仅损害他人利益，激化矛盾，而且造成跟风效应和连锁反应，导致'双违'扩散，危害社会稳定。

"部分群众对村庄规划缺乏了解，对《城乡规划法》的严肃性认识不够，擅自在自家责任田或者承包地上建设住宅、养殖场、农业设施管理用房等，形成违法建筑。还有部分群众存在法不责众的侥幸心理，把法律规定抛于脑后，甚至认为政府怕老百姓闹事、上访，不会下狠心整治违法建筑，因而就忘乎所以，纷纷抢搭乱建，甚至互相攀比搞'双违'。"

规划局局长说：

"出现这么多违法建筑，从另一角度说明群众还是有需求。比如在农村，已经多年不再批宅基地，但实际上却盖了不少新房。一些农贸市场是临时违法建筑，但市场里面人很多，说明百姓确实有需求。所以，要认真分析违法建筑形成的多种原因，针对违法建筑实际情况，认真研究出路的问题。在'严监管'的同时'给出路'。对于一些有合理、合情成分的问题，要深入分析查找原因。跟审批有关的要加快审批，确实有刚性需要的，要从正面多想办法破解难题，既妥善解决实际存在的民生需求，又确保不留后遗症。

"'双违'建设极易发生反弹，要遏制'双违'建设抬头，确保无'反弹'、不'回潮'，关键是要健全长效工作机制和管理措施，健全管理网络，及时搜集基层信息，形成违法行为随时被举报、被查处的工作机制，尽快使监管工作步入法制化、制度化、规模化轨道。"

金海东见大家都说出了心里话，很是满意，他感慨地说："从全市来看，'双违'问题数量之多、蔓延之广、态势之重、时间之长，用'触目惊心'来形容毫不为过。这种问题的存在，对经济、社会发展和人民生活造成严重的危害和十分恶劣的影响。少数不法之徒苦心钻营，大肆违法占地、违规建设，以很少的成本就能获得高额收益，严重扰乱了公平正义，败坏了社会风气，侵蚀和谐稳定的社会根基；严重损害了城市形象，使我市历史文化旅游名城的品牌价值遭受贬值；严重损害了党和政府的形象。"

金海东喝了口水，继续说："这次集中整治'双违'的出发点不是非要追责，但是如果你工作不得力，那就新账老账一起算，追到谁算谁，可能由于你不努力，有可能最终把其他人牵扯出来，但是我们没有向后看的初衷，我们一直坚持向前看，向后看也是为了向前看。

"特别是在实际工作中遇到的问题会千差万别，我们要开动脑筋、解放思想，把握政策、掌握方法，坚决不搞零和博弈，最终实现城市整体升值，让大家都过上好日子。

"'双违'产生的原因非常复杂，有腐败的问题，有纯粹的利益问题，也有无可奈何的选择。面对如此大量的'双违'，整治之初，大家肯定都有各种想法，既看到了一个家庭、企业对'双违'的依赖，也看到了大量的非法利益给党和政府、整个社会造成的巨大危害，这样一个现实考验着我们的态度和决心。可能从一个违法建筑本身来看，它支撑着一个家庭的生产和生活，但是从整体和全局来看，它又是城市的一个毒瘤，它给少部分人带来既得利益的同时，又给这座城市和大多数人造成了巨大的损失，甚至是伤害。

"有的'双违'存在了几十年，有的仅仅存在几天；有的让人意识不到它是一个‘双违’建筑，有的是半截子工程；有的大到投资几千万，有的小到几百块钱。但性质是一样的，都与我们提出的奋斗目标相违背。

“这些问题的根本原因还是思想问题。

“首先是拖。就是仍然抱着侥幸心理，持有观望等待态度，甚至对市委、市政府彻底消灭‘双违’的决心存有试探心理，能拖一天是一天。

“其次是软。就是在工作当中动员不力、组织不够、干劲不足，没有树立从严整治、一抓到底的决心。

“最后是怕。有畏难情绪，不敢动真碰硬，采取退缩、躲避、迂回、应付的态度，甚至害怕‘拔出萝卜带出泥’。

“所以我说，‘双违’的形成，不完全是‘双违’建设者的责任，很大程度上与监管不严有关，与领导干部‘带头’建违有关，与城市功能不全有关。

“所以，我们大家在做任何事情的时候，首先要考虑的是人民群众的想法。广大人民群众拥护和支持的，就是我们应该做的。

“我们作为城市的管理者，对你的城市、你的辖区，了解多少呢？雁来书记上次跟我提到的‘走遍渤海市’的活动能否扩大到渤海市所有干部，让所有的城市管理者用脚步丈量城市的每一寸土地，带着问题走，带着感情走，带着作风走。我举双手赞同曾书记的这个提议。每天只在办公室里看文件、听汇报是管理不好这个城市的。那就让我们用脚步丈量责任，用眼睛发现问题，用耳朵倾听民声，用真心解决问题，用汗水书写担当。”

金海东讲完话，出了一口长气，他看了看曾雁来，看书记还有什么指示。

曾雁来再次环顾一下四周，简短地说：“我这次来是列席会议的，只是带着耳朵来的，没什么指示。但我提议给海东市长和各位参与研讨会的各位鼓鼓掌。”

会议室顿时响起一片掌声。

会后，金海东来到曾雁来办公室，他觉得还有一个很重要的事要和曾雁来沟通。

“雁来书记，刚才会上大家反映的问题，就是一个：管理。整治‘双违’，我们现在的‘双违办’只是一个临时的机构，在处理‘双违’上只是协调各部门之间的关系。当遇到一些违法行为时，它也不具备执法权，只能依靠各部门的执法单位。”这句话虽然是从金海东嘴里说出来的，但曾雁来也有相同的感受。

“是呀，多头执法、互相推诿完全是在拖后腿。海东市长，你的意思是成立一个长效的机构？”

“对。我们把各行业部门的行政处罚权集中整合，成立城市管理综合执法局，从根本上解决城市管理中多头执法、互相推诿的问题。”

“谁来牵头这个综合执法局呢？”

“李旭天。”“李旭天。”

两个人同时说出了一个人的名字。

“不过雁来书记，李旭天还受着严重警告处分呢，组织程序我这个做市长的可无法突破哦。”金海东用眼神挑了一下曾雁来。

曾雁来用手点了一点金海东，“你不了解我曾雁来是吧？”

金海东诡秘地一笑，“我就是想讨个说法，你看你又要吃杀猪菜了。”

曾雁来留金海东在办公室切磋一下“棋艺”。这是他们俩7年前约定俗成的习惯，用曾雁来的话说是“吃着碗里的看着锅里的”，用金海东的话说是“走一步看三步”。

“海东市长，现在我们渤海市整治‘双违’这盘棋已经下起来了，我们俩还得往前下几步，你意下如何？”曾雁来调皮地向金海东眨眨眼睛。

“好啊，雁来书记，还是在县里的老规矩，你先请。”金海东笑了笑。

“那我就不客气了，我出一招‘智慧城市’，让我们渤海的城市管理逐步实现数字管理。”曾雁来说完看着金海东。

“好啊，好啊，这着棋好啊，我也想了许久了，妙棋，妙棋。”金海东连连称赞。

“该你了。”曾雁来用手示意了一下。

“那我出一招‘河长制’，让我们渤海市的水质都达到三级以上，让我们渤海市真正实现绿水青山。”金海东说完看着曾雁来。

“好棋，好棋，好棋呀。”曾雁来连连拍手，“怎么你这个市长要当‘河长’了？”

“是啊，当不好‘河长’，无颜当市长啊！”金海东很严肃地说。

“该你下了。”金海东看着曾雁来。

“海东啊，你说我急，我看你比我还急呀，别下了，这些都是大招，馒头要一口一口地吃，这可是你教我的。”曾雁来说完，两个人哈哈大笑起来。

豪叔再次拜会海老。

豪叔是个不服输的人，上次谈话之后他越琢磨越觉得不对味。再说，一下就放弃那么大的利益，让豪叔心不甘。

“海老，您说这棋就让曾雁来给将死了，一点儿活路都没有？”豪叔依旧弯着腰身。

“你觉得他曾雁来有那个本事能将死我吗？别忘了他曾雁来、金海东都曾经是我的下级，他们想在我这儿翻身还没到时候，也许永远到不了时候。”海老依旧喝着上好的生普洱，眯缝着眼睛。他坐在摇椅上，像猎豹守着鲜美的猎物，他等着这一局好棋开场。

“现在市政府那边都传开了，拆‘双违’这次恐怕是来真的了。”豪叔一副无奈的表情。

“你别搂着你那个芝麻大的霸王楼不放，你没发现在渤海市我们还有很多金矿没采掘吗？”海老嫌弃豪叔小气。

“海老，我知道您嫌我小气，可我也不能就这么投降了吧，那他们今后还不得骑在我们的脖颈上拉屎！”豪叔咽不下这口气。

“主动投降，哈哈，主动投降，你看我海老主动投降过吗？”海老撇了两下嘴。

“我就爱听您这话，请您指示。”豪叔也来了兴致。

“网络是个好东西，你不会把局势搞乱？这个还用我教你豪叔吗？”海老复又闭上眼睛以示送客。

把局势搞乱是豪叔的强项，这些日子拆“双违”的坏消息一个接着一个都把豪叔搞懵了，以前笑话别人骑驴找驴，这回轮到他豪叔了。

豪叔马上安排毛头，毛头是豪叔常年养着的网络高手，当然毛头不只是个网络高手。

旋即网络上出现渤海市关于强拆的两个帖子，点击量都超过10万了。

《副镇长逼迫，老人从镇政府楼上跳下当场摔死》：

副镇长去老人家里动员拆除违建。

老人身患癌症，想不通，思来想去，第二天穿戴整齐来到镇政府，从镇政府楼上跳下，当场摔死。

《政府凌驾于法院之上》：

洋河口码头的"观海园"，被区海洋局因非法用海查处，业主不执行处罚决定。海事局将此涉海案移交区法院申请强制执行，经法院合议，驳回海事局申请。但区政府依然采取联合行动，要强制拆除。

在曾雁来办公室，曾雁来和金海东同时约见李旭天，这在渤海市的历史上还是少有的事。

"旭天，我和金市长就城市管理问题上都想成立一个综合执法局，而且这个局长由你来担任。你有什么想法？"曾雁来直截了当地问。

"你们两位当家的可要想好了，我可是个受过处分的人，就不怕我再给你们捅出来什么娄子？"

"捅娄子的事太小，曾书记的意思是想让你把天给捅破。"金海东微微地笑了笑。

"既然领导连乌纱帽都敢不要了，那我李旭天还怕什么！再说我李旭天还欠金市长一个人情呢，这欠债总是要还的啊。"说着李旭天从文件袋里拿出一份材料。

"你是有备而来呀！"曾雁来用手点点李旭天。

"呵呵，上次跟您谈了之后，我就琢磨出这个东西。"

曾雁来接过材料看了起来。

树移山之志，祛"城市之殇"

一、广泛动员、扎实推动，夯实整治"双违"基础思想是行动的向导。无论哪一项工作，要想取得扎实的成效，必须营造氛围，夯实基础，全员动员、全民参与。

（1）深度宣传，树立鲜明舆论导向

在传统媒体开设专栏、新兴媒体设立专题、社区媒体设立专版，做到电视有画面、报纸有文章、广播有声音、网站有视频、论坛有回应、微信有推送、街头巷尾有公告，构建立体化宣传格局，提升人民群众的知晓率、参与率、支持率。各媒体开设“整治‘双违’进行时”专题栏目，持续宣传整治最新效果，对“双违”典型案例进行曝光，在全社会形成集中整治“双违”的高压态势。

（2）加强领导，建立健全制度规范

市指挥部由书记任政委、市长任总指挥，设立集中整治“双违”办公室，负责组织、协调、宣传、督导工作，各县、区也成立相应高规格机构，对整治工作进行周密部署，迅速推动。实行“日报告、周评比、月考核”工作制度，做到工作有人做、问题有人管、进展有人督，确保整治“双违”工作的稳步推进。

（3）突出重点，按照流程挂图作战

在广泛调研的基础上，制订《渤海市集中整治“双违”建设专项行动实施方案》和《“双违”重点整治任务分解表》，明确整治重点：中心城区主次干道两侧、旅游景区、景观路、城市重要出入口、国省干道两侧、河道两侧，以及群众反映强烈的重点案件、存在违法违规行为的建设项目和未整改到位的违法图斑。

按照分解表有计划、有步骤地进行整治，坚决做到“四个不允许”：不允许拆小不拆大，不允许拆软不拆硬，不允许拆明不拆暗，不允许拆民不拆官。

各县、区结合本地实际，本着“先难后易、拆难促易、无偿拆除”原则，制定工作任务书，明确具体路线图和时间表，对所有整治任务进行细化上墙，按既定时限和目标，挂图作战，完成一个销号一个。

二、落实责任，形成合力，强化整治“双违”保障

（1）责任到人，整体推进

按照“统一领导、属地管理、部门联动、综合治理”原则，对所有治理任务明确责任分工、牵头部门和完成时限。通过层层签订目标责任书，强化属地主体地位，形成统一领导、分级负责、基层为主、职能明确、权责一致的管理格局。各县、区将整治“双违”工作划分为不同责任区，每一责任区均由县、区领导分片包干，建立县区、城镇、村居三级联动机制，一级抓一级、层层抓落实的责任链条，实现每个片区都有人管，并做到管到位、管到底。

（2）全员参与，合力攻坚

市委、市政府领导率先垂范，各级领导干部深入调研，统筹谋划，一线指挥，强力推进，确保整治工作按计划稳步开展。

一线干部不等不靠、克服困难，对辖区内的小区、街巷、沿路的各种违建逐一进行登记确认，调查“双违”形成原因、责任人、使用情况，确定拆除单位及方法，为整治“双违”提供第一手资料；深入违建责任人家中宣讲政策，争取支持；动员辖区居民发挥宣传、监督、举报作用，形成积极参与、共治“双违”的良好氛围。

（3）强化监督，严格问责

出台《“双违”责任追究办法》《“双违”专项整治“八不准”》，对组织、策划、参与“双违”，对支持、包庇、纵容“双违”行动，对在专项整治中不作为、慢作为、乱作为等行动进行查处，对相关案件进行专项督导并公开曝光，强化震慑作用。

同时，政法机关、组织部门要分别出台保障方案。各级领导干部党员签订整治“双违”专项行动保证书、承诺书。

三、坚定决心，攻坚克难，打赢整治“双违”攻坚战

多年的教训告诫我们，必须依法行政。

坚持“无情执法、有情操作”，依法、依规、依政策、依实际推动工作，最大限度减少社会不稳定因素，引导建设行为纳入法制轨道，确保拆得了、管得住、不反复。

（1）把拆除违建者“心墙”作为整治“双违”的起点

抽调精干人员入户做深入细致的思想工作，既让当事人了解整治“双违”的大形势，了解国家的相关法律法规，了解拒拆拒改产生的严重后果和代价，又要设身处地为群众着想，帮助他们解决实际生活困难，拉近干群距离，实现群众由拒不配合到理解支持的转变，达到推动违建人自拆的目的。对说服教育仍拒不拆除的违建，坚持严格规范执法，从难点下手，铁腕拆违，组织执法人员对违建进行强制无偿拆除。

（2）把依法行政贯彻整治“双违”全过程

制定《拆“双违”工作一般法律程序》，供各县、区在工作中予以参考。组织“法律服务团”，对强拆中的涉法问题进行集体会诊，全面把脉，为“双违”专项整治提供全方位的法律和保障，确保强制拆除行动依法推进。妥善制订强制拆除预案，对各种可能出现的情况进行预判，并做好应对准备。

（3）把督导巡查作为整治“双违”的关键环节

在加大整治“双违”工作的同时，加大巡查力度，重点警惕新增违法行为和潜在违法苗头，坚决杜绝出现“建了拆、拆了建”的恶性循环，确保将违法行为消除在萌芽状态。向社会公布“双违”举报电话，并安排专人值守，及时处理举报线索。加强法制宣传，提高广大人民群众的规划意识和法制意识，提高依法依规搞建设的自觉性，不断巩固和扩大整治“双违”行动成果。

（1）坚持无偿拆除

为改变“双违”行为带来的征地拆迁、城市建设成本增大趋势，坚决对“双违”说“不”，全市域统一政策，全部予以无偿拆除，实现“零补偿”拆违。

（2）坚持先难后易

从难点下手，从群众反映强烈的重点案件下手，既让老百姓看到政府的决心和信心，同时也起到震慑和示范的作用。

（3）坚持自拆为主

进家入户，讲政策、明利害、强引导，群众自行拆除，达到和谐拆违的目的。

（4）坚持拆规并举

拆并不是目的，拆后恢复才是我们的最终目标。

在注重拆的同时更注重拆后管理。按照“即拆、即清、即整、即建、即美”的要求，高标准规划，能绿化的绿化，能硬化的硬化，能美化的美化，在拆后的土地上建起公园、游园、停车场、农贸市场等。让广大市民充分享受整治“双违”带来的福利。通过“拆后管理”，美化城市环境，便利居民生活。

（5）坚持典型引路

通过故事和典型经验，进一步坚定信心、鼓舞士气，掀起新一轮高潮。

为早日实现渤海市无“双违”的城市目标，为加快建设沿海强市、美丽港城和国际化旅游都市提供有力保障。

曾雁来认真地看完李旭天的长篇大论后感慨地说：“好。我和金市长都没有看错人，你是一个敢想、敢做的人，那就放心大胆地干吧。”

曾雁来站了起来，对着金海东和李旭天又像对着全市老百姓说：“现在有两种声音：一种是群众期盼‘双违’整治能够一抓到底，千万不能今天大张旗鼓，明天就偃旗息鼓，老百姓最怕留下尾巴，死灰复燃。一种是‘钉子户’也在期盼，只要挺一挺，这阵风过去了，就能保留下来。总书记指出，‘人心向背、力量对比决定事业的成败’。人心是最大的政治，也是最大的力量。如果干到一半停下来，市委、市政府在广大人民群众中的形象就会一落千丈，我们提出的目标就会成为一句空话。只要我们是正义的，就一定会取得最终的胜利。这个时候，我们必须背水一战，取得完胜，用3年的时间开展决战‘双违’清零行动，回应群众期待。”

2016年3月25日，渤海市市委、市政府召集全市各县、区、相关局主要负责人开了一次声势浩大的誓师大会。市委副书记、市长金海东代表市委、市政府向全市下达命令，用3年的时间，把渤海市的“双违”清零。

大会宣布了这项“专项行动”指挥部组成：

政委：市委书记

指挥长：市长

副指挥长：市政府副市长、政法委书记

指挥部办公室组成：

常务主任：市政府常务副市长

主任：市政府副市长

副主任：市城市管理局局长、市城乡规划局局长、市国土资源局局长

市长金海东和各县、区一把手签订了责任状，要求：党政一把手负总责，四级书记一起抓；领导包片，一线调度、指挥、督战；每一项拆违计划都要制订任务书、时间表、路线图，细化上墙，挂图作战，完成一个销号一个。并要求各县、区回去后再层层落实，分别签订责任状，责任到人，在渤海市吹起了向“双违”宣战的号角。

第七章　举棋若定

“冉大局长，我交代给你查处网上造谣的事查得怎么样了？”上次造谣暴力强拆，引起了社会的关注，金海东非常生气。

“市长，那小子也太专业了，上次那两条谣言显然是一个人干的，是在不同的网吧发的，而且是用的假身份证去的网吧。那人化了妆把脸捂得很严，我们正在排查。”冉临江局长也是急得够呛，恨不得马上把造谣者给抓出来。

“什么那小子专业，你们公安局不专业吗？你们要马上给我抓出来，别跟我讲客观理由。”金海东重重地把茶杯放到了桌子上。

金海东的电话响了，是曾书记打来的，“喂，海东啊，你叫一下冉临江局长，你们俩到我办公室来一下。”

金海东用手点了一下冉临江，“你就等着挨批吧。”

纪委书记李远达、宣传部部长程玮、政法委书记陈开明，也陆续到了曾雁来办公室。秘书路远为大家沏上了茶水。

“今天把大家召集来，是想谈一下我的感受。”曾雁来说着话掏出自己的手机，“你看这微信的力量，我爱人在省城，我总想让她调过来，她管我要生活照，（曾雁来指着微信上的图片）你们看这破靴子，还是海东给我的那双，这脚下还是踩着大粪了吧。看过这张照片，人家还不来了，以前对渤海市的印象还是蛮好的，就让这大粪给搞的。”

曾雁来放下手机，“所以说呀，这宣传真的很重要啊。”

“就说前几天的谣言吧，在我们渤海市可是掀起了惊涛骇浪啊，对了老冉，那小子你可要给我尽早抓到。”曾雁来说这话时金海东斜了冉临江一眼。

“不过坏事总是能变成好事，那小子的两个帖子可是给我曾雁来上了一课呀。宣传工具在我们手里，我就不信我们满满的正能量还压不倒歪风邪气！”曾雁来狠狠地敲了两下桌子。

曾雁来是笔杆子出身，写材料、搞宣传都是他的长项，他早就在谋划着一场声势浩大的宣传。

会议决定：

公安局负责对恶意造谣者一查到底，追究刑事责任，同时加强网络监察，对扰乱视听的假消息第一时间屏蔽。对别有用心的微信群约谈群主，必要时可以采用法律措施。对未来强拆的不安定隐患先期排查，必要时可以先期传唤约谈。做好强拆时群体抗拆的预案。

宣传部负责报纸、电台、电视台、网络媒体立体宣传，表明政府决心，传递正能量，横扫歪风邪气。

纪委负责管好干部，要像战争年代一样干部要走在前边，这样老百姓才能信服。有违建的干部先拆是硬道理。要写好对所有党员、干部的一封公开信，接受群众的举报和监督。对不响应政府号召的党员、干部以及为违建提供保护伞的官员要一查到底，绝不姑息。

政法委负责协调法院、检察院，凡是涉及拆迁的案件从快办理，为强拆保驾护航……

经过前一阵子和拆迁户的打磨，还是遇到了很大的阻碍，强拆的问题似乎越来越难解决。用曾雁来的话说这是件好事，曾雁来觉得前期问题暴露得越充分越好。

经过渤海市领导多次开会研讨，从上到下反而越来越统一了思想。把渤海市建成国际旅游都市这一目标大家没有异议，而抹平渤海市脸面上的疮疤又是渤海市能否实现城市定位的必要前提，大家反倒觉得拆“双违”越早越好，拆得越干净越好。

“做拆违，要一把尺子量到底，按规定办事，不能因为对象是谁而改变。不然大家都不会信服，怎么会拆得动呢？我们都是为人民服务的，不要怕触碰了个别人的利益就不甩开膀子干。我们是领导者，我们不能被误解吓倒，不能因个别势力的威吓就退缩不作为，不能怕掉乌纱帽。大家应该记住的是真正的乌纱帽是人民赋予的，只有搞好咱们渤海市的建设，清除清净违法建筑，才能给人民一个优越的生活环境，才算真正承担了自己的义务，符合自己的位置。在其位，就要谋其政啊！”曾雁来在会议上如是说。

无风不起浪，这次拆违的困境让政府顺藤摸瓜，深入研究了问题的所在，下定了违建清零的决心。无论从前期调查，中期寻访，还是后期稳定，都要秉持一种公正的原则，不妥协不让步。城市的一边一角，都要检查透彻了解清楚，不留一块儿盲区死角。摒弃拆小不拆大、拆软不拆硬、拆明不拆暗、拆民不拆官的打假球的作风。

领导干部都认清了形势，不能再争论下去了。李旭天的任命也是曾雁来、金海东对待“双违”的一个明确态度。犯了错误的人还能被重用，这是渤海市历史上没有出现过的。曾雁来在默默地兑现他的承诺，凡是干部，只要不犯主观错误，在敢于担当中犯的客观错误，他曾雁来都给担着。

这次李旭天的综合执法局不仅承载着原来城管局的职能，而且把规划局、土地局、建设局等相关局的执法权都归了过去，避免了互相扯皮现象，并且由综合执法局作为一个中枢，协调、调度、监管全市的拆“双违”工作，做到全市拆“双违”一盘棋。

整个城市都慢慢地被拆违的信息包围着。报纸、电视、电台、网络、微信群都开动了，挂条幅、户外屏、宣传品都为整治“双违”行动造势，顷刻间渤海市似乎空气中都弥漫着拆“双违”的味道。

李旭天通过路远约见市委书记曾雁来。曾雁来也是很长时间没见到李旭天了，他很爽快地答应了，让路远看看日程表，吩咐见李旭天的时间可以尽量往前安排。

在市委书记办公室，李旭天见到了曾雁来。

“书记我有一个好事还有一个坏事，您想先听哪一个？”李旭天征询着曾书记的意见。

“那还是先说坏事吧！”曾雁来喝了口茶。

“要钱。”李旭天边说边观察曾书记的表情。

“要钱你应该去找海东市长啊，找我干吗？”曾雁来把茶杯放到了桌子上。

“这不是我让市长给骂出来了嘛！说没有预算。更可气的还说事得办，而且是抓紧办，耽误了就拿我李旭天是问。”李旭天两手一摊。

“那就说说吧，海东市长让你干什么事？”曾雁来知道李旭天不会轻易要钱。

李旭天笑了笑，坐到书记对面，“那我就说说好事。我想在综合执法局建立一个数字终端，每个执法队员身上佩带的综合执法仪所拍摄的实时执法情况回传到大屏幕上，各县区整治‘双违’的数据在这个终端上及时登录，这样可以让您和市长足不出户就对全市的拆‘双违’情况有一个全面的、动态的了解。”李旭天说完再次观察书记的表情。

“噢。有点意思，我和海东市长商量过了，我们渤海市要用5年时间实现智慧城市，你们综合执法局可以先行一步，接着是旅游局、环保局、政务大厅等，最后我们再来一个大链接。这是好事啊，抓紧办，抓紧吧。”曾雁来说得眉飞色舞。

李旭天傻傻地看着曾雁来高兴的表情，等待着书记说钱的事。可曾雁来似乎忘了第一件事。

“马上给我落实哦，没什么别的事你可以走了。”曾雁来开始看桌子上的文件，下了逐客令。

“书记……我是可以走了，但我不能走啊，这……钱……”李旭天傻傻地站着。

“充分发挥你们局的能动性、创造性，好了，我会和海东市长商量商量，但你不能抱太大期望哦。”曾雁来低下头看起了文件。

“好咧，书记答应了就好，答应了就好。”李旭天转头往外边走。

每当太阳升起的时候，城市川流不息的道路上都回荡着“依法拆违、依法拆迁，建造美丽家园”的广告语。道路两旁的树木间也整齐地拉着“全面打击违法建设 大力优化发展环境”的红色条幅，“严厉打击违法用地行为 坚决拆除违法建筑”的大字也在酒店外的巨大屏幕上滚动播放。

突然一声刺耳的汽车喇叭声惊扰了四旁，一辆光亮的豪华跑车拼命地向前追逐，马上就要追尾了，豪车车主却呵斥着前面的汽车。“会不会开车，开这么慢，还让不让人走了！”翟彪的彪悍司机喷出了唾沫星子。前面的车知趣地没有理他，悻悻地把车开走了。

不一会儿，似舞台主角的豪车进入了自己的舞台，一个宫殿城堡似的高楼建筑出现在面前。城市的天际线在这里又高了好多，对面的街道和一片商业区、住宅区都是天空下的一点点陪衬，供宫殿里的人们欣赏。

穿过玻璃旋转门，一层是餐厅，二层是咖啡厅，三层是台球娱乐区，四楼、五楼是豪华套房。翟彪的这个霸王楼是他最喜欢的，他和一帮朋友们经常在这里聚会玩乐，逍遥自在。这里既是他享乐的所在，也是他敛财的金库。

翟彪早就进入了李旭天的视线，要想搞好渤海市的拆“双违”，李旭天知道霸王楼在人们心目中的分量。李旭天的逻辑是拆了霸王楼，渤海市的拆除“双违”不一定能清零，但不拆霸王楼，渤海市的拆除“双违”是肯定不能清零。先难后易是李旭天提出来的，他知道渤海市的拆除“双违”，霸王楼是重中之重。

李旭天安排了一个特别小组，专门研究翟彪，专门研究霸王楼。研究翟彪要研究到他翟彪什么时候拉屎什么时候撒尿，研究霸王楼要研究到每个房间都要清楚。

从来到这个城市到埋头苦干拆违已经有一段时间了，曾雁来的心头五味杂陈，把城市建设成国际旅游城市的目标就像灯塔指引着他，而他面临的重重困难就像拦路虎似的威胁着他。他的责任让他不能止步，多年拆违的心路历程也浮上心头，这次拆违的决心一定要让大家都看到。他拿起钢笔开始在红色的信纸上写着。

致全市党员、干部的一封公开信

渤海市全体党员、干部：

大家好！

人民对美好生活的向往，就是我们的奋斗目标。

一个城市就是一张名片。渤海市的发展和我们每个人都息息相关，只有城市发展了，我们才有更大的发展空间，才有更好的生活，而拆除“双违”是其中的重中之重。“双违”是制约渤海市实现又好又快发展的拦路虎、绊脚石，更是城市极为丑陋的疤痕。我们决不允许“双违”的存在，决不允许以眼前的微小利益、个别人的利益，损害城市的长远利益和全体市民的共同利益。

为将城市的疮疤清除，我们将以前所未有的决心、气势和力度，在我市全面开展集中整治“双违”专项行动。我们要以必胜的信念打赢这场硬仗，让公共利益得到切实维护，把我们的家园建设得更美好，实现这座城市的整体升值！

开弓没有回头箭。全市各级领导干部要履职担当、强力推进，要重拳出击、大兵压阵、靠前指挥，在每一次刮骨疗毒、根治顽疾的拆违战场上都要敢于胜利！

党员干部要拿出担当的气概，充当拆违战士，公而忘私，与秒针赛跑，让党的威信、群众的利益，在一处处违建的轰然倒塌声中得到回归和彰显。我们将以群众利益为重，积极践行为百姓谋利益、为城市谋发展的信念。

全市各级党组织、政府和部门，都要秉持“全面建成小康社会、全面深化改革、全面依法治国、全面从严治党”的精神，坚决抵制拆违过程中可能出现的违法违纪行为。一个地方风气坏了，这个地方就没有希望。我们之前的教训是惨痛的。解决这个问题我们要人人负起责任，从领导做起，从党委做起，从党风抓起，以党风带政风带社会风气。我们将严厉惩治违法、违纪、违公理的行为，不会默许纵容、上下内外勾结的恶相。

行动重于言语。市领导班子将为这次拆违制定严格统一的责任制度。

建立党员干部包片责任制，明确各级分包片长，整治任务分解量化到每个领导每个干部身上，一线调度、指挥、督战。各县、区成立指挥部，党政一把手负总责，四级书记一起抓。每项拆违计划都要制订任务书、时间表、路线图，细化上墙，挂图作战，完成一个销号一个。以势为劲，以求一战决胜。

在具体行动上，我们会快速出击、重拳整治群众反映强烈、对社会秩序影响最突出的“一区三边”违法建设，彻底拔掉一大批影响城市形象的“毒瘤”。坚持“不允许拆小不拆大、不允许拆软不拆硬、不允许拆明不拆暗、不允许拆民不拆官”的四个不允许，要坚决拆除一批侵占公共用地，并且存在多年的大型违建，维护社会公平正义。

史上，《曹刿论战》的出发点是掌权者能否以百姓的利益为重。所以，能否决胜，他不看重鲁庄公的施小恩于民和祭神诚心，只在乎鲁庄公能以民情审判大大小小案件，认为这属于对百姓的忠心，那就可以一战。所谓“忠之属也，可以一战”正是这样。无论什么时候，我们一直会以人民利益为重，保证每家每户的公平正义。

如果“拆违”是一场斗争，那么重建后的舒适环境就是最好的奖励。拆除并不是目的，做好拆后管理才是我们的目标。拆绿结合、拆建结合、拆改结合、拆创结合的“四个结合”将是我们的原则要求，充分利用拆违腾出的土地资源，使其发挥更大效益，做到“即拆、即清、即整、即建、即美”，能绿化的绿化，能美化的美化，建成公园、游园、停车场等，让百姓充分享受整治“双违”带来的红利。人民生活得舒适了，我们的心才能放稳了，城市的发展也指日可待了。

“撸起袖子加油干”，这句话生动地告诉我们该奋力打好眼前的这场“战斗”。我们的脚和百姓一样都踏着这片土地，我们的心也和百姓连在一起。为我市的国际化旅游都市的发展，人人都应贡献自己的一份力量，只要团结一心，目标的达成将离我们不远，幸福生活指日可待！

这本来是致全市党员、干部的一封信，豪叔得到后，马上节选发到网上，并且马上跟帖：什么战场啊、战斗啊，谁在把老百姓当成敌人？写手手法娴熟，把曾雁来当成了老百姓的敌人，弄得整个渤海市的涉拆户人心惶惶。

三凤是翟彪的相好，这个圈内人都知道。翟彪是个有家室的人，三凤十八岁就跟了翟彪，如今三十来岁的三凤仍旧风韵犹存。

十多年前，霸王楼盛大开业。集餐饮、歌厅、洗浴、住宿一条龙服务的霸王楼在渤海市霸气十足。因长相标致，三凤应聘为霸王楼前厅接待。酒足饭饱的翟彪送客人时一眼盯上了三凤，翟彪内心一阵骚动，他回身上楼打开一间歌厅包房，让前厅经理招呼三凤上楼。

没想到三凤虽然是个东北农村姑娘，但歌唱得也是韵味十足。翟彪骚动的心再也按捺不住，他一把把三凤抱到了怀里，前厅经理适时离开了房间。

“人家没结过婚，连对象都没谈过，还是处女呢！”三凤红着脸推推搡搡。一听这话翟彪更来了兴致。三凤知道违拗不过翟彪，边躲边说：“彪哥可要对我负责任哦。”

“是我彪哥的人，我会保护你一辈子。”翟彪堆着笑脸。

有了翟彪这句话，三凤乖巧了很多，三凤本能地半躲半藏，翟彪百般应对，弄得翟彪大汗淋漓，翟彪在三凤身上找到了征服的感觉。翟彪见识的女人多了，他要的就是这个过程，他更享受的也是这个过程。翟彪后来又见识了无数女人，可他和三凤的情人关系能保持十多年，说明这一夜让翟彪终生难忘。

翟彪说到做到，第二天就送给三凤一辆二手越野车。可三凤还不会开车，不会没关系，马上去学。从此三凤成了霸王楼办公室的秘书。

三凤在十八岁就开始了和翟彪的情人生活，起初两个人昼夜不离，半年后一个月能见一面，一年后两个人在一起的时间越来越少。二十岁，三凤提出自己要做买卖，翟彪非常爽快地答应了。在凤凰村，借着和当时村主任的关系，翟彪觅得一处闲散地，给三凤盖起了夜来香酒店。这夜来香和霸王楼相比，不可同日而语，但三凤也算有了一个安身立命的归宿。

年头一长，三凤也打算把自己嫁了，可都知道她是翟彪的情人，谁敢娶呀，翟彪会同意吗？三凤独自一人夜深人静的时候也无数次地想过这个问题，可又无数次地让自己给否决了。

二十多岁的女人，也是生理需求旺盛的时候，有一天喝过酒，刘龙闯入了她的生活，于是刘龙在三凤寂寞的时候招之即来，当然这是她和刘龙背地里的约定。三凤心里也委屈，他翟彪有家有口的，而且这么多年也没少在外边找女人，三凤当然也不能苦了自己。

半夜，刘龙喝得醉醺醺地闯进了三凤的夜来香酒店，不顾服务员和保安的劝说拦截，直接大呼小叫地呼喊三凤出来。三凤虽说不是安分保守的女人，但这样明目张胆也实在挂不住脸，就赶快叫人把刘龙弄到了一个私人包间，三凤在那儿等着他。

一见到三凤，刘龙好像喝了醒酒药一样，清醒地看着三凤。三凤无可奈何地坐在一旁，不想开口说话。

“三凤，听说了吧，市委书记都发话了，我们这金饭碗恐怕是保不住喽！”刘龙试探地向三凤说。

“哟！这是什么话？你一来就说这样的丧气话。”三凤说。

“这可不是我胡说海吹。我承认我胆小你三分，可是到了风口浪尖上也不能不谨慎一点！”

“怕什么，你是越喝酒反而越胆小怕事了吗？我可不信谁能动得了我这夜来香。一封信抵什么用？不就是喊喊口号罢了。还能强到哪儿去？哪次拆迁不是这样。”

“凤，还是你有魄力，那你敢肯定不被拆吗？”刘龙小心地问道。

“当然，也不看看我靠的是谁？我这双慧眼也不是白长的。”说着，扑哧独自笑了。

刘龙见三凤都这么肯定，不把这事放心上，他也就放下了半条心，但还总觉得不是很对劲儿。酒劲儿这会儿突然上来了，怀疑的一点思绪也被挤兑没了。

在三凤那儿昏睡了一觉，也就朦朦胧胧地回家了，按照他和三凤的约定，他刘龙是不能在夜来香过夜的。

翟彪这边也辗转思索着这封信的意义，不知是深是浅，是真是假。看样子，一旦实施起来恐怕真的抵挡不住。他把三雕招呼过来思考对策。村民对这封信也有信有疑，有人开始想主动投降，有的还在考虑自己的补偿。

翟彪也无法控制所有拆迁户的想法呀，老百姓肯定是要动摇的，一定识不破政府的目的，这样一来他们的计划恐怕就要落空了。翟彪一边想一边在屋里踱来踱去，看来得给政府来个下马威看看，试探试探政府的软硬。

跟着豪叔也算混了这么久了，请个局级领导还不费什么事儿。翟彪立马就定了主意，会一会规划局副局长阮中华。规划局的空子他们没少钻，和规划局的人员也经常来往，不怕探不出个所以然来。

翟彪直接跟阮中华取得了联系。

阮中华这边也胆战心惊，身在其中深感危机，这次曾书记的力度是绝无仅有的，对党员干部的要求都是板上钉钉的，如果入雷池一步后果不堪设想呀！这个时候，翟彪又添哪门子乱啊！真是不能甩又甩不掉的烫手山芋。

约定了时间，就在周日下午，翟彪请阮局长到意蕴茶庄坐坐。

清新而又有韵味的茶香弥漫在空气中，翟彪给阮局长倒了杯茶，黄如琥珀色的茶在青瓷的杯中旋转开来。

“阮局长，好久不见啊！快来品品我这新茶如何？”翟彪边说边请阮局长坐。阮局长坐在了翟彪对面的木椅上，端起茶品了一口。

“嗯，是好茶！”阮中华细细品味了一下说。

“最近，阮局长的工作正如日中天吧！听说新来的市委书记对孙铭杰有意见，您可是有机会扶正啊！”翟彪怀有假意地笑笑。

“哪里话，工作还是要踏踏实实地做才能长远。在其位，谋其政啊。”他阮中华没有扶正的野心，他只想能平稳着陆。

“工作不就是那些工作，新壶装老酒，凭阮局长的智慧，对付上访户都绰绰有余，哪还有应付不过来道理呀。”翟彪鼓弄着说。

“唉，这么说就不对了，时时有变化才是真的。哪里一不留神就会栽个头破血流呀！你是站着说话不腰疼，不经历不知道呀！”阮中华煞有介事地说。

“看来这次政府也硬起来了？”翟彪用试探的眼神看着阮中华。

“国家机器在政府的手里，你说他要想硬不是啥时都能硬！”阮中华呷了口茶。

“听说，这次书记是下了决心了？”翟彪问。

“可以这么说，总之和以前不同啦，不能小觑呀！但好像曾书记对接待上访还是没经验。”阮局长闭着眼仿佛在细细品咂茶叶，故意提防着翟彪，只是模模糊糊地回答他的问题。

“这么大的事他一人有决心恐怕不顶什么用吧？”翟彪故作高深地问。

“没那么简单，在领导班子层面，曾书记可是下了功夫了。”

“哎，换汤不换药，换汤不换药呀。”翟彪心里明白了八九分，故意转移起话题，“这新茶，可还行啊？是前几天云南朋友送的。”

“嗯，是好茶呀！”阮局长意味深长地说。

翟彪知道阮局长的话肯定有一定的根据，想着定要到豪叔那儿走一趟了，他一度在想，让豪叔撤股可能是个错误。

第八章 “三千三皮”

“三千三皮”，是渤海市委、市政府在整治“双违”专项行动中对所有干部提出的要求。三千即走遍千家万户，历尽千辛万苦，说尽千言万语；三皮即硬着头皮，磨破嘴皮，跑碎脚皮。其目的就是充分宣传，不留死角。

早上，太阳刚露出海平线，天还没亮透。刘大妈家的鸡已经开始打鸣，刘大妈也已经起身穿衣，把鸡放出来，在食盆里倒够鸡食，便在自家菜地里摘菜，开始准备早饭。

看着那只雄壮的公鸡，羽毛鲜亮个头大，正一下一下快速地啄着食盆里的饲料。真能吃，刘大妈想着，要不是前几天送给三雕没送出去，估计你现在就是被别人吃了。

自从贾文海把站前村的拆迁给搅黄了，再没什么人过来说拆迁的事，今年也和前几次一样，就这样没头没尾地结束了。眼下政府又提拆“双违”了，而且站前村是和拆迁一起搞，刘大妈翻动锅铲，轻轻摇了几下头。

不一会儿，刘大妈把热腾腾的白馒头和粥端上桌，就着昨天剩下的小菜，准备吃饭。抬抬头，透过饭桌旁的窗户，看见远处黑乎乎的一片什么在攒动，刘大妈使劲瞧了瞧，远处几辆黑色的别克车停在一边，车上下来三五个穿着黑色工作服的人，正四处打量。

看着身影，刘大妈想起来：这不是以前为了拆迁来的几个领导吗？刘大妈有点慌地放下筷子，赶忙换了衣裳出了院子，躲在远处望着他们。摸摸口袋，找起电话来。

武军从车里出来，伸伸胳膊，叉着腰看着眼前这一片违建。又有几个人从车里下来，拿着材料包与电脑，武军说道：“走吧，去看看今天打硬仗的村。”

武军边走着边想起这几天开会的重点。根据市政府的统一部署，纪委的公开信已经下来，这次一定要把拆违做到位，不管是大还是小，不管是谁的，一并拆除。综合执法局也已经成立，重新被重用的李旭天做事风风火火，看来这次是动真格的了。站前村一定要把这次拆违的势运用好。

刘大妈慌了神，手不知道往哪儿放，犹犹豫豫地走上前，招手喊道:“领导，这么早就来了？辛苦了，还没吃早饭吧，来俺家吃个早饭再走。”

“大妈，谢谢您，不用了，我们一会儿到您这儿来。”武军扬扬手。

刘大妈心中打起鼓来，这次是真的还是假的，站前村搞拆迁七八次了，不会又虎头蛇尾吧？边想着，刘大妈赶紧跑回家中，站在自家阳台上观望。

“当、当、当”，门口传来一阵敲门声。

“谁啊？等会儿。”孙嫂刚买菜回来，准备坐下来歇会儿。孙怀朴一早遛弯回来，坐在沙发上看电视。

“老孙，你快去看看。”孙怀朴没说话，起身去开门。

“哟，武军啊，贵客贵客，好长时间不见，快进来坐坐。”孙怀朴一开门，看见是武军，高兴地说道。

“是啊，周六还来打扰你们休息，真是不好意思啊。”武军笑笑说。

“没事儿，你们为了工作也是辛苦，周末还来走访。屋里坐，就我和我老婆两人，快进来喝杯热茶。”

“今天，儿子没在家吗？”

“在学校念书呢，这不要高考了嘛，学校抓得紧，现在的高中生也不容易，周末都不让休息。”孙怀朴说着，把他们引到沙发前，又招呼道，“哎，家里来贵客了，快去泡茶。”

孙嫂赶忙起身，“好嘞，领导，你们坐，先吃点水果，我去给你们泡杯茶。”

“真是麻烦你们了。”武军说着，坐在沙发上。

“是啊，现在高考抓得紧，等儿子考完，儿子娶完老婆，你们就轻松了。”武军打趣道。

“这……嘿嘿，我们夫妻俩也没想那么多，就盼着他考个好大学就行了。”孙怀朴笑笑，挠挠耳朵。

“是啊，父母都希望孩子有个好前程，孩子读书苦，咱们当父母的也不容易，这些年也是劳心、劳力的，天天督促他学习，等孩子读完书，又开始操心房子、车子、娶老婆了。压力也不小啊！”

“就是这么回事，天下父母心啊，都希望自己的子女以后能过好一点，可别像我们夫妻俩一样，在这个小村子里过一辈子。”孙怀朴若有所思地说道。

武军说：“是啊，不拆房咱们眼下是过得去，可是等孩子大了怎么办？难道还和你们蜗居不成？我们做父母的可得看得远一点。”

武军看已经领上了道，这两口子听得挺专注，又继续说道：“老哥，咱也明人不说暗话，你看我这么多年来了这么多次，你也应该早就猜到我来到底是为了个啥。也给您交个底，咱们政府这次可是动真格的了，要实打实地干了。我今天来啊，就是要告诉你们风向变了，拆迁啊，是趋势，政府已经下了死命令，这事都折腾七八次了，迟早都要搬走。我看大哥你啊，是个明事理的人，所以今天都给你敞开心来说，要是你答应搬，主动一点搬，给大伙做个表率，这次政策决定先交房先选房，最后得到个好楼层，这可是一辈子的事。你再考虑考虑，我说的是不是？”

“嗯……”孙怀朴嘟囔着不说话，其实他心里早就盼着拆迁，可这么多年干干停停的，他的心里也没了底，他也是个看得清局势的人，如果真能拆干净，带头拆这个事，他也愿意干，只是前几天三雕来过一次，他有些犹豫。

“我看啊，人家领导说得对。迟早都得拆，咱这村夏天一脚泥，冬天乌烟瘴气，哪年不着火啊，提心吊胆的，如果有个地震，我看我们都得去见阎王。你也别犹豫了，看在领导们这么诚心的份上，就答应了吧。”孙嫂早已泡好茶，端到武军面前，坐下来听。

“是啊，我老婆也说得对，你大哥也不是糊涂人，只是我们这村拆了这么多年了也没拆了，你看先期走的人在外边漂着，这要是再拆个七八年，不是折腾死你大哥吗？”孙怀朴想探一探口风，是否真和三雕说的一样。

“不过领导们放心，你大哥不是拖后腿的人，我绝对不是什么钉子户，到时候你们不找我，我也找你们。”孙怀朴诚恳地说。

“大哥的担心我们是可以理解的，毕竟七八次没拆了，我们说这次肯定能拆得了大哥也不会轻易相信，但我告诉大哥，霸王楼很快就会变成平地了。”武军适时抛出了这颗炸弹。

孙怀朴摇了摇头而且越摇越快，像是拨浪鼓一样，笑而不语。

“你们啊，也真是忙，要不留下来吃个午饭吧，入户动员也不是一下能做完的。”孙嫂招呼着。

“不了，我们赶时间，就先走了。”武军一只脚已经跨出了门外。

“好嘞，好嘞，慢走啊，下次有机会，再来我家坐坐。”

“好嘞，就别送了。”武军是个拆迁专家，拆迁就怕干干停停的，夹生饭最难做，看来要想尽快拆完站前村，不用点大招肯定不行。

转了一个弯，武军到了张大爷家的门口

“当、当、当”，武军上前去敲张大爷家的门，院内没有人反应。

“张大爷，您在家吗？张大爷？”依旧没有回应，武军把头贴在门上听了听。

“张大爷，我知道您在家，您开开门，我们又不是坏人，就是过来走访走访。”

“不是坏人？都要把我家整没了还不是坏人？你们就别瞎忙活了。我儿子说了，不拆，无论如何都不拆。”张大爷隔着门说道。

“我们不是那个意思，你听我说说，咱们只是来走访一下，看看你家的情况。天下没有谈不拢的事儿，有啥事咱们坐下来慢慢说嘛，您先开开门。”

“不开，打死我也不开，我儿子不在家，你们别想欺负我。”里面传来一阵怨气声。

“大爷，大爷，别啊，您开开门，就算我在您老这讨口水喝。”武军边敲门边说道。

周旋了快半个小时，武军喉咙直冒烟，手也敲累了。一群人，只好在张大爷家门口蹲下来等。

“要不咱先去别家吧，先疏导疏导其他户。”

“不行，这家前七八次动迁都没入了户，人家儿子又是咱们这次事情的关键，咱们得让他看到我们的诚意。”武军觉得动迁成不成是另外一回事，连户都入不了这也太说不过去了。

“这干熬着也不是办法啊，都晌午了，大中午也得吃饭啊。”组员们叨叨咕咕。

“都给我别吱声了，等着，都给我等着！”武军走来走去，咬咬牙说道，又蹲在了门口。

晌午太阳明晃晃地挂在天上，照在地上火辣辣的，要把地皮，把人，把世间万物烤干一般。晒在人脸上，热辣辣的，简直要把人烤晕过去。

武军一组人就这样等着，回村的人多了起来，都是中午回到自家吃饭的，有些路过张大爷家的人，都疑惑地看着，不说话。各家的锅铲乒乒乓乓，烟从烟囱里飘出，香味直钻入人的鼻孔里。

王宁宇一家旅游回来，走近张大爷家时，见这么多人在张大爷家门口，有的站着，有的席地而坐。当他看到人群中的武军时知道了是怎么回事。

“哎哟喂，武主任，这是什么风把你们吹来了？辛苦辛苦，这是怎么回事呢？怎么不进屋去坐坐？”

武军听见声音，抬起头来。“嗯？你是？”

“我是这个村的治保主任，王宁宇。领导今天来又是来谈拆迁的吧，这次是真的假的？”王宁宇调侃着说。

“什么真的假的，这么大的事你治保主任不知道？这次市委、市政府下决心，对整个渤海的‘双违’进行清零行动。你们站前村用拆违促拆迁，45天拆迁结束。”武军说。

“别逗了，我承认你武主任是拆迁专家，45 天拆平站前村？这不是闹着玩嘛！这可是十多年没拆得了的老大难村。”王宁宇连连摆手。

“政府要求每个村都要开班子会、党员会、村民代表会甚至要开村民大会，来宣传政府的决定，你大小也是个村干部，怎么这么没觉悟啊？”武军瞪了瞪王宁宇。

“哦，这么说我明白了，要不村里打电话给我，说只要是党员，只要是干部必须马上回来，村里有大事。我们一家正在海南旅游呢，这不急着赶回来了。”王宁宇一脸的愧疚。

“我们今天来就是要和百姓们做解释工作的，区领导要求 7 日内必须家喻户晓，可到张大爷这儿就卡壳了，你看你大哥这脸面往哪儿放。”

“咳，这是张大爷家，他平时就一个老头子在屋里。想进他的屋，这事好办。”说着便上去敲门，“张大爷，张大爷？你开开门，我是王宁宇。”

张大爷早已想好了对策，就是不开门，愿意搭理他们就隔门说两句，不爱说就在院里该干啥干啥。张大爷正准备吃饭，听见王宁宇这个名字，放下筷子，赶快去开门。

在站前村，只要报出王宁宇的名字，张大爷半夜都会开门。前年春天，王宁宇起早路过张大爷家，见门半开着，张大爷趴在地上。他急忙抱着张大爷到路口，打车把张大爷送到医院。张大爷患了脑梗，大夫说再晚半小时张大爷就没命了。因抢救及时加之张大爷勤于锻炼，张大爷不仅捡回来一条命而且生活能够自理。

“孩子，你回来了，不是还有十来天呢吗？这些天见不着你我这心里没着没落的。”张大爷拉着王宁宇的手，眼泪差点掉下来。

武军一行人跟着进了屋，张大爷好像没看到他们似的，只管拉着王宁宇的手往屋里走。

“张大爷，这是街道办的武军主任。”王宁宇一边往屋里走一边介绍武军他们。

“孩子，我知道，我早就知道，你说他们拆咱们站前村十多年都没拆了，如果再拆个十多年，我这把老骨头还不扔在外边？”张大爷只管拉着王宁宇，连正眼都不看武军他们。

“大爷，这次回得匆忙，也没给您带什么东西，只给您带来一个大椰子，您老没去过海南，也看看这东西长什么样。”王宁宇顺手把椰子放到了张大爷家的柜子上。

“天天能看到你，大爷心里就舒坦，礼物不礼物的大爷不稀罕。”张大爷去柜子里拿来三副碗筷，“快去喊媳妇和我大孙子过来吃饭。”

王宁宇下意识地看看武军他们，张大爷转过身对武军说：“武主任，不是大爷不懂礼貌，大爷也知道拆迁是个好事，你也看到了我家就这个情况，大爷家要吃饭了，你们回去吧，以后大爷家拆迁的事你找宁宇就行，我不信你们的，大爷就信宁宇的。”

“宁宇你也别站着了，快去给我叫大孙子，我再炒两个菜。”张大爷满脸都乐开了花，一头扎进厨房。

王宁宇是站前村的治保主任，站前村最早启动拆迁之初他就想交房。按照拆迁办的部署，村领导不能在第一批都交房，在拆迁的中期必须再次掀起一个交房的高潮，这样才能一鼓作气，王宁宇被布局在了中期交房。可站前村由于地理位置优越，经营红火利润丰厚，尤其是那些利用违法建筑经营的人不会轻易放弃既得利益，导致站前村多次启动拆迁多次受阻。

如果说他自己家什么时候交房他王宁宇可以说了算，可张大爷家什么时候交房他王宁宇真要好好盘算盘算。信任的压力比不信任的压力要大得多。

“这回张大爷交不交房可全在你这儿了，看你对组织怎么交代。”武军和王宁宇边往外走边说。

“我对组织要有个交代，可我对张大爷更要有个交代。”王宁宇不软不硬地回了一句。

“看来你对这次启动拆迁还是没信心！”武军看着王宁宇说。

“有没有信心你武主任要给我信心，咱们霸王楼上见。”

“好，一言说定，咱们霸王楼上见。”

太阳落下山头，天边被照得火红，小鸟也回到巢中，万物好像找到自己的港湾，落叶归根，一切都那么祥和又宁静。

站前村的谢春花要约见市委书记，这在渤海市可引起了不小的轰动。她通过村，村通过镇，镇汇报给区，区反映到市委，这么一折腾等于渤海市全知道了。

“有一个站前村的谢春花想见您，您见不见？”路远向曾雁来汇报。

“哪个谢春花？”曾雁来弄得一头雾水。

“说是您的老相识，你们在一起待了七天。”路远重复着下边反映上来的情况。

“哦？老相识，哦，我想起来了，是开旅馆的那个谢大姐，见，见。”曾雁来来了兴致。

晚上九点，曾雁来如约来到站前村的春花旅馆，他只带着路远。

“哎哟，您还真来了啊，我说曾作家，不，不，是曾书记。”谢春花兴奋极了，一双手不知道往哪儿放。

“老朋友约我，我还敢不来？”曾雁来说着坐在沙发上，这句话把谢春花说得脸一阵红一阵白的。

到一个旅游城市专挑破地方转，当初的曾作家就给谢春花留下了深刻的印象。有一天谢春花看电视新闻一眼认出了曾雁来，名字一样，长相一样，她确信这就是在她家住了七天的曾作家。

站前村传开了，谢春花认识市委书记曾雁来，而且两个人关系老好了。有的嘴快的人说，你谢春花也不拿个镜子照照，你认识人家，人家还不认识你嘞。

谢春花一气之下找到村书记，非让他给约曾书记，弄得村书记摇摇头，“大妹子，我信还不行吗？咱别约了。”

“光你信不行，我得让他们信。”谢春花拽着村书记不放手。

谢春花也没想到市委书记能来，如果连约都不敢，不就证明她谢春花说假话了，那样还不如当初不说呢！

“这次拆迁从我曾雁来嘴里说出来你相信吗？”

“信，信，信！先别说用不着的，跟姐姐照个相吧，要不他们还不信。”谢春花是个急性子，她要给站前村的老少乡亲证明，她谢春花没说假话。

不由分说，谢春花坐到曾雁来边上，服务员手法麻利，照了几张。谢春花是满怀热情，这照片照得也是亲密无间。他们想不到这照片也给曾雁来惹了麻烦。

“大兄弟，不，不，是曾书记，姐还能不信你吗？你也别说那用不着的了，姐姐这房子，还有我妈家、我婆婆家的房子，只要你大兄弟发话，我们啥时都能交，姐就是怕不公平啊，我认识你曾书记，姐姐啥都不怕了。”

曾雁来站起来，站在谢春花面前，深鞠一躬。

谢春花眼泪差点掉下来，“曾书记，您这是干啥？”

“姐姐还是叫我大兄弟吧，这样我听着心里暖和，我曾雁来来渤海市是给姐姐服务的，是给渤海市几百万老百姓服务的。谢谢姐姐的信任。”

公平、信任，这两个词狠狠地在曾雁来的灵魂深处敲击了两下。曾雁来找到了他即将给渤海市党员讲党课的关键词。

网上疯传一个帖子：《市委书记深夜幽会老情人》，在渤海市又诱发了一次不小的地震。

“你冉临江是怎么搞的，一个大局长连一个造谣的小毛贼都抓不到，我还指望你干点啥？”金海东愤怒地敲着桌子。

“市长，这小子也太有经验了，先前是在我们本地网吧发消息，这回又到外市、外省发消息，我们在渤海市都布控了，可外省怎么办？”

“你问我怎么办还是我问你怎么办，马上把帖子都给我删掉，我说的是马上。”金海东说完话就起身，“我上曾书记那去，主动检讨总比被动挨批好。”

“惹祸的是我，让书记批我吧。”冉临江无精打采。

“你赶快给我回去办案吧，挨骂还没挨够！”金海东大步走出办公室。

“雁来书记，又给你添麻烦了，我们会尽快抓住那个造谣者的。”金海东有些尴尬。

“什么叫添麻烦，再说人家也没造谣啊。”曾雁来很认真地说。

“别跟我开玩笑了，你曾雁来是什么样的人我金海东还不知道？你不生气比生气还可怕。”

“我真没生气，来，来，海东你坐下，我这个老相识不是什么‘情人’，可她是个讲感情的人，还真给我上了一课呀！”

“哦？”金海东坐下来，疑惑地看着曾雁来。

“有情才有相信，才有信任，我们渤海市的老百姓真是非常淳朴、非常好打交道。你提出的‘三千三皮’真是太重要了。他们实际上怕的是不公平，其实公平、公正、公开我们党早就提出来了，可我们做的事情让老百姓满意吗？是不是多年的遗留问题让老百姓不信任了？这个太可怕了。”曾雁来说得很激动。

“如果我们把老百姓都处成‘有情人’，那什么事都好办了。”曾雁来长长地出了口气。

“雁来，你说的我完全赞同，你提出的领导干部要走遍渤海市，我们已经受益了。看来要想尽快突破我们渤海市的瓶颈，你我都要多处几个‘有情人’啊！”金海东说完，两个人哈哈大笑起来。

“对了，海东，你不是分管广电局吗？给我安排一个专访，我要把谢春花请上台来，让全市人民都见一见我的这个‘有情人’。”

“曾雁来就是曾雁来。”金海东笑了笑走出了书记办公室。

第九章　趁热打铁

一群麻雀正在电线上叽叽喳喳，站前村的村部内乱作一团。

站前村村长康有法极力安抚着大家的情绪，然而村民们仍是不依不饶。

看来摆不出实实在在的道理恐怕还是难以服众，康有法轻轻喘了口气，心里喃喃自语。于是，当过 21 年村主任的他，给村民们算起了一笔账。

“来来来，大家跟我一起来算一笔账啊！现在你们的房屋租出去一年，也就是两三万元的收入，是吧？”

康有法拿起了桌上的瓶装矿泉水接着说：“可是咱们村里垃圾成堆，污水横流，自己住着闹心不说，房子也租不上个顶好的价钱。比如说，我这手里的矿泉水吧，人家五星级酒店一瓶那是五块钱，咱这里只能卖一块钱。咱们这农家菜卖十块钱的，人家五星级酒店最少也卖一百块钱，差在哪儿了？不就是差在环境上了嘛！”

康有法话锋一转，“而如果拆了违建，站前村的整体建设才能推动得下去。将来拆迁改造完了，站前村的环境好了，这才叫提升了生活质量。就凭咱们村这么好的位置，规规范范、整整洁洁地搞经营，你们的收入肯定能翻上几倍都不止。”

康有法的一番话似乎把大家的心说动了。可是，人群中却有人嚷嚷道：“村里那么多违建，你凭啥只拆我们的呢？”“是啊是啊！”“凭啥让咱们先拆啊？！”顿时又一阵骚动。

康有法斩钉截铁地说道：“先拆后拆都得拆，我觉得这次政府的力度和以前不一样。市委书记都说开弓没有回头箭了，所以只要是违建，肯定都会被一拆到底。还说请我们老百姓监督呢！”

次日晌午，康有法又拎着一篮子水果来到了刘大妈家，见大妈刚吃完饭，康有法便帮忙收拾起了桌上的碗筷洗起了碗。刘大妈一个人的午餐，不过是一盘简简单单的韭菜炒鸡蛋，康有法看着菜碗边残留的一些韭菜叶子，深深叹了口气。

不一会儿，康有法便帮刘大妈收拾好了厨房，还顺便打扫完了厅堂的卫生。刘大妈坐在沙发上听着黄梅戏，一边剥小砂糖橘吃着。

康有法已经记不清这是第多少次来刘大妈家了，一有时间，康有法便会来刘大妈家，帮她做做家务，陪她唠唠家常。

这时康有法的电话响了，他赶紧接听：“喂，妈！我今儿就不去陪您俩了，我让媳妇儿带着小咪去陪陪你们，她们应该一会儿就到了……嗯，好嘞。”

康有法挂了电话，继续陪刘大妈听着戏曲，唠着嗑。

今天聊了一个下午，刘大妈的语气显然平和了许多，也表示理解政府的工作。

临出门前，刘大妈拉着康有法的手说：“这点事让你跑了这么多趟。拆吧，我同意拆。就从我家先开始。”

“谢谢对我们工作的理解！不过大妈呀，隔壁的张大爷家，我们也还指望着您能帮忙做做思想工作，好好开导开导呢！我和他那败家儿子结下了仇，也进不得他张大爷的门了。”

大妈乐呵呵地笑着说：“应该是我谢谢你，放着自个儿家的老人不陪，来陪我这个不讲理的老婆子，放心吧，张大爷家的事儿啊，包在我身上喽。”

在站前村，武军制订的走访方案中还有一个绝妙锦囊，叫星火燎原。

他首先选准了原村主任安大爷家。

“大爷，您今年有 70 多岁了吧？”

“嗯哪。”

“多大年纪入的党啊？”

“18 岁。”

“噢，那么早啊。家里一定有老一辈参加革命的吧！”

“当然有啊，那个年月，穷嘛，都跟着共产党闹革命。现在这社会好了，人们可都富裕了。”

“现在政府要求拆违建，您也得起个表率作用啊。”

“当初看大家都那么搭建，觉得自己也不是傻子，人家挣钱我为啥不挣……唉，我这一建别人也跟着建，这人啊，不被正路引导，就是得被钱路引诱啊。这场拆违突然提醒了我，自己是名共产党员，给我上了一堂生动的党课哩！我要将功补过啊。”

老党员安大爷，第一个拆除了自家乱建的下房。

宣传组立刻跟进，以自拆树党风、论英雄。

安大爷出现在电视镜头中，说话底气十足：“党有这号召跟党走，我是党员呐！我今儿最起码得做到第一个拆！”

村里的会计杨大哥默默拆除了自家 1600 多平方米的钢架大棚，他说：“作为一名党员，我不能再浪费工作组的工夫了，这一根一根地往下拆，也是我慢慢思考啥叫对啥叫错，为什么要拆？人活着的正义感是啥？损失了啥？又得到了啥？”

村支书刘文自个儿并没有违建，却动员二哥刘平拆了大地违法建房 500 多平方米。在村干部和党员的带动下，许多村民陆续来到进驻组，填写自拆承诺书。

龙头村的老牛，跟他的名字一样有着老牛般的肯干劲和倔脾气，他曾是村里的一名老干部，现如今经营着饭店的买卖，日子过得很是红火。几年前，由于游客猛增，老牛又扩大了经营规模，就把老院墙扒了，建起了三间大门房。

在这次整治“双违”过程中，老牛家的门房也被认定为违建，被下达了限期自行拆除通知书。虽然电视里每天都在播放相关的新闻，但是老牛没想到会这么快，要拆的事儿说来就来了。

到底是拆，还是不拆？拆了之后屋子的货往哪儿搁啊？正在他犹豫不决的时候，村里的工作小组找到了他。

“老牛，忙啥呢？最近生意怎么样？”龙头村工作组组长何怡萍一进门，便热情地与他打起了招呼。

“哟，正好你们来了，我正上火呢！我这房子怕是要保不住喽，这到底是咋回事啊？要是真拆了，我的损失可不小呀！”老牛一边嘴像机关枪似的嘟嘟说着，一边起身去泡茶。

何怡萍双手接过茶，开门见山地说道：“老牛啊，我们知道你盖房花了不少钱，但是啊，现如今‘是违必拆，雷打不动’啊。”何怡萍吹了吹浮在水面的茶叶，热气升腾。

见老牛仍是犹豫不决，何怡萍轻抿了一口茶，接着说道：“老牛啊，再者说呀，你建门房的这块地，既没有国土手续，也没有规划手续，可违着法呢。”

“我倒是也一直想办手续的啊，可是就是不给批呀！”老牛顿时有些愤愤地反驳。

“牛大哥，情况是这样的，你在这块地上搞建设，它不仅不符合国土、规划的规定，也不符合国道两侧边沟外延 20 米之内都不能擅自搞建设的规定，实在也没法给你批呀。”同来的工作人员接过话头。

老牛那布满皱纹的脸愈发红了起来，口中一声叹息。

“是啊，老牛，咱们村又是处于城乡结合部，你想想，现在社会发展多快呀，马上这里会变成城区，如果大家你占一块，他占一块，是不是会影响未来的城市建设呀？”何怡萍趁势补充道。

老牛紧锁的眉头微微舒展了些许，若有所思地轻轻点了点头。

“而且啊，今年区里要举办自己的旅发大会，这可是有利于发展的大事儿，你也是个明事理的人，‘舍小为大’的道理也不会不明白的。何况又实在是属于违建，你作为群众的主心骨，应该带头拆呀！”何怡萍的这一席话，让整个屋子陷入了沉默。

之后，老牛紧咬嘴唇抬起头，说："拆！为大局出点血——值！"

何怡萍早已料到似的微微一笑，挑起了大拇指说："老干部觉悟就是高！再说了，咱们也号召和谐拆违，也会最大限度地减少群众的损失的。"

老牛不好意思地挠了挠几撮稀疏的头发说道："但还得容我几天，我这满房子的货，得一个个挪走呀。"

"这没问题的，老牛，如果你人手不够呢，我们也可以组织人帮你搬的……"

就这样，老牛当天就开始搬运货物，用了 3 天时间，自行清空了所有货物，还拆掉了院墙，但由于门房是砖混结构，自己无法拆除，他便申请了帮助拆除。

"老牛不愧是老牛！浑身都有着一股牛劲儿！"何怡萍听到同事们的情况汇报后不禁啧啧称赞。

老牛在自拆的同时，他还配合工作组宣传法规政策，带头做群众的思想工作。

"小李啊，你们家的这间茅厕还是自个儿拆了吧，拆了建好的，旧的不去，新的不来嘛……"

"老王啊！咱就别倔了，拆了好啊，时代在发展喽！"

"邻居们啊，看我这，全都自己拆了，不也还是好好的吗？毕竟是违建，我们终归还是理亏的，不如自己早点动手啊……"

附近的村民看到村干部都配合拆，也都主动腾空了杂物，老牛的这一番举止言行，打破了大家踟蹰观望的局面。村民们纷纷到拆违工作组设立的免费代拆报名处排队登记，主动报名拆违。

何怡萍一再向拆迁人员强调，"咱们一定要按被拆人的要求人工拆除，尽最大可能减少群众的损失。"

凤凰村动迁组组长兰梅缓缓地走在熙熙攘攘的大街上，望着左右画着"拆"字的破矮平房，个中滋味从胸腔涌上。其他拆违工作人员跟在兰梅的后头，踩着她的步子，也都似各有所思。

"走过路过，不要错过，亏本洗货，见钱就卖，最后 3 天，最后 3 天了哈……”又是这熟悉的甩卖声。

来来往往的过路人或许都能听得出，在这并不标准的普通话腔调里好似夹杂着些许无助与辛酸，不过，因此驻足的人并不算多。兰梅的脚步还是在甩卖声里停了下来。

这是一家小小的土特产超市，狭窄的店铺里塞满了各式各样的当地小玩意儿，小店的店主是位名叫杨萍的年轻女子。

其实，这“最后 3 天”杨萍也叫了好几次最后 3 天了，可小店的东西似乎还没能全部卖出，过不了多久，拆违工程队就真的要来了。真正的“最后 3 天”即将来临，杨萍这些日子总是心急如焚。

拆违的工作人员来一回，杨萍就哭一回。

“现在俺超市的东西都是给钱就卖，可还是有一大堆砸在手里头。这可怎么办呢？”

“我的老父亲还病在床上啊……”

只见不足 20 平方米的小店一角，展开一张小床，她的父亲正躺在床上。

今日的此情此景，让兰梅倍感心酸，她一摸口袋儿，刚好有 4000 块钱，这是一大早老公给的，准备用来给孩子交假期培训班的学费。

兰梅没有犹豫，将钱从口袋里抽出，一分没剩，往桌子上轻轻一放："妹子，有哪些比较难卖的，我跟你买了，我家孩子肯定喜欢这些小玩意儿。"

霎时，在场的人都愣住了。正啜泣着的杨萍也顿时呆住，如一只受宠若惊的小瘦鹿，浑身微微颤抖着。

跟在兰梅身后的其他工作人员也被深深触动，呼啦一声都围了过来，不到一会儿，就凑了 1 万多块钱，几乎把小店的东西购买一空。

出了小店，兰梅和同事们的脚步轻盈而坚定了许多。

傍晚时分的凤凰村就如凤凰鸟掠过了一般，五彩斑斓，甚是妩媚。

贾小兵不知不觉地又溜达到自家刚刚被拆的房子前，这似乎已经成了贾小兵近日的习惯。

看着眼前的一片废墟，他慢慢地弯下腰，用手触摸着冰冷的水泥块，不时地低声叹气，落日余晖照在他身上，将他的身影拉成一个大大的问号。

其实，在他心里也一直有个问号，自己在这次政府的拆违过程中，带头自行清空房屋，这样做到底对不对？大伙儿会不会骂自己呢？

原来，家住凤凰村的贾小兵急着结婚，父亲张罗着给他在村南建起了三间平房作为婚房。当时，在其旁边已经有了几处新盖的房子，之后又陆续盖起了不少，但是入住的不多，大多数都空着。这些房子都有一个特点，那就是没有任何审批手续。

对于住房问题，工作人员明确地告诉贾小兵，区里在整治“双违”的同时，同步推进凤凰村的棚户区改造，凤凰村马上就能拆完，安置房建设审批已经完成了，马上就能开工建设，希望村民们理解配合。在工作人员的耐心讲解下，贾小兵虽然还有情绪，但基本认同了工作人员的说法。但拆违就是这样，从认同到拆除还是一个漫长的过程。

贾尚军是凤凰区党办主任，这个不重要，重要的是他是贾小兵的二叔。兰梅当然不能浪费这样一个良好的资源。

在区委办，兰梅找到了贾尚军。兰梅开门见山地说：“贾主任，您可得帮我，要不我的任务可就完不成了。”

“兰主任，你不是在凤凰村搞拆迁吗？怎么拆到区委来了？”贾尚军丈二和尚摸不着头脑。

“贾主任，不开玩笑了，记得在凤凰村您还有个大侄子吗？”兰梅往正题上引。

“你说的是贾小兵吧，怎么了？”贾尚军问道。

“贾主任，这事还就您能帮上我，他在凤凰村的村南空地上建起了婚房，我这只有找您帮忙说服您的大侄子了。”兰梅说。

“有这事？好了，这事交给我，还反了他了！”贾尚军一听直拍胸脯。

贾尚军率先开口开导小兵，从小到大，贾小兵和贾尚军关系最亲，在他还没出去打工之前，他可是天天长在二叔家的，外出打工之后，二叔也总是默默地帮助他照看家里，地里的活没少帮他们干。

同来的工作组同志们也纷纷给贾小兵讲法律的严肃性、违建的危害性。但是贾小兵就是一直咬着说，“问题就是，我没地儿住可咋办？！”

“小兵啊，我比你年长，经的事呢也多点，得告诉你的是——任何理由都不能成为违法的借口，犯错了就要承担后果，所以违建是必须拆除的。至于你的困难，政府可以考虑，也正在考虑，不光是你，咱们这里也还有很多像你这种情况的，现在正在建设的棚改楼项目就能解决你们这样的问题。”二叔语重心长地拍拍小兵说。

“对呀，小贾，现在政府正在着手盖安置房，将来咱都会有新楼住的，眼下，如果住房确实有困难的，咱们可以帮你一起找找房子。”工作组的同事们趁热打铁地补充道。

一面是无法推诿的亲情，一面是不容侵犯的国法，加之政府细致入微的关爱，权衡再三，贾小兵终于做出了自行拆除违建的决定，并很快搬走了家具，将房子腾空，随时准备整体拆除。

看到贾小兵的举动，其他违建户顿时慌了神，纷纷找到小兵。小兵便把二叔带人找他的事从头到尾学了一遍，并劝这些人，“‘双违’整治是大势，不可逆转，政府执法虽然严格，但也给我们想好了出路，我们有错在先，大家伙儿还是听政府的吧！”

天边的晚霞渐渐散去，贾小兵的心其实仍是七上八下的，他看着晚霞在发呆。这时，一道身影从远处慢慢走来，拍了他一下，说：“小兵，在这儿愣啥神呢？”

小兵转过身来看了一眼，眉头微微皱了一下，不情不愿地回了句：“哦？二叔。”

话音未落，他就把脸别了过去，两人都陷入了沉默。

过了一会儿，二叔打破了这沉闷的氛围。

“小兵啊，咱别再多想了，辛辛苦苦花了那么多钱建的新房，还没住多长时间就被拆了，搁谁心里都不好受，但咱这毕竟是违建，违着法呢。当时，我带着人来做你的工作，知道让你心里挺难受的，但你还是明事理的，答应了拆除，二叔真的谢谢你。至于住的地方，暂时先委屈点，但是你看……”

说着，二叔用手指了指不远处几幢拔地而起的楼房，“那就是政府正在给咱盖的新楼。”

贾小兵顺着二叔的手看了看，目光逐渐地明亮、坚定了起来。

无论是站前村、凤凰村还是龙头村，各种媒体的宣传攻势在发酵，“三千三皮”无孔不入的动员在发酵。人们似乎看到了政府一把尺子量到底、一根杆子插到底、一鼓作气干到底的气势。违建者分化出了三类：一类是相信政府，主动自拆；二类是等等看，看看政府对霸王楼的态度；三类是为保住既得利益，做殊死抵抗。

在背后悄悄观望着的三雕有些坐不住了，若村民们的自拆之风蔓延，他三雕可就有麻烦了，他准备去找彪哥商量商量。

三雕和翟彪本来是井水不犯河水。记得十年前，他三雕在站前村可是在村东头跺一脚村西头都乱颤的人。自从来了一个东北汉翟彪，三雕就变成了千年老二。翟彪从东北到渤海市后相中了站前村，准备在这个村谋求生意，他访来访去，得知有一个叫三雕的横行乡里，他手持剔骨尖刀几次去单挑三雕，吓得三雕闻风就躲。于是翟彪在渤海市出了名，三雕就变成了千年老二。两个人有一个爱好，靠违法建筑发财，只是三雕躲着翟彪走，翟彪看三雕也没给自己添麻烦，就不再理会三雕。

都到这个时候了，三雕也顾不上面子，再说三雕也知道斗不过翟彪，只能抱团取暖。

“彪哥啊，近来的形势你不会没瞧见吧？！政府啊，那是真动真格喽！”三雕一见翟彪便急切地说道。

翟彪眯着眼，轻蔑地一笑，吐出了一缕白烟。

见彪哥面不改色，三雕更急了：“大哥！现在村民们一个个都排队去签字，嚷嚷着要自拆了，我们的怕是要保不住了，您快想想办法吧。”

彪哥将烟头伸进烟灰缸里，使劲儿地左右摁压着，直至火星儿被掐灭。

“别慌，慌啥？我们大老爷们处事第一条就是不能慌。”

三雕连忙赔笑道：“唉唉，是，是，我这是太心急了，脑子也不太好使，还请大哥明明白白地指示！”

“他们在做着老百姓的工作，我们就不知道也去做点什么群众工作吗？”

“噢！大哥您的意思是……”三雕恍然。

“哟，儿子回来啦！”张大爷招呼三雕道，“累了吧，快来坐下吃饭，今儿炖了鸡汤，嘿嘿，隔壁刘大妈家给送的，香得很嘞！”

“不了，吃过了。”三雕无精打采地冷冷应答着。

“噢，那我可喝了，啧啧，真香啊……”张大爷装模作样地品咂起鸡汤来。平日里，这可是三雕的最爱，喝一口热乎乎的鸡汤，再撕咬一块儿鸡腿肉，别提有多么舒畅了。

张大爷舀了一大勺汤走到了儿子面前，三雕翻了个白眼，咽了一下口水，还是把老父亲送到嘴边的鸡汤喝进了肚。

见汤下了肚，张大爷连忙说道：“儿啊，要不咱们也自己早点把违建那玩意儿拆了吧！你看隔壁那刘大妈家都准备自个儿拆了呢。”

“呵！原来你是心里头憋着这事儿。这送鸡的刘大妈，原来是给政府当说客的，你还真是老糊涂喽，一只鸡就被她收买了！”

“也……也不是啊儿子，你看呀，别人都打算自己拆了，这是大势所趋啊。”

这些年，张大爷和三雕没少生气，三雕生下来就争强好胜，在村里少不了打架，因为这事张大爷总到派出所报到。好在三雕只是爱打架，偷偷摸摸的事是从来不干，他也看不起偷偷摸摸的事。

张大爷有阵子和三雕断绝了父子关系。一次，因为收保护费三雕被派出所传唤，张大爷再次被叫到派出所，三雕保证这是他最后一次打架，张大爷再次给他保了出来。说最后一次就最后一次，张大爷可是当了真。原本站前村凡是门市三雕都在收保护费，说保护费这词太难听，三雕说是收治安维护费，只要交了治安维护费，凡是有来捣乱的，三雕是马上“出警”，这是站前村多年的规矩。可就有不信邪的，站前村的刘举人就把三雕给举报了。后来三雕知道了举报他的是刘举人，对刘举人拳打脚踢。三雕被再次传到了派出所，派出所找到了张大爷，张大爷气得浑身直哆嗦，说是和这个败家儿子断绝父子关系。三雕被拘留了 15 天，回来后张大爷不让进家门，三雕只能住在自己的门市房中，那门市房是三雕学着霸王楼盖起的违法建筑，只是规模比霸王楼要小得多。

爷儿俩的关系从三雕的母亲去世开始有所缓和，毕竟张大爷只有这一个儿子在身边，而且三雕除了打架之外还算孝顺。

“儿子，我这房子交给你宁宇哥处理了，他不会坑我的，你的门市房我看也早点交给政府吧。”

“爸！这事儿啊，您就甭管了！”三雕说罢，便起身而出。

第十章 刺刀见红

三雕从家走里出来，说实话他心里也没底，政府看起来是真的要拆，可是翟彪又是一副胸有成竹、什么都不怕的样子，他也不知道该相信谁了。要是现在拆了，搭进去那些损失又不甘心，听刘大妈那个意思，他们这种情况是属于违法建筑的，占了公家的地方，拆了也拿不到一分钱；可是不拆的话，彪哥背后有豪叔撑腰，还有霸王楼作底牌，可他靠谁呢？真和政府闹起来，他一定是首当其冲的炮灰，人的私心到底都是偏向自己的。父亲也在劝他，“大家都拆了，我们也拆吧，要不然出什么事儿？”是啊，大家都拆了，他到底拆不拆呢？

三雕决定还是等等看，看谁啊？还是看看政府对待霸王楼的态度。

一阵鞭炮声吸引了三雕的注意，声音是从霸王楼方向传过来的，三雕走了过去。远远地，三雕就看见霸王楼前站着几个工人，心里大惊，难道霸王楼也要被拆了？他快步跑过去。

“彪哥你这是忙什么呢？”翟彪正指挥着工人把一块新的牌匾挂到霸王楼上，“左一点，再往左边一点，哎，对了就这里。”

“彪哥，这种小事您让小弟来就成了，何必自己动手？”

“这几天，天天有人拆房子，到处都是土，霸王楼三个字都不气派了，我换个新的。敞亮！”

“这几天渤海市可拆得挺热闹啊！”三雕试探着翟彪。

“拆？我看谁敢拆了我的霸王楼。”

翟彪边说边往霸王楼里走，三雕赶紧跟了上去。

“彪哥的意思是拆不了？”

“他姓曾的也不打听打听，这渤海市究竟谁说了算！”

“这渤海市当然是彪哥您说了算的。”

“一个新来的官，就想管豪叔的事情，强龙还不压地头蛇，何况他就是条水沟里的小泥鳅，谅他也翻不起多大的浪。”

“彪哥厉害，只要您不拆，我就不拆，我就不信那群人真敢来硬的。”

“放宽心，该吃吃该喝喝，咱们就在这儿等着他们。”

“得嘞，能跟着彪哥是小弟的福气！”

三雕是患得患失的，翟彪的这个举动又给了他三雕信心，因为翟彪可是有靠山的人呐，保住了霸王楼也就保住了他三雕的门市房。

“顶一顶就过去了，哪一年拆违不是来势汹汹的，可我的霸王楼不还是好好的。”翟彪在给三雕打气，翟彪向来看不起三雕，可这次他们要抱团取暖。

“是啊，大哥，每次拆违我都沉不住气，还是大哥厉害。”三雕堆着笑脸。

“政府会宣传，我们也会呀，他们这明明是欺负咱站前村的老百姓，欺负我们这弱势群体，你三雕在站前村说话老百姓是相信的，你要站出来给老百姓说话呀，人都说好汉护三村嘛！老百姓都顶住，他政府又能拿老百姓有什么办法。”翟彪知道三雕是本村人，比他一个外来户说话有分量。

翟彪到站前村十多年，三雕几乎没到翟彪这儿来过。这十多天，三雕见翟彪比十多年见面都多。

凤凰村拆违的火也烧了起来，但三凤倒不担心，这种大事有翟彪扛着。三凤庆幸没找对象，和刘龙的事也没有人知道，要不翟彪也不会管她，三凤依旧打理着夜来香酒店的生意，像个没事人一样。

还有坐不住的是龙头村的二驴子。二驴子本名于得水，因性格暴躁，动不动就用脚踢人，所以人送外号“二驴子”。大家几乎不知道他的本名，大哥们都叫他二驴子，小弟们都叫他驴哥，他也是听以为常。人们如果要问龙头村的于得水是谁，几乎谁都不知，如果问到二驴子那可是家喻户晓、妇孺皆知。

二驴子是翟彪的老乡，还有点拐弯的亲戚。说是老乡，其实两个人是东北一个县的，相隔了也就 30 多里路，在外省一个省都能称呼老乡，更何况是一个县。十年前翟彪在渤海市闯出了一片天地，二驴子慕名投靠了翟彪。

二驴子在东北经营餐饮，龙头村 5A 级景区对面的一大片空地让二驴子看中了。真是块宝地，真是块宝地，二驴子赞不绝口。

翟彪在霸王楼做局，请来了当时的龙头村村主任李占豪，酒过三巡之后二驴子向李占豪提出了自己的想法。

没等李占豪开口，翟彪说："有钱大家挣，二驴子你大方点给李村长百分之二十干股。我只是个媒人，我一分钱不要。你们哥俩乐呵我就乐呵。"

李占豪一看这不花钱的买卖，站起来端起酒杯敬翟彪："早听说你彪哥大名，今日一见果然痛快。"

龙头村的海鲜城就这样开了起来，而且一再扩建，如果说当初起海鲜城的名字还有点勉强，而今它真的是个名副其实的海鲜城。别说外地的游客，就是渤海市本地人也常去光顾，生意红火。二驴子经营餐饮确实有他的独到之处。

李占豪家在龙头村有很大的家族，所以只要他参选，他就当然是村主任。这一干就是 20 多年，如今李占豪已经 50 多岁了。

二驴子这么多年把心思都花在了海鲜城上，再说他也不会别的买卖，他把挣来的钱除了分给李占豪一部分，孝敬给翟彪一部分，其他的都又投在了海鲜城上。

二驴子跟龙头村签了一个永久的租地协议，这在法律上是说不通的，但在农村没人那么咬文嚼字谈法律。

这海鲜城可是二驴子的命啊，谁要敢动海鲜城，他二驴子就跟谁玩命。

最近这个月搞得二驴子心神不宁，龙头区的拆"双违"也搞了起来，明显跟以前不一样。大家都在议论政府要强拆霸王楼，他也搞不清真假，他担心是真的，他更担心他的海鲜城会保不住。人家都说二驴子是个粗人，但他自己知道，他是粗中有细，他在盘算着对策。

海老往鱼缸里扔了几粒鱼食，立刻被那几条鱼哄抢了。

"海老，您给我分析分析吧，这渤海市都要拆得冒烟了，我真是看不清了。"豪叔心里有了结论，但他不相信自己的结论。

海老把手里剩下的鱼食一起扔到了鱼缸里，接过手下递来的毛巾擦了手。端起桌上的茶杯，站到窗前。

"他这么大张旗鼓地拆违，整个渤海市还不得闹翻了天。"

"那依您看，这个姓曾的是来真的还是假的？"

"渤海市这十几年来换过多少官，哪一个来了不是雄心壮志，信誓旦旦说要拆，哪次拆成了？比起这些事情，那些当官的，更珍惜自己头上的乌纱帽，出了事他们都得完蛋。"

"是啊，拆了十几年了，哪次成了，还不是越拆越多。"

"新官上任三把火，等曾雁来这把火烧过去了，他也就消停了，不用管他。不过你该撤出就撤出，还有我跟你说的矿山的事，你也要抓紧办。"海老是想让豪叔给他做防火墙，他海老在渤海市可是有名望有地位的人，他不想让这些小事缠身。

"曾雁来的宣传是无孔不入，你们的动作可不够啊！"海老又闭上了眼睛。

第二天，渤海市负责拆"双违"的主要干部手中都收到了一封信。自从开始负责拆迁的事情，收到了不计其数的信，夸人的、骂人的、举报的都有。但是往常的信都是寄到办公室，这次是寄到了各自家里。

武军也接到了一封信。这年代，写信的很少了，武军觉得很稀奇，拆开一看，信里详细写了他家的住址，他们夫妻俩上班的地方，孩子上学的地方，甚至孩子每天上学放学的时间都清清楚楚。后边写到"你媳妇单位、你孩子学校我都打听清楚了，你让我血本无归，我就让你家破人亡。谁拆我的房我就撞死谁！"

“老公，这是谁写的呀？”爱人也觉得稀奇，好奇地问。

“没什么，今天你不用去接磊磊了，我去就行。我今天不忙。”

“行，那你吃完饭赶快去上班吧。我先走了，饭都在桌子上。”

武军随口应和着，他实在是想不到谁会寄这样一封信过来。从一开始收到拆违的指示之后，他就预见了会有各种困难，可是在其位谋其职，他是个官，是个共产党员，就必须为人民服务，听从党的指挥。可是现在他有点动摇了，儿子今年才上二年级，他和爱人算是老来得子，父母亲年纪更大了，要是真出点什么事，后果无法想象。可是他是党员，在现在没有发生特殊情况的时候，他必须继续战斗在一线。

李旭天局长接到了一个电话。

“李局，多日不见了，还听得出我的声音吗？”

“听得出，忘了谁都不敢忘了您！”李旭天当然听得出他的干儿子贾文海的声音。

“先恭喜李局高升，当初一个小职员，现在都是局长了，前途不可限量啊！”

李旭天听出了他话里的嘲讽之意，这个综合执法局的局长碍了多少人的眼，又有多少人等着看他的笑话，他心里还是有数的。

“你今天这通电话是有什么指教？”

“指教谈不上，就是最近李局动作实在是太大了。我实在是有些惶恐，不知李局下一步有何打算？”

“这动作不大，我下一步的动作哪个都比这个大。”

“但是您这动作委实有点挡了别人的路啊！”

“既然我高升了，那我就有义务办点事，至于挡了谁的路，那就劳烦他绕路走吧！”

“李旭天，我能让你在那个位置待不下去，就能让你在这个位置也待不下去！”

“待不待得下去不是我考虑的事情，我只要在这个位置上一天，就得办一天的事儿，您说呢？”

一直以来，因为手段过于强硬，多少人说过他“不知变通”，可是老话说得好“当官不为民做主，不如回家卖红薯”。从他成为公务员，成为共产党员那天起，他的使命感只有一天天在加重，从未消失。

三雕收到了翟彪的指令，找了几个村里不学无术的小混混，开始在村里到处游说。

“张大哥，你这怎么说让你拆你就拆了。”

“李大哥，怎么他们说什么你就信什么！说到拆迁你还敢信啊，不知道又要拖到什么时候，拖个十年八年，你们一家子住哪里？再说了，我可听说了，给大家伙的补偿，都让当官的给克扣了，一层一层扣下来，到你手里还能有多少？听我的，别拆，只要你不拆，那些人就拿你没办法！”

“刘大妈，您这拆得可够积极的呀，您这拆了估计也是白拆，一分钱哪都不给您！”

“咱也不图钱，这是违规的，该给人家拆就得拆。”

“违规？他们说是违规您就信了？您瞅瞅刘大爷家那鸡窝，拆了吗？没拆。人家可比您精。您不图钱哪，那是傻，有钱还不要！”

“他们说了，违规的是应该拆的，不给钱。”

“他们说啥就是啥，您看看刘大爷家的，那就是等着给钱拿。只要您不拆，到最后肯定会给您补偿，可现在没戏了，您的鸡窝拆了，没地方要去了。”

三雕让小混混到各村去散播谣言，搞得左右摇摆的老百姓人心惶惶。

整个渤海市的“双违”拆除工作处在胶着之中，李旭天给曾雁来讲过一个故事，说的是他在做计生委副主任时的体会。几十年前人们生孩子是偷着生，什么北戴河呀，海南岛呀，可现在让人生，人都不多生，有的想生了，又生不出来了。他要找到曾雁来，再次给他讲这个故事，他要再给渤海市拆“双违”刮一场东风、强劲的东风，李旭天觉得火候到了。

第十一章 “霸王”交锋

“哒哒”两声敲门声，曾雁来抬起头说道：“请进。”

秘书路远推门进来说：“曾书记，站前区姜书记和综合执法局李局长想见您，说有重要的事情向您汇报。”

曾雁来看了看手表说：“小路，上午那个招商引资的会议是几点？”

“上午10点，离开会还有一个小时。”路远回答道。

曾雁来说：“一个小时，那你让他们进来吧。”

姜凌志、李旭天随着路远进了办公室，曾雁来抬头看到他们进来，向前面的沙发指了指说：“凌志、旭天你们先坐一下，等我几分钟看完这份文件。”

“好的曾书记，您先忙。”姜凌志应道。路远沏了两杯茶水给姜凌志、李旭天端过去，随后出去关上了门。

大概过了五分钟，曾雁来看完文件后，抬起头说：“我正看旭天给我写的报告呢，看来风气比说教力量更大噢！不管是好风气还是坏风气，一旦形成想扭转非费九牛二虎之力不行。说吧，有什么事情？对了，我10点钟有个会，我只能给你们30分钟的时间，时间够不够，不够等我开完会咱们接着说。”

姜凌志说：“够了、够了，我捞干的说。咱们市‘双违’整治活动经过前面宣传和动员，各个片区的拆违都有了很不错的进展，得到了群众的支持，有的已带头自行拆除。同时各片区也遇到了同样的一个问题，就是最近有些人利用微信群、朋友圈散布谣言说带头自拆的政府给了高额补偿，政府拆违就是拆没后台、没本事的，导致有些群众的抵触情绪又渐渐高涨了起来。”

姜凌志是市委常委、站前区区委书记，这次领命后，他准备用 45 天的时间，借拆“双违”的东风把站前村的征迁完成。火车站是一个城市的脸面，这个疮疤恰好贴在了渤海市的脸面上，站前村也恰似一个狗皮膏药贴在了他姜凌志的脸上，多少年想揭都揭不掉。市委、市政府提出要“双违”清零，他姜凌志举双手赞成，而且姜凌志要借势让站前村早日完成改造，以亮丽的形象重聚人们的目光。

姜凌志喝了口茶，接着说：“曾书记，这段时间拆违工作人员也反映，有为了不拆除自己的房屋找他们想用钱疏通关系，还有接到恐吓信的。更甚的是前几天有二十几号老头、老太太到区政府围堵，一个个哭哭啼啼，下跪哀求别拆他们房子，后经我们暗查，这些雇人围堵政府和投寄恐吓信的事情都与我们渤海市一个叫翟彪的一伙人有关。”

李旭天说：“从几个片区的负责人在整治‘双违’例会上反映的情况来看，其他区散布谣言阻碍拆违的行为也都是他们在背后推动的。”

曾雁来喝了口水说：“翟彪，什么人？”

李旭天说：“东北人，四十多岁，据排查的情况来看黄金地段的城中村的违建都有翟彪这伙人的身影，翟彪后面的靠山是渤海市混迹黑白两道的徐世豪，道上的人都叫他豪叔。”

曾雁来说：“我刚来渤海时，在一个烧烤摊吃饭的时候听到过他们的名字。”

李旭天接着说：“还有个消息我得向您汇报，就是徐世豪的后台可能是个您认识的人，这只是我的猜测，还不是特别确定。”

曾雁来问道：“我认识的人，谁？”

李旭天说：“海老，邵海翁。”

听到海老的名字，曾雁来用诧异的眼神看着李旭天。

李旭天接着说道："曾书记您别诧异，邵海翁和徐世豪都在渤海市商会，邵海翁是会长，徐世豪是副会长兼秘书长，而且他俩走得很近，交往甚密。我们也只是推断，翟彪单凭仗着徐世豪一个人绝对不敢这么肆无忌惮。"

曾雁来把杯子放在桌子上，若有所思地说道："豪叔、彪哥，邵海翁真能和这些人掺和在一起，玩起黑社会吗？"

姜凌志说："曾书记，先不说他们的关系牵扯到谁，但这次阻碍拆违行动的，肯定是有组织有预谋的，而且现在各片区的群众也都在看着政府能不能拔掉这颗老虎牙，拆掉他们的霸王楼。能否拿下翟彪他们这个利益集团的'霸王楼'，也关系着能否顺利完成渤海市的违建拆除清零行动。"

曾雁来问道："霸王楼？"

李旭天说："霸王楼在站前村，是翟彪最近两年刚刚扩建的巨型违建，楼高五层，面积有 5000 多平方米，据说投资了 1000 多万元。他们的违建也被多次查处，也被'拆除'过，回头他们又建了起来，而且还越建越大、越建越多，老百姓也是为了表达不满把霸王楼作为了徐世豪、翟彪他们在各黄金地段违法建筑的代名词。"

曾雁来震惊地怒道："5000 多平方米！咱们的职能部门吃干饭的吗？怎么让他建起来的？"

姜凌志说："霸王楼建设之初就被多次下达过责令整改通知书和限期拆除的通知，翟彪他们仗着徐世豪的势力，根本不拿这些当回事，跟政府玩游击，你来他跑，你走他建，你拆他带人阻止。但也不可否认，当时我们在拆违的监管和执法力度上是存在不足的。"

曾雁来问道："你们找我是不是就是为了这霸王楼的事，你们有解决意见吗？"

李旭天说："确实这正是我们着急见您的主要原因，我和几个片区负责人在例会上讨论过了，按照市委、市政府的安排，我们这次行动是先难后易，从区片上看凤凰区最难，但从点上看站前区的霸王楼最难，现在火候到了，全市人民都看着呢，我们计划先拆霸王楼，给渤海市的老百姓一个交代。”

曾雁来点了点头说：“强拆的程序都已走完吗？绝不能出现纰漏。”

姜凌志说：“放心吧曾书记，强拆程序都已履行完毕。只是这次强拆的难度会很大，发生冲突的可能性也很大，我们想征求您对强拆的意见，同时希望在强拆方面能得到市委的大力支持。”

曾雁来在办公室转了一圈，拿起水杯喝了口水说：“我赞同对这些黑恶势力的违建依法进行强制拆除，以彰显政府对整治‘双违’的决心，在违法建筑面前一视同仁，绝没有任何特殊和例外。”

曾雁来又说：“另外，强拆的前期部署工作要到位，确保整个强拆过程不能发生重大伤亡事件，尤其要保障群众的安全和执法干部的安全。至于需要哪些部门配合支持的事情，由旭天去协调解决。”

李旭天转到曾雁来跟前，欲言又止。

“你别跟我婆婆妈妈的，有话快说。”曾雁来看出了李旭天有什么心思。

“曾书记，您有时间是不是也该拜会拜会海老。”李旭天对霸王楼、对翟彪了如指掌，他觉得霸王楼这事跟海老有关系，只是他没有证据。

“这霸王楼跟海老扯不上关系吧？”曾雁来满脸疑惑。

“是该拜会拜会这个老上级了。”曾雁来自言自语。

强拆霸王楼的计划得到曾雁来的同意和支持后，两人走出市委办公楼，李旭天深深呼吸了一口气，笑着说道：“姜书记啊，有曾书记这样决策果断的领导，渤海市面貌脱胎换骨指日可待。”

姜凌志也笑了笑说：“领导决策犹豫不决，下属做事必然拖泥带水，曾书记有这样的魄力确实让咱们的工作好做了许多。”

两人知道强拆虽得到曾雁来的认可与支持，但强拆实施前还有大量的工作要做，这事宜早不宜迟，两个人当下商定好，今天下午就在站前区区委办公楼召开专题会议，姜凌志在车上给秘书打了一个电话，交代好与会人员、会议主题，让其赶紧发会议通知。

“嗒嗒嗒”，手机传来一条信息，“今天下午区政府开专题会议，讨论对你们的霸王楼进行拆除的事，就在这一两天，自求多福。”徐世豪拿起手机看着，然后拨通了电话，那头传来一个声音，“喂，豪叔，您有什么指示？”

“彪子，你赶紧来我这儿一趟，我在天海别墅。”

翟彪笑着说：“豪叔我正想打电话问您在哪儿呢？前两天让小弟走了趟大兴安岭弄了点野生的山鸡和狍子肉，知道您老好这口。”

“行了，行了，你小子快点过来，有急事。”徐世豪不耐烦地挂掉电话。

徐世豪突然挂掉电话让翟彪有点发懵，他寻思着，平时我要给他弄点野味，肯定高兴得不得了，今天这是咋了，别想了赶紧去吧，别惹他不高兴。

不一会儿翟彪就到了天海别墅小区，这个小区面海而建，坐在别墅的阳台上，便可以看见半个渤海市，是渤海市最好的别墅小区，也是徐世豪最喜欢的寓所。翟彪进入大门，沿着一条用鹅卵石铺成的小路向前走，小路的两旁是一排排石凳，石桌上摆放着形态各异的花木盆景，让人赏心悦目。小路往左一拐，是一扇月亮门，翟彪按了下门铃，保姆打开了门，他赶紧进屋，看到豪叔正坐在沙发上抽着雪茄思考着什么。

“豪叔，我来了，啥事啊这么急？”翟彪一边说着一边向徐世豪走过去。

“彪子，我接到消息，政府打算要对咱们的房子进行强拆，要先从咱们的霸王楼动手，我从海老那里了解了一下曾雁来，这次整治‘双违’应该不会那么简单。”徐世豪一边沉思一边说着。

“豪叔，您有点杞人忧天了吧？政府都来来回回多少次了，咱们不照样挣钱，吃香的喝辣的享受着嘛。再说了，有您这尊大佛在，就算曾雁来他长着三头六臂，还能翻了天不成。”翟彪一边说着一边拿起一根雪茄也坐在了沙发上。

“往常拆违，咱不都让他们咋来的咋回去的嘛，这次也不例外。”

徐世豪拿起茶壶给翟彪倒了一杯茶说：“曾雁来和李旭天这两个人的脾气相近，他两个碰一块要搞这个事情，跟往年的情形可不一样，咱们不能大意，要提高点警惕。”

徐世豪深吸了一口雪茄，一边往外吐着烟雾一边说：“还有彪子，你让三雕在站前村找几个小混混多给点好处，最好再拉拢上违建的村民一起抵制政府的拆除，咱们的胜算也能大点。”

徐世豪拍着翟彪的肩膀说：“霸王楼可是投资了1000多万，这要是拆了不只是断了咱们的财路，咱们这1000万也打了水漂了，能不能保住咱们的金饭碗就看你这一战了！”

翟彪站起身来拍着自己的胸脯说：“放心吧豪叔，这事交给我，我这就去联络哥几个想个应对的策略，保证让他们拆不成。”

翟彪出了徐世豪的寓所，拿起手机在微信中给几个人发了一条消息“晚上六点，霸王楼聚义厅见，有事商量。”

接近傍晚的站前村，似乎变得更静谧了一点，这时一辆路虎、一辆霸道飞驰而来，停在了霸王楼的前面，下来二男一女，进了大门。

“彪哥，这么着急叫咱们几个干啥啊，你们知道吗？”

“不知道啊，彪哥没说啊。”几个人边说着边进了聚义厅。

几个人进去看翟彪已经来了，分别跟翟彪打了声招呼。翟彪示意都坐下，相继落座后翟彪发话：“我刚从豪叔那里过来，豪叔收到消息，政府要强拆霸王楼，后面还会对咱们其他的产业动手，所以叫哥几个出来商量一下对策。”

“我说彪哥，我以为啥事呢，不就是拆违吗，以前不知道搞过多少次，咱们按老套路不就得了。”

“三雕，我也是这么觉得，但是豪叔说这次情况有些不同，让咱们准备充分点，以防万一。”

这时三凤往翟彪身边凑了凑，把手搭在翟彪的肩膀上笑着说：“豪叔是不是老了啊，这有啥好担心的，彪哥咱们这次多找些人阻拦强拆，政府方面有豪叔给撑着腰，就站前区那些人能拆得动？”

刘龙在一旁看三凤在卖弄风骚，心里一边骂着娘，一边皮笑肉不笑地说：“对，凤姐说得没错。”

翟彪说道：“我也觉得是，但是豪叔交代了，肯定有他的顾虑，咱们还是充分准备一下，你们没来的时候我也琢磨了，现在把任务给大家分配一下。”

“三雕，你待会儿就去村里看看，找个村里人都害怕的哥们儿，让他去恐吓也好宣传也好，反正让村里人相信政府拆不掉咱们的霸王楼，如果和我们一起联手的，以后各赚各的钱，如果指着咱们出头他们捡便宜的，等事情过去后再找他们好好算算账。”

三雕想了一下，说：“村里还真有这么一个人，叫王虎，是局子里的常客，刚刚放出来，只要钱到位，他出头没问题。”

翟彪说：“好，那你待会儿就去找找他，只要能把事办好，钱不是问题。”

“三凤，你就去买点二踢脚，再找些老头、老太太在前面拦着。”

“刘龙你去找几台车，把‘三者’给我上200万，把车停到霸王楼的前面，谁要是敢上来拆房子，你们就开车撞。”

刘龙看看翟彪惊讶地说：“彪哥，真撞啊，那不犯法啊？”

翟彪撇了刘龙一眼说：“你不上了200万的‘三者’吗，你还真往死里撞啊，撞伤有保险赔钱，你们没啥责任，能不能平时看看书学点知识，没文化真可怕。”

刘龙半信半疑地答应着。

翟彪接着说：“这次咱们只要能保住霸王楼，往后你们在霸王楼消费统统免单。政府可能这一两天就有动作了，你们没啥意见，都赶快去准备吧。”

这几个人本来抗拆也是为了保住自己的利益，现在一听又有钱拿，都爽快地答应着去准备了。

强拆霸王楼的部署会议一直开到了晚上8点才结束，从综合执法局、规划局、土地局、公安局、街道、村委会等涉及的部门单位工作都一一进行了部署，突发事件的应急预案也进行了完备。

“姜书记，这次得到曾书记的支持，咱们搞了这么大一个阵势，您觉得这次强拆的胜算有多大啊？”开完会的李旭天边向外走边问着姜凌志。

“旭天，不瞒你说，这么大一场仗我也是头一次，在渤海市也是第一次，要说拆个平房我们还都有经验，这么大一片楼房，能不能在不发生大的冲突的前提下，顺利地完成拆除，我心里还是没什么底啊。”

李旭天也满怀感慨地说："这也是我所担心的，但是要让渤海市改变，让渤海市人民过上幸福的生活，有些东西就需要有人站出来担当。我始终坚信只要我们是正义的，是真的为了人民群众，老百姓是会支持我们的，所以我确信这场拆除霸王楼的硬仗肯定会顺利完成的。"

姜凌志拍了拍李旭天的肩膀出了区委的大楼，姜凌志目送着李旭天的身影渐渐消失在月色中。

三雕出了霸王楼去找王虎，他与王虎只是在饭局上见过几次面，算不上熟悉，正琢磨着怎么和王虎进行搭讪，恰巧路过一个小超市，进去打听了一下王虎家在哪儿，顺便买了一箱啤酒和一点下酒菜，向王虎家走去。

"王虎兄弟在家吗？"

"在呢，谁呀？"

"哈哈，我三雕，过来看看你。"

三雕笑着进了王虎家的院子四处打量着，王虎家属于20世纪六七十年代的老房子，因为经常在"局子"里过日子，家里也没啥人气，同时房屋经过岁月的洗刷，显得格外破败。进入房屋，门口是做饭的灶台，左右两边是房间，这时右手边的房间有声音传出来："在这个屋呢。"

进了房间，王虎正躺在床上玩着手机。三雕看了看屋子，只有一台电视和一张床。王虎看到三雕进来说道："稀客啊，你咋能想起我啊？"

"哥哥我今天正好路过这儿，听说你刚出来，所以买了点酒找兄弟喝点。"三雕一边说着一边把一罐啤酒扔给王虎。

王虎接过三雕扔过来的啤酒打开喝了一口说："三雕我说话直，咱俩还没到你来看我的关系吧？说吧，有啥事直说。"

三雕笑眯眯地说："看你说的，没事就不能看看你，多喝上几回酒，关系不就近了吗，不过我今天来还真有点事。"

三雕把想让王虎帮忙阻止政府强拆霸王楼的意思向他说了，并表示肯定亏待不了他。王虎刚刚放出来，手头也正缺钱花，所以两个人一拍即合。

王虎又开了一罐啤酒说："来咱哥俩走一个，这事你放心，只要钱到位了，这都不是事。"

三雕陪王虎喝了两罐啤酒，又闲扯了会儿家常，说：“我还有点事，先走了，明天你就去办这事就行。”

王虎把三雕送出屋门，三雕一边走一边说：“回去吧别送了，等这事顺利过去，回头去霸王楼，哥哥给你弄点正宗的野味尝尝。”

翌日，太阳升起，温暖的阳光洒向站前村，人们吃过早饭，都各自忙碌起来。

一大早，村长康有法匆忙地向霸王楼走去，因为昨天区政府开的会，决定后天对霸王楼进行强拆，他想找翟彪谈谈看看能不能别走强拆这条路，劝他自己把房子拆除。虽然他知道这事很难，但作为村长他觉得还是有义务和责任再去谈谈，给翟彪说一说这次政府是动了真章，不是走过场。见了翟彪后，苦口婆心地一顿劝说，最后也是和自己预料的情形一样，翟彪压根就没有理会他，只说了一句“让政府来，随时奉陪”。康有法一看这种情况，叹着气摇着头往家走去，“不听老人言，吃亏在眼前，好心当成驴肝肺。”康有法自言自语。

康有法回到家中，屁股还没坐稳，就听到外面有人用喇叭喊：“老少爷们，大家都出来一下啊。”

这又发生什么事了，还能不能让人省点心，康有法一边埋怨着一边向喊话的方向走去，到了那儿一看，是王虎这小子在村委会门口，坐在一辆三轮车上，拿着喇叭在喊。

康有法大声地喊道：“王虎你小子啥时候回来的，跑村委会来做什么？”

“老村长，你别管，你也管不了。”

“这不王虎吗，啥时候放出来了？这小子可是个滚刀肉，‘局子’里的常客，这回有热闹看了。”围观的村民交头接耳地议论着。

王虎看人来得不少了，点起一根烟抽了一口，摸着自己的秃头，龇着满嘴的大黄牙，向着周围看热闹的村民喊道：“老少爷们儿们，政府要强拆霸王楼了，霸王楼啥背景，还有我王虎啥人，大家心里都有点数吧。不是我王虎夸口，大风大浪我经历多了，谁要是不让我活，我肯定跟他玩命，有本事再让老子吃几天窝头，我还不信了。”

“我说虎子，你东一句西一句的到底想说啥？”大家被王虎这顿嘚嘚，弄得丈二和尚摸不着头脑。

王虎拍了下脑袋说：“我靠，这都听不明白，你们脑子都被驴踢了。”

“也不知谁的脑袋被驴踢了。”人群里有人小声说。

“嘘，小声点别让他听到了，惹身麻烦。”

“我再说仔细点，今天开始霸王楼也有我的股份了，政府要想强拆先得过了我虎子这关。”

王虎从三轮车上下来，伸了伸腰接着说：“这次政府肯定是拆不成，你们要是和我站在一起阻拦他们，以后你们用政府要拆的房子赚钱随便，要是自己顾自己，到那时候你们想用那些房子赚钱就别怪我们无情，大家自己琢磨琢磨，不都是图个财吗。”

“虎子，你小子知道这是什么行为吗？你这是犯法知道吗？‘局子’里的饭真那么好吃？你刚出来就又想回去？就不能本本分分做点事。”康有法生气地指着王虎说。

“老村长，你以前对我还不错，我给你面子，我出来没钱怎么生活，你给啊？现在翟彪给条赚钱的路，你别断我的财路。还有，大家伙都琢磨琢磨我王虎说的话。”说完王虎迈着八字步回家去了。

王虎走后大家纷纷议论着，“翟彪本就不好惹，这又掺和进来一个王虎，这下强拆难喽。咱们要不要跟他们一起阻拦强拆啊，毕竟咱们也有违建，王虎说的也有道理，拆不了他们的，咱们也能得利。”也有人说，“这个新来的市委书记办事有魄力，估计这回谁都不好使啊，再说抗拆是犯法的，搞不好得进‘局子’，别傻了，真要钱不要命啊。”

翟彪昨天部署的事这些人基本都准备妥当，只是三凤没有找来老头、老太太来抗拆，因为前段时间他们雇过不少去围堵区政府给拆违施加压力，只知道被姜凌志他们带到办公室做了一个小时工作，都高高兴兴地回家去了，昨天再去找没人愿意来了。

在天海别墅，翟彪急着拜会豪叔。“后天李旭天、姜凌志他们要强拆了，昨天他们开会部署得很全面，看来这次是一场硬仗啊，人、东西啥的都准备妥当了吗？”徐世豪看着翟彪问道。

“都准备妥当了，昨天我找了一个叫王虎的，今天上午在站前村造势呢。”

“嗯，这场抗拆的仗是场硬仗，我告诉你们这次你们的目标，就是想方设法让李旭天他们采取暴力，最好能造成人员受伤的事件发生，只要出现这种情况，我就能把曾雁来、李旭天这伙人拉下马。”

翟彪点了点头说：“明白了豪叔，那我先去准备了。”

徐世豪挥了挥手示意翟彪赶紧去吧，翟彪走后，他拿起手机拨通了省纪委监察组的电话说：“曾雁来他这么搞是要出大事情的，作为渤海市的一把手要以为人民服务为宗旨，坚持从群众中来到群众中去，可是他刚到渤海市没多长时间就要搞强拆，这是要激起社会矛盾啊，我觉得他不适合这个位置，你们需要重新考虑一下。”

曾雁来觉得是应该拜会拜会海老了，毕竟做过他和金海东的上级，他约上金海东，拜会海老。

“我还以为你们俩忘了我这个糟老头子了！”海老边沏茶边说。

“岂敢，岂敢，我们也是公务缠身，怎敢忘了老领导啊！”金海东端起茶杯笑着说。

“听说你们俩在渤海市闹得动静挺大，我是看在眼里急在心上。谈谈你们是怎么想的？”海老试探着问。

“老领导，渤海市的定位我们统一思想了，那就是国际旅游都市，要想实现这个定位，拆‘双违’是我们公认的前提。”曾雁来也在试探着海老。

“好啊，好啊，年轻人就是有魄力，全国拆‘双违’伤亡的、上访的比比皆是，你们能有这个担当，后生可畏呀！”海老微闭着眼睛，在探曾雁来的底。

“我曾雁来连违法建筑都不敢碰，我就不来渤海市了。”曾雁来斩钉截铁地说。

海老是何等聪明的人，和曾雁来、金海东过了几招就知道了结果。海老站了起来，在屋里踱了几步，深谋远虑地说：“我建议你们先拆霸王楼，这样也算是给渤海市老百姓一个交代啊。”海老说完下意识地摸了摸下巴。

海老的这着棋和霸王楼彻底划清了界限，让曾雁来和金海东看不出任何破绽。

“风险也很大呀，我们渤海市还没拆过单体面积这么大的，我和雁来也是捏着一把汗啊。”金海东不无顾虑地说。

“你们俩的脾气我这个做领导的还能不知道，想干的事十头牛都拉不回来，干就大胆干吧，没有事，没有事。”海老又坐到了座位上喝起了茶。

“以后我和海东在渤海市的事还请老领导多多指教啊。”曾雁来诚恳地说。

“哪里、哪里，应该的、应该的，你们别忘了，我还是渤海市商会的会长啊，我们商会和政府互相照应、互相照应。”海老说完三个人大笑起来。

曾雁来和金海东同时是海老的部下，后来金海东被提拔为副市长，曾雁来被提拔为渤海市双龙县的书记。对海老曾雁来是敬重的，他应该拜访，可在曾雁来的心中始终和海老不能融为一体，他们之间差点什么呢，曾雁来也说不清。

海老紧急召见豪叔，豪叔急忙赶到。一般情况下都是豪叔拜见海老，但凡海老召见都是有要紧的事。

“那霸王楼他曾雁来是来真的了，你们准备怎么办？”海老有些坐不住了，在屋里踱着步。

“翟彪那边准备火拼一下，给他曾雁来上点眼药。”豪叔用征询的目光看着海老。

“混账东西，他曾雁来已经闻到味了，我们不能在这小河沟里翻船，翟彪只是个莽夫，那不是给曾雁来上眼药，那是给我海老上眼药。”海老气得用手杖敲打着地面。

“老爷子息怒，老爷子息怒，我这就去安排，您放心。”豪叔连连点头，退着往门口走。

“那个李旭天不是个东西，当初怎么没免了他？”海老咬了咬牙。

“我马上安排给他点颜色看看。”豪叔满口应允。

“不是现在，这本账要给我记住。”海老又闭上了眼睛。

豪叔给翟彪打电话，那边没人接听，豪叔径直来到霸王楼。霸王楼虽然也是他豪叔的产业，但他很少来霸王楼，从开业到现在他豪叔最多来过三次，海老更不用说，一次都没来过。

“汽油两桶不够，大厅至少要摆四桶，要让外边的人都能看到。煤气罐都灌满了吗？每个楼层都要摆上。鞭炮呢，准备好了吗？”翟彪楼上楼下忙得不亦乐乎，他当然没听到豪叔的电话。

“要打仗了是不是？你给我上楼。”豪叔阴沉着脸。

“他们要是敢动我的霸王楼，我就跟他们同归于尽，看看谁狠。”翟彪信誓旦旦。

在三楼的总经理办公室，豪叔向翟彪传达了海老的指示，翟彪气得暴跳如雷。

“你如果不听话，这事可真的和我没关系了，再说今年的股份我可是没要的。”豪叔将了翟彪一军。

翟彪虽然折腾得挺欢，但心里也是没有底气。他翟彪知道，没有豪叔这棵大树，他翟彪是混不大的。

“海老说了，渤海市遍地是黄金，要学会舍得。”豪叔见翟彪情绪稳定了一些接着说。

“我舍个屁，我霸王楼舍了，我不就成了穷光蛋了吗？”翟彪最听不得舍得，他嫉妒豪叔家大业大的。

“你舍了霸王楼，不还有夜来香吗？不还有海鲜城吗？你当我豪叔是傻子吗？”豪叔有些生气，那夜来香，那海鲜城可是没给豪叔分过干股，豪叔这么多年是睁一只眼闭一只眼。

豪叔说到了翟彪的痛处，翟彪才不傻呢，这么多年他躲着豪叔也干了很多事，他翟彪以为豪叔不知道，可还是没逃过这老狐狸的视线。弄得翟彪很不好意思。

“我还能不听豪叔的吗？我翟彪可干不出来没大没小的事。”翟彪老实了许多，他答应了豪叔，但心里憋了一肚子的气。

“喂，是李旭天大局长吗？我是翟彪，明天就拆霸王楼了，今晚局长能不能赏光到我的霸王楼小聚，如果局长有诚意就一个人来，不带手机。”翟彪真是咽不下这口气，他要正面接触一下让他恨之入骨的人。

“怎么翟总这么给我面子，前几次约都不见？”李旭天不知道翟彪葫芦里卖的是什么药。

“我们今晚七点不见不散。”翟彪不等李旭天回话就挂了手机，他给李旭天下了通牒，就看李旭天敢不敢闯他的龙门阵。

李旭天是个拆“双违”专家，不只是强拆专家也是谈判高手。他对强拆的程序了如指掌，对翟彪及霸王楼也是烂熟于胸。霸王楼虽然体量大，但和拆小体量的相比只是多耗点时间而已，不同的是翟彪有别于其他被强拆户，安全稳控是李旭天这次重点考虑的。霸王楼在渤海市红红火火十多年，李旭天并没来过，李旭天很想亲自走一趟霸王楼，对这个“作品”只知其表不知其里，李旭天不想留下遗憾。李旭天更想见一下此时的翟彪，凭他的三寸不烂之舌，他想尽量给明天的强拆扫清障碍。李旭天把一切安排停当之后，独闯龙门阵。

翟彪没想到李旭天会独闯龙门阵，也没指望李旭天会来。他独自在三楼办公室玩弄他的手枪。他先是拆下弹夹，对着灯光眯着眼睛开着枪膛，而后把弹夹装满子弹，上好弹夹，小心地把手枪放到了抽屉里，思维一片空白。

进了霸王楼，门口的汽油桶引人注目，上楼来，走廊里的煤气罐看得真切，李旭天暗想，和手下侦察的情况吻合。

“哎哟，翟总怎么这么有兴致接见我李旭天？”李旭天洪亮的声音打断了霸王楼的寂静，也吓了翟彪一跳。

这小子真是吃了熊心豹子胆了，真是一个人来了。其实李旭天还没进霸王楼的门翟彪就在监控中看到了，他只是没醒过神来。

“我手机可是放你们一楼前台了，可别给我弄丢了。怎么翟总还需要搜身吗？”李旭天开着玩笑，根本没把他的霸王楼当成龙潭虎穴。

“李局长，坐，坐，坐。”翟彪一时想不到该说什么，他完全被李旭天给镇住了。想当初他翟彪拿着一把剔骨尖刀单挑三雕，可这次是李旭天赤手空拳单挑他翟彪，想到这翟彪哈哈大笑起来。

“佩服，佩服。”翟彪这句话是发自内心的。

“我看你楼里坛坛罐罐的预备了不少，听我话还是别干傻事了。”李旭天走到翟彪的面前，用眼睛盯着翟彪说。

“可是李局长你也不想想，拆了我的霸王楼，不是拆了我的命了吗！”翟彪离开老板台，转身走到沙发前坐下。

“可别这么说翟总，你的命可比这霸王楼值钱多了，你没想一想这么多年，这个违法建筑给你挣了多少钱啊！还不满足？”李旭天的这句话说到了翟彪的心窝里，翟彪突然明白一个道理，当初他单挑三雕是光脚的不怕穿鞋的，就是为了一个钱字，他搞不懂的是李旭天虽然也是光着脚来的，可他为了啥呀？

翟彪心里舒服了不少，拆了霸王楼，他翟彪也是身缠万贯，可眼前的这位拆了霸王楼也是穷光蛋，翟彪又找回了他的优越感。

“我给你李局长一个面子，明早那些坛坛罐罐都撤走，但我有一个要求，不，应该叫请求，我预备的那些鞭炮要在拆之前放了。”翟彪强装镇定地喝着茶水。

“好，我答应你，我们男子汉大丈夫一言出口驷马难追。”李旭天没想到翟彪会这么痛快地答应了自己。

金海东知道李旭天单刀赴会，气得大骂站前区的区长，“李旭天如果少一根汗毛我拿你们站前区试问。”同样坐不住的还有曾雁来，两个人在曾雁来的办公室走来走去，在他们的心中李旭天的安危比霸王楼能不能顺利强拆强一百倍。李旭天从霸王楼出来后姜凌志书记马上让李旭天给金海东打电话，金海东几乎是喊着说：“你这个混球！”曾雁来马上把电话抢过来，“安全就好，安全就好。”

尽管翟彪和李旭天有过约定，可李旭天还是不放心，他在严格实施他的前期部署。

定的是 8 点强拆霸王楼，6 点钟李旭天就到位，7 点拉了警戒线，30

名警察进入霸王楼排查隐患，技术工人随着进去切断了气、水、电。

电视台及各路记者到位，救护车到位，消防车到位，搬家公司到位，公证处到位，拆除公司到位……

“曾书记、金市长，拆除现场已确认安全，违建房屋内物品也已搬出并按法律程序进行封存，可以拆除。”李旭天通过电话向领导汇报。

曾雁来说：“你李旭天是现场总指挥，你下命令吧。”

“开始拆除！”随着李旭天的一声命令，四台钩机从四个方向重重地砸向霸王楼，一阵灰尘扬向了天空。

第十二章 危机四伏

霸王楼的强拆在渤海市引发了不小于十级地震。电台、电视台、报纸、网络反复报道，人们无不惊讶。那些拿霸王楼说事的人停住了嘴巴，人们不敢相信。这么多年，每年拆“双违”都是柳暗花明又一村，可今年这是怎么了，翟彪得罪啥人了吗？为什么拆霸王楼前翟彪还欢天喜地地放鞭炮？拆了霸王楼政府有政绩了是不是该收手了？今年政府是不是要一拆到底？不同的人在政府拆霸王楼的事件上思考着不同的问题，同时在心里盘算着自己的账。

贾文海心想：这是要变天呀！霸王楼说拆就给拆了，渤海市遍地都可以看到拆“双违”的标语。

贾文海家的院子不大，他实际是渤海市佛塔村的人，但是精于算计的他遍地开花，见缝插针，在五六个村的闲散地上搞起了简易房屋，十几年前看着来旅游的人越来越多，把这些简易房屋搞起了农家乐。他不是指望着经营挣钱，他也不会经营，他是看准了渤海市的拆迁改造，想讹上一笔。所以拆迁拆到哪儿他人就在哪儿。

上次见了曾雁来之后他又几次到政府机关上访，各个机关对他的态度普遍强硬了起来。无奈他找到阮中华，阮中华告诉贾文海自己马上退休了，让贾文海保重身体。其实这是废话，贾文海的身体本来就比阮中华强，而且贾文海觉得这个好身体就是得益于上访、走南闯北的，既锻炼了筋骨，又活动了头脑。

自从派出所民警找到他，训诫他再无理上访就拘留他后，贾文海改变打法了，他不去政府上访了，他选择了诉讼：一审、上诉、申请再审……

贾文海做什么都不走寻常路，他的“处女诉讼”列了四个被告，第一被告市长，第二被告区长，第三被告镇长，第四被告村长。诉讼内容当然是拆迁问题，因为多年未批宅基地他要向政府讨说法。

“你是否申请回避？”法官问。

“申请回避。”贾文海非常确认。

“你申请谁回避？”法官问。

“我申请法官回避。”贾文海答。

“你的申请回避的理由？”法官问。

“还要啥理由，这是我公民的权利，我不告诉你。”贾文海自己确信回答得很专业、很法律。

“因没有理由，回避申请不予支持。”法官显得很无奈。

“下面进入法庭调查，先由原告宣读起诉状。”法官说。

“法官大人先别急，你看你们都有电脑，就是那可恶的被告也有电脑，我堂堂原告，你们是不是先给我配台电脑？”贾文海说得眉飞色舞。

“不予支持，法院没有这个规定。”法官无语了。

“那电脑不配就不配了，我耳朵让政府强拆震聋了，配个助听器总不过分吧。”贾文海觉得法院不讲情理，其实他通过政府上访已经讹来了八个助听器，其中在阮中华那里就讹来了三个。

“法院不是医院，不负责治病。”法官摇着头。

林法官经历了一次终生难忘的审判。原计划两个小时就能结束的案子，可过了四个小时法庭调查阶段还没有结束，从下午两点到晚上六点，搞得林法官也是叫苦不迭。

“下面宣布休庭，择日再审。”林法官说。

“啥叫择日？请法官大人给草民解释一下。”贾文海生气了。

“择日就是今天都让你老贾给弄迷糊了，改天，对，应该叫明个儿再审。”林法官解释着。

“你这个法官也太不讲理了，让你回避你强挺着不回避，让你审你又审不了。不行，今天就是审到后半夜也得审完。”贾文海站了起来。

“这个你贾文海说了不算，书记员，让他签字。”林法官也站了起来。

“你凭什么让我签字我就签字？”贾文海和法官杠上了。

“不签字就写上原告拒绝签字。”林法官告诉书记员。

“谁说我不签字了，我今天没戴花镜，赶明个儿我再来签字。”贾文海一听他不签字也成，这下急了。

强拆霸王楼给政府打了一针强心剂，人们对政府的先强后弱的强拆策略更加赞同。站前区更是要开一个总结大会，说是总结大会实际上是表彰大会。

“政府就是应该敢于硬碰硬。”公安分局局长刘士杰说。

“我们拆违拆了这么多年也被骂了这么多年，被拆的骂我们欺软怕硬，没被拆的骂我们是熊蛋包一个。这可是出了我们的一口恶气。”站前街道办事处的武军说。

“这下李局长可是出名了，什么独闯虎穴，什么不费一兵一卒，网上的消息都翻了天了。”区委宣传部的刘干事说。

李旭天被邀参加了站前区的拆违总结会，他躲在会场的一个角落里一言不发。

“旭天你上前边来坐，拆了霸王楼也不是什么见不得人的事。”姜凌志招呼着躲在角落里的李旭天。

姜凌志是从基层干出来的，他理解李旭天的心思，区政府提出开一个表彰会，他没有否定，可他把会议的主题变成了总结会，他想把这次会变成一个统一思想，再动员的会。

强拆霸王楼李旭天做了周密的准备，他把所有动作分解，最后每个动作精确到每一分钟。强拆霸王楼也是按照李旭天的安排精确地推演的。做了这么充分的准备，霸王楼就这样悄无声息地被拆倒了，让人觉得像在拳击台上，有针对性地做了周密的准备，对手突然弃权了一样。李旭天这么多年强拆都是这么做的，不管对手将来会怎样，他李旭天总是做着万全的准备。

李旭天三言两语的规劝就能让翟彪这样一个重量级的对手放弃抵抗吗？李旭天觉得这里有故事，同样觉得这里有故事的是姜凌志书记。

强拆霸王楼无论是在站前区还是在渤海市市都是一个大事件，所以表彰也是必需的，大家欢天喜地之后，姜凌志总结道：

“我上任区委书记的第一天起就有个目标，在任期内彻底改造站前村，站前村不仅是我们渤海市市的一块心病，也是我的一块心病。站前村之所以来来回回七八次没拆下去，就是违法建筑惹的祸。人们对违法建筑有太大非法的奢望，这是拆不下去的真实原因。

“这回好了，市委、市政府要把整个渤海市的‘双违’清零，我们站前区要借这场东风，把站前村拆平，把贴在我们脸上的疮疤揭掉，也算是给渤海市市一个交代。

“霸王楼拆了，也算给我们站前区政府正了名，要不一个站前村，一个霸王楼让我们丢尽了脸面。但我知道，拆了霸王楼只是我们站前区拆‘双违’的开始，这只是万里长征的第一步，我们要严格按照原先下达的目标责任制，不折不扣地抓落实，不折不扣地抓考核，用45天的时间完成站前村的拆迁，按政府要求的时间节点实现站前区违建清零。”

姜凌志非让李旭天做最后的发言，李旭天执拗不过只好应许。

“在渤海市，不拆霸王楼，实现‘双违’清零不可能。但拆了霸王楼绝对不是拆‘双违’的结束，只是渤海市拆‘双违’的开始。在利益问题上，爹做不了儿子的主，儿子也做不了爹的主。迎接我们的将是枪林弹雨，我们即将开始的仍是一场硬仗，或者说我们的硬仗才刚刚开始。”李旭天话语虽不多，但含义却很深。

“千万补偿霸王楼，欢天喜地搞强拆”，不出姜凌志和李旭天所料，网上的这个帖子引爆了渤海市，一场更大的阴谋正在酝酿。

怪不得强拆霸王楼翟彪还放鞭炮呢，不给补偿翟彪不得跟政府死磕。

三凤、三雕、二驴子等人在渤海市散播谣言。说是散布谣言也不是，如果这话是从翟彪口中说出的这是散布谣言，但翟彪得到千万补偿三凤、三雕、二驴子等人是半信半疑，整个渤海市的人也都是半信半疑。

翟彪可不是轻易投降的人，虽然在渤海市他还有很多来钱之道，但霸王楼的轰然倒塌确实让翟彪伤了元气，如果不是豪叔硬压着，翟彪还不一定做出什么事情来。翟彪是个有仇必报的人，按他的话说他是个有恩必报的人，但如果说有恩必报还需考证的话，那么有仇必报是容不得半点怀疑的。

他打起了李旭天的主意，说实在话他喜欢李旭天，佩服他单刀赴会，如果不是对立面的话，翟彪倒很想跟李旭天交个朋友。断了他翟彪的财路是要付出代价的，让李旭天付出什么代价？李旭天喜欢什么？翟彪反复琢磨这两个问题。又送女人又送钱是翟彪的惯用手法，翟彪是屡试不爽，但李旭天确实让他头疼，仅一次单刀赴会就让翟彪觉得李旭天跟别的干部不一样，他潜意识中承认他翟彪不是李旭天的对手。

夜来香酒楼的办公室，三凤正坐在翟彪的大腿上撒着娇说："彪哥，海老和豪叔到底是咋想的嘛，这霸王楼就这样拆了？你彪哥是不是真的拿到那1000万了瞒着我呀！"

翟彪搂着三凤说："妈的，不是钱的事，你知道我彪哥要的就是面子。别说给我1000万，给我2000万我也不愿意拆啊，可是海老发话让我不要阻拦李旭天强拆，我也不能拧着这老家伙啊！"

"说句不该说的，你怕这老家伙干什么，他也没帮过咱们什么，他一句让咱们拆，咱们以后怎么办？"

翟彪推开三凤站起身，点了支烟说："靠！我怕他？要不是豪叔自己的生意还指望着老家伙，咱们还得靠着豪叔，我能让霸王楼就这么轻易拆了？"

三凤倒一杯茶递给翟彪说："照我说，也不能啥事都听豪叔的！"

"这话怎么说？"

"你看，海老有自己的产业，豪叔仗着海老生意也做得风生水起，虽然咱们不知道他们有多少资产，但几辈子不愁吃喝肯定是没问题，可是咱们就指着这几个村的酒楼活着，夜来香和海鲜城别到时候和霸王楼的命运一样，你说呢彪哥？”三凤这番分析是有自己的盘算的，霸王楼拆不拆与自己无关，但她经营的夜来香绝对不能被强拆，这关系到自己的利益。

翟彪寻思三凤说的话确实有道理，虽然自己赚的钱也够自己后半辈子花的，但钱这种东西有谁会嫌多呀。还有如果这几个酒楼都拆了，断了这条财路，三凤这红颜知己和三雕他们这帮兄弟还会死心塌地地跟着我吗？再说我花红酒绿、大手大脚地生活惯了，让我以后算计着花钱，想到这些翟彪不由地哼了一声说道：“放心吧，夜来香和海鲜城我肯定得保下来，谁说话都不好使，尤其是夜来香，亏谁我不能亏了你啊！”

三凤一听翟彪这么说，高兴地把翟彪扑倒在沙发上，向脸上亲了一口，把浓浓的口红留在了翟彪脸上。

“吱”，轮胎在柏油地面上急刹车造成的刺耳的响声，强力的摩擦让轮胎在路面上留下一条明显的黑线，一辆霸道停在了夜来香酒店的门前，三雕、刘龙从车上急匆匆地下来。

“听这停车的声音，肯定是三雕他们过来了，别抱着我了，起来吧。”翟彪推着三凤说道。

“咋地还害羞了？三雕他们啥不知道。”

话音刚落，三雕和刘龙就进了办公室，看到三凤和翟彪正在沙发上黏糊着，三雕气不打一处来地说道：“彪哥，啥意思啊，兄弟们都准备好几天了，都憋足劲干一场，咋又让拆了啊？”

“你们两个先坐下，有句古话说‘君子报仇十年不晚’。他李旭天还能跑出我如来佛的手心啊，收拾他李旭天是分分秒秒的事。”

二人在翟彪的对面坐下，三雕把眼睛瞪得溜圆说：“不是彪哥，咱们也太窝囊了！”

刘龙在三雕说话的时候，斜着眼看一下在翟彪旁边卖弄风骚的三凤，然后默默问候了两人的十八辈祖宗无数遍，心里想等我发达了，一定给你们点颜色瞧瞧。想归想，但眼前的事实是翟彪比他牛，三凤依然在翟彪的怀抱里，他必须客客气气地对翟彪，说：“是啊彪哥，让政府这么轻易拆了，咱们前期做的准备不是白忙活吗？”

翟彪无奈地说道：“唉，这不是豪叔专门找我，让咱们忍一下嘛！好在还有夜来香酒店，还有海鲜城。”

刘龙看翟彪拿起一根烟，赶紧拿起打火机给他点上后，说道：“彪哥，我看着这架势，夜来香和海鲜城也不见得能保住，危机时刻海老和豪叔也不见得能帮咱们，所以咱们得多做打算。”

“你和三凤想到一块去了啊。”

刘龙又看了三凤一眼笑着说：“那还真是荣幸啊，这也说明我跟着彪哥也变聪明了。”

翟彪说道：“好，既然大家都有这方面的担心，咱们就别他妈的把命运交到别人手上了，现在就给李旭天点颜色看看，让他懂得天下没有免费的午餐。”

三雕、刘龙同时说道：“彪哥吩咐吧，咱们下一步咋办？”

四人在夜来香的办公室里，秘密地研究如何保住夜来香和海鲜城的策略。一个小时过后，三雕、刘龙站起身说：“放心吧彪哥，我们这就去办。”

翟彪又嘱咐道：“咱们下一步计划你们和二驴子也说一声，还有站前村的王虎，反正这事不怕大，越大越好。”

三雕、刘龙二人答应着，走出夜来香酒店上了车，随着一阵猛烈的轰油门的声音，二人驾着汽车消失得无影无踪。

霸王楼被强拆后，在市委五号楼三楼小会议室，曾雁来临时召集金海东、李峰、姜凌志、冉临江、李旭天、陆远庭等几个片区的负责人召开整治“双违”情况的讨论会，会议由金海东主持。

金海东清了一下嗓子说道：“今天这个会，就是关于整治‘双违’的会议。大家也知道，我们强拆了站前村的霸王楼，这个被人们公认的硬茬子没动一兵一卒就解决了。所以曾书记提议，由我主持召开个临时会议，就本次霸王楼的拆除及后期对整治‘双违’工作的影响和后期的工作安排，大家都发表下意见充分地讨论一下。”

站前区委书记姜凌志说：“以前强拆，多多少少都会有些冲突。但本次这么大体量的违法建筑拆除，出乎意料的顺利，这不光鼓舞了整治‘双违’工作人员的士气，也起到了威慑的作用，为后期工作的顺利展开也奠定了基础。”

市委副书记李峰说：“凌志同志说的没错，但忘记说的一点就是这次顺利强拆霸王楼，旭天功不可没。”

公安局长冉临江说：“我们前两天抽调了警力，做了严密的布控和应急预案，都没派上用场。”

金海东接过话题说：“这次强拆霸王楼，展示了政府的决心和在拆违面前一视同仁的原则。旭天同志独闯龙门阵会翟彪，让我和曾书记都捏了一把冷汗，这里我要强调，我们所有执法干部都要注意安全，尤其是李旭天。”

“市长，我的命没那么金贵。”李旭天眨了眨眼睛。

“一派胡言，十个霸王楼也不换一个李旭天，冉临江你给我听好了，你要保护好我们所有的执法干部，尤其是风口浪尖上的干部。对这次李旭天独闯龙门阵事件媒体该怎么报就怎么报，我不干涉，但我口头对李旭天提出批评。”金海东说完看看曾雁来，曾雁来对金海东点点头。

曾雁来喝了口水，点了点头说：“对对，你们继续，有什么想法观点咱们不分主次都统统说出来。”

大家一听曾书记发话了也都纷纷对本次强拆发表自己的意见和观点，大多数都认为这次强拆给整个渤海市的拆违工作打了一针强心剂，都说回去趁热打铁，借着强拆的威慑力对自己片区加大动员力度，后面的拆违工作肯定会进行得非常顺利，对提前实现“双违”清零，让渤海市实现蜕变都很有信心。

李峰是市委副书记兼凤凰区区委书记，他感觉到自己身上的担子很重，按照市委、市政府先难后易的统一安排，从区域上说凤凰村最难，霸王楼这个全市单体最难解决之后，凤凰村变成了必须先摧毁的重点区域。从体量上比较，霸王楼充其量是一个只有5000平方米的建筑，而整个凤凰村有违法建筑50万平方米，是霸王楼的100倍。李峰正谋划着对涉及20户、涉拆面积5万平方米的凤凰村进行一次性拆除，他心里较着一股劲。

李峰说："首先祝贺凌志书记和旭天这次在我市有里程碑意义的霸王楼强拆取得成功。客套话我不说了，我说正题。要想完成我们渤海市拆违工作的既定目标，我们必须打组合拳，靠一次强拆解决不了多年积累的城市顽疾。旭天你可不是只属于站前区的，你要深入参与我们凤凰区的整治'双违'谋划，我们正准备下一招大棋，到时再给曾书记和金市长演一出好戏，给渤海市全市人民演一出好戏。"

曾雁来对他这个副书记非常了解，他把李峰安排到凤凰区做兼职区委书记，曾雁来和李峰都知道为了什么。凤凰区是世界著名的旅游目的地，避暑胜地是老天爷给予的，不治理好凤凰区，渤海市就会离国际旅游都市的称号越来越远。

龙头区的陆远庭也在摩拳擦掌，准备借着强拆霸王楼的东风在龙头区大干一场。

曾雁来看着大家都在对后续的拆违工作表现出极大的信心，但只有李旭天只是听大家发表意见和观点，自己却没有说一句话，曾雁来望着李旭天问道："旭天同志怎么没有发表意见，你都独闯龙门阵了，来你说说你对这次强拆的看法。"

李旭天笑了笑说："曾书记，闯啥龙门阵啊，别拿我打趣了啊。"

"好好，我就想听听你的观点。"

李旭天皱了皱眉头说："我的观点就没有那么乐观了，虽然强拆霸王楼起到了一定威慑作用，但后续的违建情况复杂多样，万里长征才刚刚开始。霸王楼是块硬骨头，但不能说剩下的就是软骨头，不拆霸王楼时老百姓会说，拆了霸王楼我就自拆，但拆了霸王楼，我相信有自拆的，但能有多少呢？我干了十多年拆'双违'，这些话我听多了。还有就是直觉告诉我，翟彪这伙人应该不会就这么轻易妥协的。"

金海东若有所思地点点头说："我同意旭天的观点，虽然强拆霸王楼很顺利，但咱们拆违工作坚持的是动员自拆为主，行政强制手段为辅，后面还需加大宣传讲解力度，绝不能把强拆作为解决困难的唯一手段。"

曾雁来一看大家都表达了观点和意见，也没有什么问题了，说："具体怎么强拆我是外行，但我给大家讲个故事。春天到了，天气不是一下就变暖的，需要个漫长的过程。起初是一天南风一天北风，接着是一周南风一天北风，后来是十天南风一天北风，这样一来二去天才逐渐暖和了起来。我们渤海市拆违的春天才开始，天就变暖了吗？没有，远远没有。

"为什么总是谣言四起呢？说明我们的宣传工作还没有到位，老百姓对政府的态度还没有完全扭转。我知道单纯的宣传让老百姓改变看法是不现实的，那我们就做给老百姓看，让老百姓看到我们政府是在为他们服务，在为这个城市服务。

"我们不能被动挨打，要主动出击，只有阳光普照才能没有阴暗。我和海东市长碰过头了，下一步纪委、公安局要主动出击，对那些党政干部在规定的期限内不带头自拆违法建筑的，对那些恶意造谣扰乱视听的要严厉打击，再刮一股强劲的南风，再压一压歪风邪气。"

曾雁来讲完话，金海东询问了一下，见没人有问题了，直接宣布散会。

市委召开讨论会的同时，站前村的路口有一群人在议论着，霸王楼为啥这么轻松就拆了，翟彪这伙人前几天嚷嚷着要和政府对着干，早早过来本打算看热闹，谁知道翟彪压根都没出现，也没人阻拦拆除队伍。

"哎，你们知道啥情况吗？咋就这么容易拆了啊，不是估计有猫腻，而是肯定有猫腻。"说话的人正是刚出狱不久的王虎。

"我说春花老板娘，把你和曾书记的照片挂在旅店里，看谁敢把你的房子认定成违建？"王虎色眼迷离地看着谢春花。

"狗嘴里吐不出象牙来，你王虎刚出来几天知道个啥？告诉你们吧，我答应曾书记了，我家房子交了，别指望老娘给你们扛着。"谢春花有着男人般的性格。

"不过话说回来，当时我家着火，看他那临危不乱的样子，当时就觉得不太像个作家，但真没想到会是市委书记，也多亏了曾书记啊，要不我就完了。"说话的不是别人，正是当时着火房子的主人何宝赢。

"老何，是不是因为这事报答曾书记，所以你家违建的房子自己上赶着就拆了啊？”

“他哪里是报答啊，那是烧没了，不拆不行啊！”有人哈哈笑着说。

“滚滚滚，我不敢说自己觉悟高，但曾书记救了我老何，我就应该配合曾书记的工作，再说这也是为了咱们能有个好环境呀。”

“宝赢说得对，整治‘双违’是为啥啊？根本上不就是为了咱们住得更舒心，生活更美好嘛。”这时村长康有法正好经过这里，看一群人在这里聊天，正好听到何宝赢说话，所以接过他的话。

这时突然有个人问道：“对了老村长，有人说翟彪的霸王楼政府给了1000万，他才答应拆的，这事你怎么看啊？”

“1000万，我的天啊，我说翟彪咋能这么乖？政府说拆就让拆了，别说1000万，政府要是能给我200万，我现在立即马上把我家的饭店也拆了。”有人忙说道。

一听说给了这么多补偿，围观的人中有些带头自拆的人开始有点不安了，说道：“啥？政府不是说零补偿，咋给钱了？要是这样的话，那我们自己拆的不是亏大了呀，我们得去市政府说道说道，不能谁横、谁不讲理就占便宜，我们支持政府工作的却吃大亏啊。”

康有法看了一眼说，政府给了1000万补偿的不是别人，正是上次劝人一起抵抗拆违的王虎，随后愤怒地瞪着他说道：“王虎你有证据吗？不要在这胡说八道，散布谣言。”

王虎不屑地回答道：“切，证据？政府还能光明正大地给啊，昨天晚上朋友圈都传开了，你们都没看吧，空穴不来风啊。”

这时大家赶忙打开微信，微信群啊和朋友圈啊都在转发“霸王楼拆迁补偿1000万”“‘双违’整治零补偿只是空谈”“一直哭的孩子有奶吃，不坚持就要饿肚子”“政府欺软怕硬，老实人吃大亏”等信息和帖子。

这时三雕凑了过来，王虎赶紧说道：“三雕，他是翟彪的兄弟，最有发言权。”

“喂，三雕你说下。”

“啥事啊？王虎，今天咋聚这么多人啊。”

“都在议论霸王楼补偿1000万的事，朋友圈都传疯了，你和翟彪那关系杠杠的，你说说看，你的话有说服力。”

“这，这，这事我不知道啊。”三雕支支吾吾地说着。

围观的人中一看三雕吞吞吐吐的，这一定有猫腻，赶紧说：“三雕啊，咱们都乡里乡亲的，这事不能瞒大家啊，你要是知道点啥可要和我们说啊。”

三雕为难地叹了口气说：“我看在乡里乡亲的份上，也不想大家吃亏，补偿确实是给了，但具体给了多少我就不清楚了，大家可别说是我说的，要是说了彪哥非杀了我不可。”

“看吧，我说空穴不来风吧，也没有不透风的墙。”王虎得意地说着。

大家一听给了补偿款，立即炸开了锅，有的说这是谣言不可信，政府怎么可能搞明的一套暗的一套啊。

王虎一看效果不错，赶忙说：“大家在这说有个屁用啊，去市政府说理去啊，我听说凤凰村和龙头村明天也要去市政府，你们也去吧。”

康有法一看这情况，赶紧劝阻大家说：“大家不要轻信谣言啊，这肯定是有人在散播谣言，更不要胡乱去市政府闹事。”

“王虎、三雕这些事是不是你们背地里搞的鬼，这是犯法的行为，你们知道吗？”

“老村长，我们是帮大家争取利益，你怎么说我们犯法，你做个村长不为村民考虑，你是不是老糊涂了，干不了赶紧辞职吧。”

“这事你要管就和我们去市政府问清楚，说好的公平、公正，为啥不一视同仁，要是不管你也别掺和了！”

“就是，就是！”周围的人纷纷表示赞成。

康有法一看这种情况，赶紧给李旭天打了一个电话说明了一下情况，李旭天开完会刚回到综合执法局，一听有这情况表示立即向上级反映情况，也请康有法继续做好村里的稳控工作，有情况及时汇报。

与此同时，三凤在凤凰村，二驴子在龙头村也在说着霸王楼补偿的事情，散播着“明天其他两个村去市政府要说法，咱们要是不去，拆违别的村给补偿，咱们村一分也不给”。

二驴子找了几个小弟在网络上发消息、帖子，王虎让大家看的就是他们刚刚发出来的，都是一些不学无术的家伙，帖子起的标题也都没有任何美感，但这并没有影响这件事情的传播。

李旭天刚刚挂掉康有法的电话，凤凰村的村长周建山也打来电话，反映的情况和站前村如出一辙，挂完电话后，李旭天琢磨这么集中爆发，一样的说辞，在村里散播的人都与翟彪有关系，这一定是翟彪这伙人背后组织的。我说翟彪怎么那么痛快答应拆了霸王楼，原来等着在这来一手啊，不过你小子还嫩了点。

李旭天想等着龙头村的村长李占豪打来反映情况的电话后，再向金海东反映情况，但李占豪却迟迟没有打来。李旭天索性也不等了，直接拨通了金海东的电话说："金市长，我担心的事发生了，翟彪这伙人果然不是省油的灯，正在散播谣言说拆霸王楼给了1000万补偿。"

"哦，这事好啊，冉临江他们估计已经撒好网了，就让他们收一次网吧。"金海东在电话那头说着。

"金市长，我不是担心散布谣言的事，担心的是整治'双违'的硬仗要开始了。"

"再硬的骨头我们也要把它啃掉，你李旭天不是喜欢啃硬骨头吗？"

"哈哈，报告金市长，我牙口还行。对了，他们这谣言标题内容不咋地，和前几次的不一样，但散布能力倒是挺强，部分不明真相的村民相信了谣言。康有法和周建山反映明天很有可能有部分村民去市政府上访。"

"这事，我一会跟信访局打个招呼，让各区和信访局去处理吧。"

"好的，金市长，有什么情况我再向您汇报。"李旭天刚撂了金海东的电话，冉临江的电话打了进来。

第十三章　刀刃向内

冉临江早就憋了一肚子的气，在渤海市没有人不知道他冉临江。渤海市在全国发案率是最低的，侦破率是最高的，这一低一高让他在业界出了名，几乎成了神话。这几个月让网上的黑帖子搞得他很伤脑筋，他的自尊受到了重创。

“旭天局长，又谣言四起了吧？”冉临江边穿警服边往外走。

“这不冉局，金市长正让我给你打电话呢，我们俩真是心有灵犀呀！”李旭天松了口气。

“对了旭天，以后你别给我搞什么单刀赴会的事，要去也得带上我呀。”冉临江说着话已经到了公安局会议室。

“哪敢带上你呀，谁不知道你冉雷神，见了你谁还敢跟我唠家常啊。”李旭天认真地说。

“你有个三长两短，金市长还不把我给吃了，算了，不说了，我收网了。”冉临江挂了电话，市局的紧急会议开始了。

“同志们，前一阶段市局和分局针对网络散布谣言的案子都做了不少工作，为此市局还专门成立了一个特别小组，今天我宣布开始收网，各分局要在特别小组的统一调度下行动，速度要快，谁敢造谣就抓谁，一个不留。我们憋了好几个月的气，终于可以出了。”冉临江讲完，长长地出了口气。

市信访局马上召集几个区主管信访的副书记、几个重点村的村书记召开紧急会议，传达了市委、市政府以宣传教育为主、打击为辅的方针。村书记负责传达到所有村民，尤其是传达到重点人。各区负责各区的信访稳控，主要是对所管区片进行正面的信息疏导，让老百姓第一时间得到正确的正面的信息。

三凤心里越来越没底，看着渤海市拆“双违”面积越来越大，她怕拆到她的夜来香酒店。梦中情景，要不是她跑得快，她就被埋在了酒店中。醒来发现依旧自己一个人孤零零地躺在床上，内心无比失落。这时她下意识地抓起电话打给刘龙。

“大龙，你过来一下。”三凤惊魂未定。

“宝贝，想我了吧，我马上，我马上。”刘龙是个重色轻友的人，他正跟几个哥们搓麻将，他才不怕三缺一呢。这些日子翟彪来得比较勤，刘龙施展不开手脚，他正憋得慌呢。

不用敲门，这是他和三凤的约定，每当三凤给他打电话约他的时候，门都是给他留着。

“宝贝，可想死我了。”刘龙进屋不管不顾，一下扑到床上。三凤穿着睡衣抱着枕头。

“你别一干这事就猴急猴急的，人家还有正经事呢。”三凤忙阻止了刘龙的下一步动作。

“说吧，宝贝，天大的事，就是豁出命，我大龙给你扛着。”刘龙信誓旦旦。

刘龙说这话三凤相信，但刘龙能帮她扛多少呢，三凤心里清楚到关键时刻连翟彪未必靠得住。

“我是怕这夜来香酒店保不住啊！”三凤说着话眼泪竟然流了下来。

“宝贝，你放心，有我刘龙在，谁也不敢欺负你。谁拆夜来香酒店，我刘龙就跟谁玩命。”刘龙拍着胸脯说。

观海楼是豪叔的会所，如果说海老奢华那还是豪叔一步一步给他领上道的。海老本来喜欢喝茶，但并不懂茶，豪叔特意请来武夷山的茶师。这边茶师讲给豪叔，那边豪叔讲给海老，半年的工夫，海老成了渤海市的茶王。其实渤海真正的茶王应该是豪叔，但豪叔从来都不敢提。

“你小子有什么打算？”豪叔跟翟彪说话喜欢让他自己去悟。

“我已经安排三雕、二驴子他们开始行动了。”翟彪说话可不会拐弯。

“你那些鱼兵虾将，太不专业了。”在豪叔的眼里根本看不上三雕那样的人。

“那您的意思是？”翟彪疑惑地问。

“你问我，我问谁去呀！”豪叔显然不耐烦了，这也是翟彪破坏了规矩。翟彪知道不应该那么问，可这些天他实在是琢磨不出对付李旭天的办法。金钱和美女，他翟彪用惯了这两步棋，但他觉得这两步棋对李旭天都不会起作用，反倒让李旭天觉得自己怕了他，翟彪最怕别人觉得自己怕了他。

“我要给李旭天来一招大棋，豪叔您等着看好戏吧。”翟彪也没琢磨出自己的大棋是什么，但当着豪叔他也不用说出全部，这也是他和豪叔间的约定。

“不过说清楚了，这都是你翟彪的事，跟我可没有半毛钱关系，霸王楼我早就没有股份了。”豪叔总是跟翟彪保持着距离，就像海老跟他保持一定的距离一样。

冉临江的行动效果很明显，站前村、凤凰村、龙头村等凡是造谣的、传谣的均被公安机关一网打尽。其中造谣的被行政拘留 6 人，传谣的被训诫 18 人。因为翟彪没当任何人说过政府给自己补偿过 1000 万，所以公安机关的这次处罚没有涉及翟彪。

渤海市关于千万补偿霸王楼的谣言就这样被攻克了，歪风邪气没等刮大就被正能量压了下去，人们不再提霸王楼的事，但人们都回到家里算自己的账。

市委组织部出台《关于发挥组织优势、助推“双违”整治的实施意见》，对各级党组织和党员干部助推“双违”整治提出明确要求。

渤海市 17 万名党员干部在《党员干部无“双违”公开承诺书》上庄严签字，坚决带头履行承诺。

市委书记曾雁来在《中共渤海市委督察室情况报告》上批示：

1. 学习凤凰区建“贴吧”的做法，使“双违”无处遁身。

2. 党代表、人大代表、政协委员有“双违”不主动退出者，应取消其资格。党员还要问责、党纪处分，其他依法处理。

3. 市政府要研究把整治“双违”向深度推进的相关政策，堵疏结合。

还特别强调“双违”必须拆除，不拆除的党纪要顶格处理，并同时依法顶格处理。这一条要坚定不移。

凤凰区区委、区政府在区文化宫举行干部誓师大会。这次大会由上至全区四大党政班子成员，下至各街道、363 个行政村书记和村主任 1000 多人参加。会后，所有与会人员和一支 300 多人的执法队伍，一起移师到“双违”整治现场。在现场上，随着指挥长的一声令下，24 处、面积 60000 多平方米的违法建筑轰然倒塌。

这一重点拆违的初战告捷，表明了区委、区政府彻底整治“双违”的坚强决心和鲜明态度，使人民群众看到了党和政府的魄力、威严和公信力。

站前区在拆违调度会上，一位镇长说起村里违建拆不动的原因吞吞吐吐：“本来，当事人都同意拆了，可转天又鱼死网破的……”

另两位乡长感同身受：“村书记暗地驾驭拆违呗！今儿不动、明儿还拖！”“就是，道路统一施工，村干部捞不着油水，嘴上笑应着，背地里……”

“够了！”姜凌志拍案而起，“这种暗地里搞鬼打墙的笑面虎，是政策落实最后一公里的最可恶绊脚石！纪检必须以重拳介入，发现一个严惩一个！玩命虎可劝，笑面虎不可留！”

很快，那位村书记被查明批准村民搞违法建筑多起，和全区 19 名有同类问题的党员干部一起予以留党察看。

渤海市纪委自一封公开信后就紧张地忙碌着。先是要求渤海的每个干部都签订没有违法建筑承诺书，对有违法建筑的干部要一查到底。要求有违法建筑的干部带头自拆，不能按期拆除的要给予纪律处分。要求干部做其亲属的工作，带头自拆，如果对亲属提供保护伞的要给予纪律处分。并同时设立了举报信箱，欢迎渤海市所有市民提供线索，主要是让市民们都清楚，先拆官后拆民是这次拆违的原则。

市纪委的这个举动好似在渤海市扔了一颗炸弹，不仅是给党员、干部上了一堂党课，也给渤海市人民上了一堂党课。参加过抗美援朝战争的老党员武大勇说：“跟我们那时候一样，跟我们那时候一样，遇到关卡共产党员就得往前冲啊！人家都看着我们党员呢！”

也有不信邪的，按照市委曾书记的指示，对违法乱纪行为零容忍。通过前期排查，渤海市纪委、组织部联合对 89 名没有按照纪委、组织部要求落实责任的党员、干部给予了不同的处罚。

渤海市市委宣传部立刻把这个消息通过各种媒体向全市宣布，为培育正能量推波助澜。

第十四章　春风渐起

在春寒料峭的时节，立体的宣传工作、“三千三皮”的施行给渤海市送来了一股暖风，强拆霸王楼的成功、纪委和公安局的处罚等亦是暖流股股，用曾雁来的话说便是：“即便它冰冻三尺，我们就是用温暖的身躯也要把它融化。”

“双违”整治难度大、工作量大，既需要决心，也需要智慧和耐心。站前区按照“配合户立即拆除、困难户动之以情、观望户晓之以理、硬骨头户逐个击破”的原则，将“双违”户分类施策。

武军早早来到站前村，武军是个老拆违了，他知道此时是做工作最要紧的时候，用他的话说，他是一个给一点春风就灿烂的人。这不渤海市刮了拆违的强劲春风，他武军要再次显一显身手。

通海不锈钢公司是冀东地区最大的不锈钢及板材经销商，老板李想在最初接到拆违通知时抵触情绪极大。

不管谁来谈，李想都是下面这些话：

“我们企业一年为国家纳税千万，解决好几十号人的就业，始终合法经营，政府就这样说拆就拆？”

“我刚进的不锈钢管价值3000万元，几百万根的管子你让我往哪搬？”

“我搬一次家连搬家费带上损失就得100多万，这笔钱谁给我拿？”

“201 管最怕酸碱盐和氯离子，搬到院里长了锈蚀就得当废品卖，这笔损失你政府给不给？”

每每说到激动处李想就拍起了桌子，几次把武军等工作人员轰了出去。武军有的是耐心，一次谈不拢就去第二次、第三次、第四次……

在武军心里，李想不是钉子户，武军把李想定义为问题户，都是这么多年跟风跟的，要不这么大一个厂子怎么也不能建到这里。最后个人和国家都受损失，这是谁的过错呢？武军无不感慨。

为给李想找出口，武军没少费脑筋。为这事武军专门找过姜凌志书记汇报，武军想要帮助李想建一个新的建材市场。

这次还没进李想的大门，武军因过度劳累晕倒了，同志们马上叫来 120 急救车，把武军送上了医院。

“没什么大事，就是过度劳累，歇一歇就好了。”大夫检查完武军的身体，对围在病床旁的武军的同事说。

“我能有什么事，这不是好好的嘛，就是见不到李想了。”武军醒了过来不无惋惜地说。

“谁说见不到我了，我这不是送上门来了！”话说之间，见李想提着一大堆进口水果，到医院来看武军。

李想知道武军晕过去后放下手里的工作，马上赶往医院。武军感动了，说：“谢谢李总来看我。”说着拉起了李想的手。

“应该谢谢的是你，你是让我给气的吧。以前有三顾茅庐的故事，我可是比不上诸葛亮，你武军不下六次到我家，惭愧呀，惭愧！”李想边说着边点头道歉。

两个人终于心平气和地坐下来面对面地平等交谈。这一次，他们不谈拆违、不讲政策，只是谈起企业家的爱国心，两人越谈越投机。武军道出自己曾经作为站前管理处主任对火车站管理的感悟，李想也讲起站前村周边环境脏乱差对企业经营的影响。武军顺势把话头一转，讲起了站前村拆违对火车站及我市整体环境建设的意义。一番深谈后，李想主动提出先处理一批库存，将剩下的货物从违建中搬离，为拆违提供出施工作业面。

李想甩货的损失达到了100多万元，可李想却说："看到站前区干部干事这么务实，我割点肉出点血也心甘情愿。"

违建清除并不是"一拆了之"，武军马不停蹄地带着李想和其他商户四处选址，帮助他们筹备建设新的建材市场。

龙头村也出现了大批交房情况，何怡萍的温情操作、"有情"投入、春风化雨式的工作方法搭建起工作人员与违建户的"通达"心路。

"何大姐，我同意搬走，可这么紧的时间我的货甩不出去呀。"刘玉梅是龙头村的村民，看到其他人在景点对面的空白地上建起了房子，搞起了经营，就学着搭起了一个简易棚，搞起了超市。

这么多年来旅游的确实不少，但凡来渤海市旅游，很多人都想看看这万里长城的起点。来旅游的大多赶在暑期，一来孩子放假陪孩子散散心，二来渤海市是全国出名的避暑胜地。矿泉水、面包、火腿肠、方便面是刘玉梅超市的主打商品，就是靠着这些小东西，刘玉梅每年都会大赚上一笔。

自从有了拆"双违"的消息，刘玉梅也没当回事，因为每年都拆"双违"也没拆她的超市，最多是关几天门。可渤海市"双违"拆得越来越多，尤其是拆了霸王楼，刘玉梅也是坐不住了，他父亲一气之下生了病。

"我说孩子啊，要不咱们就拆了吧，看来这次是躲不过去了。"他父亲边说着话边气喘了起来。他父亲有哮喘的老毛病，尤其是生气的时候最容易犯。

"你就别管了，我有主意，要管你就管管你那抽烟的毛病，又气喘又抽烟，真是的。"刘玉梅叨叨咕咕。

"人家霸王楼都强拆了，我们这没根基的还能挺住？"老爷子依旧咳嗽。

"他霸王楼可能是得罪人了，我们又没得罪谁，你就别咸吃萝卜淡操心了。"刘玉梅这些天几乎跟老爷子重复同样的对话。

"真是儿大不由爹呀！"刘老爷子知道每次都说不过女儿。

"拆了这个超市，我们一大家子吃空气呀，再说这货就得损失一两万。"刘玉梅其实也在犹豫，她也感觉出来了这次的强拆跟以前不一样。

何怡萍知道刘玉梅不是钉子户，所以她把她放在这个节点上做工作。

她知道先让刘玉梅走是不现实的，但刘玉梅也绝不是挺到最后的主。何怡萍知道像刘玉梅的小违建，强拆几乎用不上钩机，很容易，但她知道不能让所有的老百姓都走到强拆那一步，尤其是真正的弱势群体。

“妹子，只要你答应拆除违建，大姐把你的货全收了，但是是有期限的，一周之内有效。”何怡萍觉得火候到了，将了刘玉梅一军。

“大姐如果有你这话我现在就拆。”刘玉梅打破了犹豫。

何怡萍马上打电话给自己开超市的一个亲属，让他把刘玉梅的货全收了。

凤凰村的兰梅遇到了一个特殊的村民，她既是违建户，又是困难户，用兰梅的话说，这两个问题都得解决。

这个老太太的名字叫李淑芬，收养了几十只流浪猫、流浪狗。当兰梅第一次领着工作人员去做工作时，老太太把人往外轰，一群狗也跟着乱叫。

第二次兰梅来到李淑芬家，狗们的叫声惊动了老太太，她从屋里抄起扫帚来逐客，可出了屋看到兰梅买来很多狗的吃食在逗着狗。老太太手里拿着扫帚看了起来。

李淑芬心善，看不得人家对猫、狗不好，她尤其憎恨那些遗弃猫、狗的人，说他们这样做会下地狱。

“大侄女，你也喜欢狗啊？”李淑芬搭了腔。

“喜欢喜欢，我非常喜欢，哪天大娘送我一只。”兰梅没说假话，她确实喜欢狗。

“送给你可是找了一个好人家，你看大娘这儿是越来越多，真是养不起呀，这些都是生命啊，不能扔啊。”李淑芬不无感慨。

“大娘，这些狗你都给起名字了吗？”兰梅边逗着狗边说。

“人名都起不好，还给狗起什么名字？”李淑芬觉得兰梅这孩子挺有意思的。

“那我给它们起名字了，大娘您同意吗？”兰梅觉得狗也应该有名字。

“你爱起啥就起啥，不就是狗嘛！”李淑芬也蹲了下来，抚摸着最小的小花的脑袋。

兰梅给它们分别起了名字，一来二去这些狗都跟兰梅混熟了，兰梅几乎每次去都给它们买香肠，弄得兰梅一去，狗们排队摇尾欢迎。兰梅也不时地给老两口买了全身儿的新衣服，还送肉饼、粽子……

兰梅更是把李淑芬的困难看在眼里记在心上，积极协调民政局、房产局等多个部门为她申办了廉租房。

李淑芬住在又脏又烂的违建房里，一到阴天下雨连门都出不去。拆违组专门儿给她家修了一条水泥小路，李淑芬终于可以走出家门。这时她把兰梅叫了过来，说："你把大娘家的路修通了，大娘心里的路也通了，大娘的房子交给你，你们就拆吧。"

李旭天身穿执法局的制服走进会议室。

会议室里坐着 20 多位渤海市的人大代表、政协委员。

李旭天没有坐下，而是站着对会议室里的人说："非常感谢各位代表、委员在百忙之中莅临执法局检查指导工作。今年 4 月份，市委、市政府将涉及城市管理和服务的 14 个行业部门的 340 项行政处罚权集中整合，成立了市城市管理综合执法局，主要是想从根本上解决城市管理中多头执法、互相推诿的问题。

"市里将工作重心下移，将 191 项行政处罚权下放到各城市区。各区城市管理综合执法局以中队为单位下沉到各镇、街道办事处，建立起大城管体制下'以块为主、条块结合'的管理新模式。同时，强化城管与公安交警联动，形成'城管 + 公安交警 +N'的执法保障协作机制，突出执法保障，提高城市管理效率。"

李旭天慢慢侧转身，按一下手中的遥控器。会议室的背景墙静静地向两边折叠开来。

大家的目光立刻被另一个房间的大屏幕吸引过去。

"这是我市整治'双违'工作协同的数字终端。为了科学掌控拆违全局，我们通过技术革新，专门开发了为指挥部、县区工作机构及成员单位提供系统化协同办公功能的数字终端。

"建立'双违'项目大数据系统，支持市直及县区部门协同配合，进度数据实时上报，实时记录部门工作，完整保存执法程序；实现数据统一存储共享，可操作、可追溯、可分析、可视化；落实属地主体责任，构建协同执法平台，提高整治工作效率，实现长效管理机制。”

这时李旭天用手中的激光笔指点着大屏幕，接着说：“在该系统的电子地图中，红点代表未拆的违法建筑，绿点代表已拆除的，使整治‘双违’工作局面一目了然。”

“大家看到这里了吗？以前是站前村的霸王楼。现在是个绿点，前几天还是红点呢。这里也是我们目前拆除的单体体量最大的一处违建，楼高五层，面积有5000多平方米。”

会议室里响起了热烈的掌声。

“李局长，我是渤海商会副会长徐世豪。”掌声刚刚停下，豪叔就开腔了。李旭天知道代表中有徐世豪，也猜到他会有话要说。

李旭天面带微笑地注视着徐世豪，走向自己的座位，坐下。

“我们商会是举双手完全赞成市委、市政府的整治‘双违’的决定的。但是，自从整治‘双违’以来，很多商户到我们商会反映你们严重影响了商户的正常经营。商户的经营受到影响，也就影响了GDP，GDP受到影响，全市老百姓的生活水平就受到影响啊。”

“徐会长，我们整治‘双违’是按照卫片图斑进行核查的。工作组也是对有疑点的建筑入户测量，完全不会影响合法商户的正常经营，对合法经营的商户我们是积极保护的。”李旭天微笑着对徐世豪说道。

“我们商会肯定要听取商户的意见，并向政府及时反馈这些意见的。”徐世豪讪讪地说。

“我们执法局对没有违建商户的意见会积极听取的，但据我们核查，现在大屏幕上显示的红点当中，就有一些是存在违建的商户。也希望商会能够主动做这些商户的工作，让他们及早拆除违建，主动配合政府的工作。”说着，李旭天侧转身用激光笔指着大屏幕，“我们也发现在这些红点当中，有党代表、人大代表、政协委员、党员干部和公职人员的违法建筑，也有跟他们有关联的家属或亲属的违法建筑。如果说拆除霸王楼是我们整治‘双违’工作从先难后易入手，那我们下一步的工作就是先官后民。否则我们很难让老百姓信服我们政府呀！”

李旭天转过身来，对着会议室里的人说：“也希望我们在座的人大代表、政协委员能够积极宣传市委、市政府的意图，有违建的带头自拆，为老百姓打造一个美好的家园。”

几位人大代表、政协委员低下头在思考着什么。

何怡萍敲门后走进陆远庭的办公室。

“陆书记，上次您说的景区里那家家常菜馆，我们工作组几次上门宣讲政策，下达限期拆除通知，店主都是漠视不理、无动于衷。我们是否能够启动强拆程序？”

“这家是不是有什么靠山？”

“从目前我们摸查的情况看，这家店主跟龙头派出所的王副所长可能是亲属关系。据村会计说，当初盖这家菜馆时是王副所长跟村里打的招呼。”

“行了，这事你不用管了，我来处理。”

何怡萍离开陆远庭办公室后，陆远庭吩咐秘书马上找到那个王副所长，他要约王副所长吃饭，他要现场办公。秘书找出区干部电话号码簿，用座机给王副所长打电话。

“王所长，我是陆书记的秘书，书记想约你中午一起吃个饭，在区委办公楼下等你。”

“好的好的，我来安排，我马上就到。我……”这边诚惶诚恐地还没说完，那边已经挂了电话啦。一个区委书记请他一个副所长吃饭，让王副所长出了一身的汗。

王副所长的车一驶进区委大院，就看见陆远庭的车停在办公楼下。他赶紧把自己的车停在停车场，小跑着来到陆远庭的车前。

陆远庭的司机站在车旁，对着刚跑到车前的王副所长说：“王所长，您坐前面吧。”

王副所长赶紧拉开副驾驶的车门，低头看见坐在后排的陆远庭，“陆书记好。我已经安排好了，我们去……”见陆远庭黑者脸没有反应，王副所长赶紧把后面的话咽了回去。

陆远庭的车很快驶到了那家家常菜馆门前。

陆远庭开门下车。

王副所长先是心头一紧，随后面带微笑地开门下车，紧跟在陆远庭的身后，自言自语地说："这家菜馆好，这家菜馆好。"

看见有车停在门前，车上又下来了人，立刻从菜馆走出一个女人迎了上来。

"三哥，带朋友过来吃饭呀？快里面请，里面请。"

"今天还在龙王厅，先给我们沏一壶好茶。"

王副所长带着陆远庭走进龙王厅，刚坐下，茶就上来了。放下茶壶时，女人的目光在陆远庭的脸上停留了半秒钟。

"三哥，今天的海鲜都是刚刚从船上下来的，特别新鲜……"

"你先出去，我和你三哥说几句话。"

包间门关上之后，陆远庭对王副所长说："这是你开的菜馆？"

"不是不是，是我的一个远房的表妹开的。"

"里面有你的股份？"

"没有没有，绝对没有。"

"当初盖这家菜馆时，你跟村里打过招呼吧？"

王副所长低头不语。

"市委曾书记知道这家菜馆，他对比了以前的航拍图，并且这家菜馆没有任何审批手续吧？《公开承诺书》你签了吧？既然签了就要按照承诺的来做，违法的成本和代价是相当高的。区'双违办'已经下达了限期拆除的通知，你们就在这个期限之前拆除吧，能自拆的自拆，不能自拆的他们会助拆。"

说着，陆远庭站了起来，从钱包里拿出 50 元，放在桌子上。"这是茶水钱。"转身走了出去。

"三哥，你朋友咋走了？我看你这个朋友觉得特别面熟，好像去年他就路过过咱家菜馆，我还招揽过他呢。"

王副所长放下插在头发里的双手，抬起头来说："他哪是我朋友呀！

他是区委的陆书记。”

“陆书记？三哥你又要升官啦？”

“升个屁官，不被免了就不错啦！表妹呀，我们这个菜馆可能保不住了。”

“为什么呀？”女人一屁股坐在椅子上。

“市委书记都知道我们这家菜馆是违建了，你说还能保住吗？”

“市委书记咋能知道咱家的菜馆呢？也在咱家吃过饭？对了，三哥，市委书记长啥样？”

王副所长从手机里找出曾雁来的照片，递给了她。

“是他呀。那天我招揽陆书记的时候，他就在旁边，看了我一眼，上车就走了呀。”

“所以呀，咱家的菜馆肯定保不住啦。他们也知道我们是亲属关系，还有当初我跟村里打过招呼的事。表妹呀，你说是哥的公职和官职重要，还是这家菜馆重要？”

“当然是你的官职重要。没有你的官职就没有这家菜馆，也没有定点饭店的招牌，更不会有这么红火的生意。”

“那就拆了吧！反正这些年我们赚得也差不多了，好在如果我们在限期内拆除，上面也不会追究。看来这次的专项行动是来真格的了，如果硬顶着不拆，损失就大了。公职和官职保不住不说，这几年的收入还要被追缴。不能因小失大呀！”

“真的没有办法了？”女人投出了期待的目光。

王副所长无奈地摇摇头。

李旭天喜欢每天抽出点时间站在大屏幕前，看着标示的红点、绿点的变化，思考着下一步的工作。

现阶段集中整治“双违”工作面临着一系列挑战：

一是城市执法体制改革与管理工作改进的要求，提高管理理念、执法水平、完善城市管理和创新治理方式等重点任务。

二是现代社会城市发展面临的众多整治难题，我国城市发展已开始转向规模扩张和质量提升并重的阶段，在加强对城市空间资源、公共秩序、运行环境的管理同时，还要为城市居民宜居宜业提供服务保障。

三是综合整治的协同配合与职责分工的多部门工作机制，以及督导检查及考核问责机制；同时规范执法制度，改进执法方式和完善监督机制等执法水平的提高。

四是资源整合配置与依法依规行政处理的法律程序，制订专项行动实施方案，综合运用法律、经济和行政程序手段。

集中整治以后呢？“双违”就会灭绝吗？势必使此项工作常态化。

城市管理综合执法，除了执法以外，在城市管理上还能为市委、市政府做些什么呢？

徐世豪气呼呼地来到海老的别墅。

“李旭天太他妈不是东西，在执法局对我们人大代表、政协委员大谈特谈什么合法经营违法建筑的，看来不整治整治他是不行了。”

徐世豪一进门，就对正在书案上写毛笔字的海老说。

海老摇着头，放下毛笔，走到茶台前，坐下。

“你这种大呼小叫的毛病什么时候能改好呀？”

海老喝了一口茶，示意豪叔也坐下。

“政府下一步整治的重点是先官后民了吧？”

“是是。李旭天在会上就是这么说的。”徐世豪心里嘀咕海老手眼通天，肯定是有人向海老通风报信。

“嗯，曾雁来和金海东这步棋很厉害呀！当官的都拆了，老百姓哪个还敢不拆？可自古以来就有官官相护一说，别只是做给老百姓看的吧。他曾雁来有时犯急的毛病，可你也是沉不住气呀。干吗动不动就打打杀杀的，你就不会温柔一点。”

听着听着，徐世豪好像悟出了点什么，微微地点头，计上心来。他准备导演几部大戏，确切点说他是策划，他要让他的得意门生毛头导演几部大戏。他本来不想过多掺和翟彪他们的事，但李旭天分明是对着自己的心脏来的，这都是让李旭天给逼的。

渤海市要是这么拆下去就太顺了，整个布局安排井井有条，环环紧扣，可谓无坚不摧。徐世豪可不愿意看到这种局面，翟彪的霸王楼只是他的一个小利益，但渤海的违建加起来可是他的一块肉啊。翟彪只认识徐世豪，但徐世豪在渤海市可不只护着他一个翟彪。

“抱团取暖，抱团取暖。”徐世豪在心里叨咕着。拆“双违”的战线越长，期限越长，剩余户越多，他的胜算就越大。

第十五章 靓女之惑

毛头导演的戏在陆续展开……

渤海市的拆“双违”工作有了突破性的进展，人们慢慢接受了无偿拆除的概念，政府的先官后民政策也给老百姓吃了一剂定心丸。但风气归风气，有了好风气是拆“双违”的保障，但光有好风气在触及个人利益时也得靠“三千三皮”，很少有人在利益面前主动投降，更何况这里涉及利益团体呢。

这些日子龙头区街道办主任钟辉都是早上七点就出了家门，晚上十二点以前就没回过家，早上晚间和年幼的女儿基本上都说不上几句话。

今天是星期天，钟辉又和往常一样悄悄起床，准备去加班。没想到迷糊间爬下了床的女儿一把抱住了他。

“爸爸，今天是星期天，你能带我去野生动物园玩吗？我都好多天没见到你了。”

“妞妞乖，天还早，再回床上睡一会儿哈。”

“不嘛，爸爸爸爸！今天陪陪我吧！”

“在家听妈妈的话，让妈咪做你最爱吃的可乐鸡翅！”

“呜呜……爸爸是不是不要我了……我要爸爸，不要什么可乐鸡翅……”

钟辉的心里顿时一阵苦涩，鼻子有些酸。但一想到自己攻坚的任务还没完成，工作上还有一大堆的事没解决，便叫媳妇儿赶紧拦住女儿，挂上了工作胸牌，狠着心跑出了家门，三步一回头地消失在了晨曦中。

浓雾弥漫的清晨，冷风阵阵吹来，钟辉不禁心生寒战。此时他正迎着风朝着牛皮癣似的违建钉子户走去。

这是钟辉第三次“登门拜访”劳务服务公司的黄经理了。这黄经理可不是一个好对付的人。

当初钟辉拿着文件找到这位黄经理时，黄经理又是端茶，又是递烟，却根本不提拆违的事，也不接拆违的话茬子。

龙头区的铁康里小区，始建于20世纪80年代中期。因为历史原因5条主要街巷路两侧横七竖八遍布着300多处违建，大部分是棚亭，把人行道堵得严严实实。

小区的居民深受其苦：动不动就堵车，人进不去、车出不来，居民遇着事儿也只能干着急没办法。

拆违干部们在前期摸底中发现，这里的违建数量虽然多，但绝大部分属于铁路方面的劳务服务公司，说是劳务服务公司其实是个“杂货”公司，什么物业啊，摆摊卖货啊，拆除啊，土方啊等等什么都干。

第二次见黄经理时，他一面倒苦水，一面摆理由：

“铁康里小区大部分是铁路职工，有了这些房子的租金，居民就不用掏物业费了。

“这些年小区保安都是我们花钱雇的，没有了租金，治安肯定无法保障的啊。”

钟辉一面回忆，一边思索着：“我倒要看看这次黄经理又要耍出什么花招来。”

到了黄经理办公室门前，办公室木门虚掩着，钟辉还是轻轻叩响。

“咚咚咚……”

“请进！”

钟辉深吸了一口气，坚毅地推开了厚实的木门。

自打拆违以来，钟辉已经见识过了形形色色的奇葩人士和别样情形，但眼前的这番场景着实让钟辉大吃一惊。

"哟！我们领导来了，快请进！"黄经理一手抚摸着自己圆鼓鼓的大肚腩，一边站起身来笑眯眯地说道。

"来来来！请上座！"旁边的人谄媚地附和着。

可真是没想到，这第三次拜访，黄经理在他的办公室摆出了一桌酒席，还请了十来个人作陪。

见钟辉站立在门口一动不动，黄经理上前想要拉钟辉进去，一边说道："这几个人都是物业的职工，就靠这点租金养活着。你放我们一马，我让他们好好陪你喝酒。你坚决要拆，这几个人就都交给你了。"

钟辉毫不含糊："拆与不拆，法律说了算，老百姓说了算！别说一桌酒，你就是天天摆酒，政府和老百姓也不会答应！你看是自己拆，还是我们帮你拆吧？"说完便转身离去。

"整治'双违'要锤炼过硬的作风。拆违工作是锤炼我们干部的练兵场。"钟辉在回自己办公室的路上，耳边不断回响着大会上自己坚定铿锵的声音。

另一边的站前村，拆违干部们也是像陀螺一样忙得团团转。

"同志们哪！听说'双违办'负责人老冯，鼻子外侧流血不止，据说这种病叫蜘蛛痣，厉害了可是要命的，而他呢，只是简单处理了一下，愣是一天拆违工作都没耽误嘞！"

"是啊，真的是值得点赞咧！他们有个组员，一个小姑娘家的啊，每天也跟着步行十几公里，最后累得腰病复发，连路都走不了……"

可是大家认为，这活儿干得值！一起除去站前村的那块遮羞布，医好这城市之痛。为了能担负起"港城窗口"的重任，站前村正努力以最美的打开方式破茧化蝶。

这正如站前街道干部老许吃饭时兴起作的一首打油诗：

璀璨明珠再生光，拨开乌云见太阳。

春风化雨站前村，千秋万代永流芳。

这寸土寸金的站前村，在某些人眼里就是"摇钱树"。当初还没实行强有力的整治"双违"时，违建如雨后春笋般从一层盖到了四层。一些"坐地户”纷纷抢建，许多人甚至东挪西凑拿出几十万甚至上百万投入违建，就等着拆迁补偿“坐收渔利”赚上一笔。

让武军最近头疼不已的，还是那几家油盐不进的钉子户。

一天夜里，武军家里来了一位“稀客”。

从小一起长大的哥们小冬从老家来串门，两人见面倍感亲切。

“小冬哥啊，真是好久不见！”

“是啊，那个呢……今天来找你也确实是有点事儿……那个……你最近工作很忙的吧？”

见往日里爽快的小冬哥这么支支吾吾，武军心里有些不舒服：“小冬哥，有啥事儿您直说。”说着拍了拍哥们厚实的肩膀。

然而，只见小冬哥从怀里掏出一把崭新的车钥匙塞到了武军的手里，“车在楼下停着，油我加满了，你放我舅舅一马。车要是看不上眼，条件你再提。”

气氛一下子降到了冰点。

原来小冬的舅舅，在站前村有一处违建，不想无偿拆除的舅舅慌了神，多方打听得知小冬和武军极为要好，于是就有了小冬深夜上门的一幕。

小冬说：“这么多年大事小情哥没麻烦过你，这可是我亲舅，你这一拆就是要我舅舅的命啊。”

啪的一声，武军拍案而起：“这么多年的哥们，你不了解我是个啥样的人吗？”

“哎哎，你是什么样的人我自然最清楚不过了，可是我们也知道你工作不容易，这点小意思你就收下吧，咱们也是哥们一场。”

“哥们哥们，呵！你这是来看我呀还是来害我啊？！车咋开来的你咋开走，要不然咱俩兄弟打今儿起就绝交！”

黄经理的事儿还没解决，龙头村这边又来了新问题，对那些不在违建拆除范围内，却影响了小区面貌提升的设施和树木，应该怎么办？

街道办小刘汇报道：“我们的攻坚组深入到了社区，但工作进展异常艰难，长期居住在社区的老住户就是不同意把杂草丛生的地面改造成生态停车场，也不允许移除枝丫横生遮住通道的果树……”

钟辉等小刘说完，“啪”地合上笔记本，利索地起身，说：“小刘，叫上副主任邱云，咱们到现场看看情况。”

“好的！”

“嘀嘀……”，前方十字路口又堵起了车，即便要龟速挪动都很是困难，小刘索性拉上了手刹。他微微抬头从后视镜瞥了一眼坐在后座的钟辉和邱云，轻轻一笑。

钟辉与邱云简直是一南一北，钟辉一看便是成熟稳重的顾家好男人，只是最近工作实在太忙也难得照顾到家里，听说最近家里琐事全都由贤妻在打理着。他之前的朋友圈除了工作便全是晒妻晒女儿的，“即便是工作不忙，他应该也很少会有别的什么社交活动了吧，真是当代难得的好男人哩……”小刘心里揣摩着。

而邱云可就全然不同了，邱云年龄上虽与钟辉相差不多，看起来却要更有活力，常喜欢穿个深色的花衬衫，颇有一些魅力，说起话来还有些调皮滑稽，平常工作起来各种点子也多，只是过了而立之年的他还没找到自己的伴侣组建家庭。

这两人工作上时常被安排成搭档，也算是互补了。

前方的车流总算慢慢流动，车窗外的风景也终于开始变换起来。

“哎，那黄经理啊，见你刀枪不入，倒策反起我来了！”邱云笑嘻嘻地说道。

“哟！他对你耍起了什么鬼招数啊？”钟辉挑了一下眉，淡淡地说。

邱云打趣道：“你可还真是没这个福分嘞！前些日子……”

那天夜里，刚加完班的邱云精疲力竭地慢慢往家走，当再过一条马路便能到家时……

突然一股酒味儿混着香水味儿扑面而来，还未等邱云反应过来，黑暗中一位女子软塌塌地扑倒在了邱云怀里，邱云像中了麻醉枪一样，一只手托着那女子生怕一失手让她摔在地上，另一只拎包的手不知所措地挥舞着，不知该如何是好。

天色如此之晚，路上的出租车也很少在这条路上跑了，邱云正想拨打120，那女子把头埋在邱云的怀里“嚯”地一下吐了他一身。

邱云略带嫌弃地皱了皱眉，还是架着女子慢慢走到了一盏路灯下，让她靠着灯杆。邱云掏出手机，拨打120，开始等救护车。

在昏黄的路灯下，邱云总算看清了这女子的面庞。

说是女子倒不如说是女孩儿，她那泛红的脸颊还透着些稚气，让人看了便忍不住怜惜，凝视间，邱云居然觉得这脸庞似曾相识。

“家属签字。”邱云接过笔签下了字，嘱咐了护士几句，便回家去洗澡换件衬衫。

回到家的邱云有些放心不下那姑娘，一换完衣服又立马回到了医院。

他随手拉过来一张凳子坐在了床边，双手环抱趴在洁白的床单上睡了起来，颇有些“家属”的模样。

“我……我这是在哪儿……”

本还在晕乎乎的邱云连忙抬起身，说：“啊，你终于醒了，放心吧，你在医院。”

“啊……昨晚我……我怎么了？”女孩儿微微皱着柳叶眉，用纤嫩的手按着太阳穴，一脸迷惑的样子。

“你昨晚喝醉了我把你送到了医院。一个女孩子家家的，以后可不能喝那么醉喽！”

“我……我也不知怎的就喝醉了……谢谢你救了我……你以后就是我哥了！”

“要没遇到你……我都不知道昨天晚上会发生什么……”这姑娘说着便拉邱云的手往脸上蹭。

邱云连忙条件反射地抽出手，猛地站起身。

“姑娘，这是每个碰见的人都会做的力所能及的事。你好好休息，打个电话联系下家里人。”

未等邱云说完，那女孩便流下了眼泪。

“我……我……就一个人……”

“那不能吧，姑娘，你昨天跟谁一起喝的酒啊，他们可得负责啊！”

“我自己一个人喝的……”

“那个……我一会儿得去上班了啊，你在这儿好好休息吧！”

女孩儿一听连忙掀开被子要下床，嘴里嘟囔着：“不，哥，你去哪儿我去哪儿，我跟定你了，你是好人。”说罢，还眨巴了几下大眼睛。

“这……”邱云顿时慌了，忙让姑娘躺下，“你先好好休息。”

“我已经恢复好了，可以跟你走了。”女孩儿清脆的声音中似乎透着些许的坚毅。

钟辉忍不住插嘴道：“然后呢？难不成你还就真的让人家小姑娘跟着你这样一个单身汉走了？”

邱云翻了个白眼：“你小弟我呢，还是有点定力和原则滴，不然我这么有魅力的人，又怎能单身到现在？”

听邱云此言，正开着车的小刘忍俊不禁。

“小刘，你笑哥？你可别不信喽，接下来发生的事儿啊，足足能拍一部长篇电视连续剧哩！”

一番好言相劝，邱云总算打消了女孩儿跟着他去上班的念头，邱云开车把女孩儿送回到她的住处。

“到了，就是这。”女孩儿一边慢慢地解开安全带，一边说。

“好的，我到前面掉个头。”

“哥，我加你微信吧，以后有什么事情，我这小妹子能帮上的一定倾力相助！”

邱云差点乐出声来，心里想着：我这大壮汉子，还有用得着你这小丫头片子帮忙的时候？

看着女孩儿那水灵的眼睛，邱云的心里“咯噔”了一下，还是从裤兜里掏出手机让女孩儿扫了二维码。

“哥，再见！开车小心。”说罢，女孩儿便下了车。

车门刚关上，邱云的手机便响了起来。

“喂，老同学。”一个熟悉的声音从听筒里传来，原来是凤凰区街道办主任谢凌。

“哟，大忙人咋还有空给我打电话呀？”邱云望着女孩儿离去的背影，一边说。

“我们这不都是大忙人嘛，但是啊……这下了班也得适时放松放松，不然工作压力可真是让人头疼啊，后天晚上的同学聚会你和钟辉去不去呀？”

“同学会？我咋没听说呢？钟辉出差了，后天肯定赶不回来。”

“你这平日里最爱耍的人，居然消息这么不灵通了，看来最近真的是满脑子都是工作啊！”

“呵！那可不，最近这么忙哪还能有时间顾得上自个儿啊。”

“哎哟哟，说起你自个儿，还真是，你自个儿的终身大事可得抽时间解决解决喽！”谢凌一副老父亲般的语气说。

“你不是也一样的单身汉嘛，还来替我操心？”邱云不屑地回怼着。

“我可跟你不一样，我可是黄金单身贵族。”

两人不禁会心地哈哈大笑起来，他俩还是像上学时一样喜欢互相逗趣。

大学时的老班长一向做事严谨认真，聚会前一天还亲自给每个同学发了条短信通知：“同学聚会地点是凤凰区的夜来香酒店二楼登高厅……”

“夜来香酒店！”收到短信的谢凌顿时来了精神，嘴里一边喃喃着，右手握着手机不停地拍打着左手掌。

凤凰村最近的拆违工作遇到的拦路虎不是什么威猛大汉，而正是貌美如花的三凤。

三凤经营的夜来香酒店靠着背后强大的支撑，似乎在拆违风波中还没有受到丝毫影响，仍是人来人往，生意兴隆。

但这强劲的拆违之风终归还是要刮过来的。至于用什么法子，正是谢凌最近“日思夜想”之事。

他又拨通了邱云的电话，想要拉着他一起去参加同学会，顺便给他当个帮手。

可这邱云一向好面子，想着自己三十好几还是单身，就死活不肯答应一起赴同学会。

“不急，等我再考虑考虑吧。”

好不容易哄着谢凌挂了电话，邱云思索了起来。

其实邱云也收到了班长的短信，不过他的侧重点是在“欢迎大家偕家人光临”上了。

“我可不能一个大光棍去啊，不然多没面子！”

“万一乔莉也去，我岂不是更丢人。可是大家那么久没见面了，不去也说不过去。”

乔莉是邱云大学时期暗恋的女神，当然也是班上众多男生的梦中情人。

“那我该咋办呢？难不成租一个老婆带去？”

“哎！对啦！”

邱云猛地从椅子上蹦起，似乎想出了什么好点子。

“那个姑娘，不就是上天派给我当道具的吗？”

“可是这样真的好吗？管他呢，不用白不用啊！”

邱云激动得弯腰端起桌上的水，仰头便是一大口，哪知忘了是刚沏好的热茶，烫得他直吐舌头。

“喂，那个请问……”

“哥，没想到你这么快就找我了，有什么事需要我的吗？或者，是不是想我了呀？”

还没等邱云说完，对方便抢着先说了一连串。

“那个……”邱云一边挠着头，一边吞吞吐吐地表达，总算把事说完了。

“哈哈哈哈……”电话那头，是女孩爽朗清脆的笑声。

“那今晚有空吗？我下了班陪你去挑身衣服吧。”

“好呀，我在家等你。”

“嗯，我开车来接你。”

傍晚时分的渤海市，回家的车流向四面八方延伸，邱云的别克小车在夕阳下拖成一道长长的影子。

“我到楼下了，下来吧。”

他望着一个娇小的身影跳跃着离他越来越近。

“哥！我今天这妆化得怎么样呀？明天陪你同学聚会这样够格吗？”女孩一边捋着头发，一边眨巴着眼睛看着邱云说。

“嗯不错，吃饭了吗？没有的话咱们一起先去吃个饭吧。”

“嗯嗯好，您破费了。”

车子缓缓启动，行进，车厢内陷入了沉静。

女孩试图打破寂静，轻轻说道：“你们工作是不是特别忙呀？这么晚才下班。”

“今天已经算是正常下班了，不晚。”

“哦，那冒昧问一下，您是干什么工作的呀？”女孩儿舔了舔嘴唇问。

“也是个打工的，为老百姓打工。”邱云淡淡地却又十分坚毅地说。

“那应该是个大官儿了吧？”

“我才不是什么官，百姓才是我们的父母官。”这次轮到邱云来打断女孩说话了。

说罢又是一阵沉静。

邱云都被自己嘴里咕噜咕噜冒出来的话吓到了，自己平日里嘴边可是很少这番觉悟的啊。

“你呢？”

“啊？”女孩似乎在想什么别的，被邱云突然的反问打了个措手不及。

“我说你，你是干什么的？”

“啊，哦！我……我以前在酒楼打工，现在自己开网店卖衣服。”

第二天的傍晚时分，又是一大片浪漫的粉紫色的晚霞落在渤海市的大地上。

“我到楼下了，下来吧。”

远处走近的——昨日那轻盈的身影竟变得那么婀娜，邱云不自觉地看着发起了呆，直到女孩敲了车窗玻璃，邱云才反应过来自己把车门反锁了。

“走吧。”女孩儿钻进车，系上安全带。

“今天……更美了呢。”邱云定了定神，故作镇定地说。

“谢谢哥！不过哥，你能不能别这么拘束，我们一会儿可是男女朋友的，那个……就叫我小沫吧。哎对了，咱们是去哪儿参加聚会呀？”

“夜来香酒店。”

“夜……夜来香。”女孩轻轻重复着，低头望着自己腿上的包，沉默了起来。

“您好，请问有预订吗？”

“有，登高厅。”

“好的，请上二楼，这边请。”

通常这些小场面的宴会举办三凤是不会轻易露面的，但她听闻今晚在登高厅办的一场同学会中有着能影响夜来香命运的贵宾，她自然便早早地梳妆打扮了起来。

虽然就在二楼，两人还是在迎宾小姐的热情指引下进了电梯。

小沫将手轻轻挽着邱云，狭小封闭空间里的亲密接触让两人心跳都不禁加快。

终于电梯门打开，一抬头她便瞧见了三凤姐正笑眯眯地陪着迎客。

“看看这儿还有什么厉害人物……”小沫心想。

两人走出了电梯，步伐竟是那么的一致。

“哟！邱云来了！”老班长远远地便伸着双手迎了上来。

“好久不见，好久不见。”

两人紧紧握手，老班长看向旁边的小沫说：“弟妹长得可真漂亮，我们小邱云真是有福气，咋把这么水灵的姑娘骗到手的？”

小沫浅浅微笑，道：“谢谢，谢谢！”

“快进去坐吧！马上就要开餐了。”旁边的三凤开口说道。

“好嘞，走，你们辛苦了，我们就先进去喽。”邱云牵起小沫的手拉着她一起往里走。

小沫与三凤对视一笑，彼此装得像是并不认识的陌生人。

进了登高厅，邱云便四处张望起来，只见谢凌在远处的一桌站起身在跟他招手。

邱云笑着朝谢凌坐的那桌走去……

"那个，我们到了，这是问题集中的街道。"小刘轻轻打断道。

邱云恍然地从自己的故事中抽离出来，连忙说："我们先下车吧。"

"然后呢？然后呢？！"钟辉正听得津津有味，突然被打断还有些不快。

"然后啊，咱们先把这个眼前的事儿处理了吧，反正那然后的事啊，我和谢凌的智商还是略胜美女们一筹的。"

话说那夜，同学聚会大家都聊得畅快无比，也都喝了不少的酒，男士们大多都是摸着圆鼓鼓的肚子，就连女士们也都喝得脸通红通红。

这其中最清醒的可能要数小沫和三凤了。

当然还有装醉的谢凌。

喝醉的众人在三凤的安排指引下去了楼上的客房，原本嘟囔着要唱歌的一群人软趴趴地去泡脚了，那些酒量好些的想去打麻将，商量了半天反倒去唱起了歌。

被三凤偷偷盯了好久的谢凌被带去楼上客房休息。小沫也搀着邱云跟着上了电梯。

邱云其实并没有很醉，他不过是想看看这会儿正帮他脱着皮鞋的姑娘到底是不是个正经人儿。

三凤与谢凌在隔壁房间，三凤端起一杯热茶，妩媚地吹了吹，将茶递到了谢凌手中，一边轻柔地说："你觉得这个酒楼怎么样呀？饭菜还好吃不？服务还周到吗？"

谢凌装得醉眼蒙眬的样子说："还不错，很不错，这小酒楼也是别具特色。"

原本笑眯眯的三凤瞬间变脸，只见她眼里闪着泪花，可怜巴巴地说："可是啊，听说这酒楼要被拆了哩！"

"来了，狐狸终于要现形了。"谢凌心想。

"如果是违法的，那自然是得要拆的。"谢凌叹着气说。

"那，你们这些管事儿的大领导总可以让他们那些拆的人通融通融的嘛。”三凤娇滴滴地说着一边接过谢凌手里的杯子放到床头柜上。

“我哪是什么大领导，这些也不是我们说了算的，法律说了算。”

三凤突然伸手搂住了谢凌的脖子，说：“真的吗？没有别的解决办法了么？”

谢凌连忙挣扎着躲开，说：“真的，没法儿啊！不过我也真的是为你着想的，你好好想想吧，拆违是必然的，不如自觉地好好顺应大趋势，不要非等着被强拆。”

“以后啊，说不定拆了这个，还能建起生意更红火的酒楼呢！你照样还是老板娘，不是吗？”

“这醉汉反倒策反起我来了，也不知小沫那边怎么样了？”三凤心想。

见谢凌油盐不进，三凤起身扔下话：“反正你今晚跟我进了这房间，外面走廊的监控也已经录下了，就怕你到时候解释不清！”

说罢，便扭着走出了房间，房门顺势“砰”地关上。

“清者自清，我也不怕。”谢凌舒展了一下身子，倒头大睡起来。

第二天清晨，借着窗帘缝隙透过的一点点光亮，邱云撑着头眯眼看着旁边熟睡着的小沫的背影。

其实昨晚他俩都没真正睡着，各自怀有心事或说是鬼胎。昨晚虽说孤男寡女共处一室，其实什么也没发生。

小沫转了个身，邱云连忙装作刚睡醒的样子，嘟囔道：“天亮了？”

小沫见邱云醒了，便连忙坐起，抱着双腿低头蜷缩着。

“那个……”小沫低声轻轻地说道。

“咋了？”

“那个我们昨晚……”

“嗯？”

“你得对我负责啊！”

“呵，这姑娘果然不简单。”邱云心想。

“那个，如果你可以帮我一个忙，我也就不追究什么了。”小沫又趴下凑到邱云面前说。

“帮什么忙？”邱云嘴里说，心里却想着，“追究什么？还不知道到时候是谁追究谁呢。”

“我一个大哥……”

“你不是说你没有亲朋，孤身一人吗？”邱云打断道。

“你听我说完嘛！”小沫撒起娇来，“我一个远房的大哥，是个厉害人物，早年时我爸赌博欠了一屁股债，找他借了不少钱，现在他上门来讨债了……可……可是……”说着说着，小沫的眼泪便哗哗地开始掉。

“嗯？所以需要我借钱给你？”

“不用的，虽然钱还没凑齐，但是大哥说只要我能劝你给他开一张通行证，他就放过我。”

“通行证？我又不是管交通的，能开什么通行证？先说你大哥是何许人吧？”

“他……他姓黄。”

“莫非是……”

“铁康里劳务服务公司的黄经理。”

邱云坐了起来，背靠着床头说：“早便听闻他的招数挺多，没想到还有这么一手。姑娘啊，你可不要被他蒙骗利用喽！”

“哥，求你就帮帮我吧，让我做什么都行，真的，不然我爸可就……”

“他那些房子是违建，是违法的东西，懂吗？必须根据法律来处理，不是我们能说了算的。”

“可……可是……”

“没事，你别怕。这个黄经理威胁你做的事情都是违法的，你现在把知道的有关黄经理的一些事情和我说一下，或许能帮到你。”

小沫看着邱云点了点头，然后将黄经理如何逼迫自己色诱邱云，如何损公肥私，利用违建谋取私利及其他一些违法的行为，一一告诉了邱云。

第十六章　惊险之役

天蒙蒙亮，外边灰色一片，只有些许光亮，“咯咯咯”，公鸡才刚刚打起鸣来。三两只麻雀也叽叽喳喳地叫了起来，有一阵没一阵的，听起来像是报早，又像是等待母雀喂食的饥饿。外边对面的高楼，窗户还黑洞洞的，密密麻麻的一片也不见一点亮光。只有钟辉家的灯突然亮了起来。

“妈妈，快起来给我化妆，不然要赶不及了。”女儿摇着妈妈，不停地催着。

“好了好了，妈妈起来，还早，不用着急。”钟辉的妻子说着从床上坐起来，生怕吵醒了睡在旁边的钟辉。

“嘘，咱们出去化妆穿衣服，别吵醒了爸爸，他这几个月太累了，难得有时间多睡一会。”钟辉的妻子穿上外套，带着女儿离开房间。钟辉翻了个身，又一头睡了过去。

“妈妈，你快点，不然今天表演的舞蹈要赶不上了。”女儿过一会又催道。原来，今天上午学校组织了迎接“六一”的联欢活动，女儿要去人民公园上台表演舞蹈。穿上漂亮的裙子上台跳舞，这种梦寐以求的事情让她等都等不及了，一大早便精神抖擞，兴奋都挂在了脸上。

“你今天啊，一定是台上最亮眼的小姑娘。”妈妈看着镜子里的女儿，高兴地笑笑，收拾收拾东西，准备带女儿出门。

“哟，这是谁家的小仙女？让爸爸瞧瞧。”钟辉穿着睡衣，蓬头垢面还没全睁开眼地从房间里出来，抱住女儿仔细打量一番。

“你怎么就起来了？昨天忙到快凌晨才回来，快，趁着有时间再多睡会。”妻子拉过女儿，催促丈夫进房间。

“这今天是什么好日子啊？穿得像一只小精灵？”

“爸爸，你又忘啦？今天是我上台表演的日子，我早就和你说过了，你还说会去现场给我加油呢。”女儿嘟嘟嘴，扭过头去。

“你爸爸他忙，每天天黑才着家的，哪还有时间去看表演呢？乖啊，等你演出结束，妈妈去接你，带你去吃最喜欢的肯德基。”妈妈摸摸女儿的头，准备带她出门了。

“唉，小禾呀，爸爸最近太忙了，都没时间好好陪陪你，是爸爸不对，等忙完这段时间，带你去海洋公园看海龟怎么样？今天的演出，爸爸争取去看一小会儿，你等着爸爸。来，咱们先拍张照片，让我和我美丽的小公主合个影。”钟辉掏出手机，和女儿拍了一张大头照。

钟辉穿好正装，妻子给他打好领带，提着公文包准备出门。“今天能早点回家吗？吃晚饭我就不指望了，早点回来睡觉。”后面传来了妻子的声音。

“最近太忙啦，太忙啦，等过了这个紧要关头，我一定回来陪你们母女吃晚饭。”钟辉回头看看妻子，和她招了招手，便消失在楼道里。

钟辉来到龙头村，同一起下村的邱云碰上了头，今天又是一场硬仗，面对那些冥顽不灵的钉子户，钟辉是一个脑袋两个大。真是带兵打仗，各出奇招。斗智斗勇，无所不及。想起前两天邱云被用上了“美女诱惑”这一大招，钟辉真是大为吃惊，也算是长见识了。他无奈地笑笑，又来到黄经理楼下。

“当、当、当。”

“是谁啊？哦，是领导啊，请进请进，快来屋里喝口茶。”黄经理开门看见是钟辉，满脸瞬间堆起了笑脸，油滑客套地招呼钟辉和邱云。

“黄经理，几天不见，拆违的事情考虑得怎么样了？今天是通知里的最后期限，几点可以拆？”钟辉也不和他客套，来了这么多次，他早就摸清了黄经理推托那一套。

“唉，领导啊，这事情可急不得。小区这么多户，咱得慢慢谈，住户不愿意搬，咱也只能再沟通沟通。”黄经理弯下腰递茶。

“哦？还要再沟通沟通？老百姓可以慢慢沟通，可是公安局可等不了这么久啊。”

“您这话是啥意思？咱就搬搬家，怎么还跟公安局扯上关系了？”一听到公安局，黄经理脸上的笑容收敛了一点。

“这当然要问问你自己干的好事喽。小沫你还记得吗？”邱云抛出一颗炸弹一般，在办公室里炸开了花。“啪”一打资料被邱云重重地扔在桌子上。

黄经理的嘴角微微抽搐一下，一时说不出话。颤颤地拿起桌子上的资料，翻了几页，紧张地赶忙合上了。

“怎么样？是你干的吧，小沫已经都招了。我已经向公安局如实反映了，你干的这事，迟早要进牢房的。”

“别、别，我、我，这……求领导放过我这一回吧，我这是吃了熊心豹子胆鬼迷心窍才敢做出这样的事情。都是我一时迷糊了头，求求领导放过我吧，我错了，以后再也不敢了。”黄经理被吓出了一身冷汗，一时间语无伦次。这次，他是真的玩火玩过头了。

钟辉心想：“这么容易就把你吓着了，在法律面前果然也只是纸老虎。”他对接下来的谈话充满了自信。

“这事吧，说容易也容易，说难也难，具体应该怎么做，你应该清楚吧。”

“这……你是说拆违这事吗？我是真的没办法，就算我同意，那些住户也不会同意。领导，你来这么多次应该也看见了，那些钉子户，真不是我能解决的事。”黄经理叹了一口气，现在他是案板上的肥肉，只能老实乖乖交底了。

“政府拆违是为百姓着想，你一个经理，不帮忙不说，平时还推三阻四，和来路不明的人暗中勾结，政府从哪里看得到你的诚意？”

“我……以前是我不对，只要您能放过我这一回，我一定好好配合工作。不、不，我一定尽全力和他们交谈，帮助您的工作。”

“我要看的是结果，我的话就说到这儿了。总之不论如何，今天一定要给你们动动土。这样也能让你清醒清醒，最后不行都强拆，那样你既丢了面子又有了损失，这个账你比我会算。总之拆违任务一定要完成！”钟辉说完站起来，和邱云转身就离开了。

“哎哟喂，这事可咋办呀？”黄经理嘟囔着，慌慌忙忙跑到桌子前，拿起电话拨号。

“喂，黄总啊，一大早的有啥事啊？”三凤接着电话，一边坐在翟彪的腿上扭动着腰肢。

“政府这边给我下最后通牒了，看来是挺不过去了。”黄总那边带着哭腔说。

“看你还是个男人吗？平时手下兄弟一大帮，养兵千日用兵一时，你怕什么！”说完三凤挂了电话，扭头转向翟彪，撒娇地说道：“彪哥，刚黄总打电话来报信，说今天他那一定得拆了，你说这可怎么办？要是他那再拆了，离拆我这夜来香酒店也就不远了。”三凤装起哭腔来，她一定要彪哥帮她一把。

“都是群笨蛋，我还指望他黄海生给我拖住他们呢！”翟彪狠狠地把烟头摔到地上。

“这一天拆呀拆的，搞得我睡觉都睡不踏实。小沫的计划失败后，这拆违的步伐真是拦都拦不住。哎哟，你说我这可咋办？”三凤扭捏起来。

“别急，怕什么，有你彪哥在一日，你的楼就不会倒。”

“有你彪哥罩着呢，前面我只是试试，来软的他不吃这一套，那我就给他整点硬的。”

“哦？彪哥，你这是？”

“对付这种小喽啰，大哥我，法子多着呢！”翟彪笑笑，掏出电话。

“喂，对，你找几个人，按原计划办。”

“彪哥，你可真有办法。”三凤抱着彪哥，高兴地笑了。

“一，二，三！开始挖！”戴着黄色安全帽的工人指挥着，六台挖掘机像六只猛兽咆哮着扑上那栋高楼，瞬间把楼震得破败不堪，伴着泥沙混在空气中纷纷而下。

钟辉和邱云站在一旁，看着自己的成果，高兴地聊起了以后的规划。

黄经理在另一个角落看着，掏出手机看看，又放回兜里，用手擦了擦脸上的汗，煎熬地看着自己的楼就这样没了，急得在原地打转转："哎哟，怎么还不来呀？三凤到底有没有办法？"他又掏出手机，准备给三凤拨电话。这时，听见远处传来大喊大叫的声音。

"谁！是谁！敢拆我的房子！"远处传来一阵喊叫声，带着怒气与哭腔越传越近。王有财从远处踉踉跄跄地跑过来，跑到楼房前几乎跪下嘶吼着，他干脆就躺在了挖掘机前。

几个戴黄色安全帽的工人赶忙上前拦住他，最后几个人扭打在一起，声音越来越大。

这时钟辉已经来到他们旁边，说："你好，我是拆违的主要负责人，您先冷静冷静，有什么事情可以到旁边说，在这不小心伤着您就不好了。"

"就是你拆我房子的？谁让你拆我房子？趁着屋里没人，你们有什么权利这样做？"王有财看着钟辉，朝他怒吼道。

"这是违建房，政府早已下了通知，我们也已经上门和你交流很多次，黄经理也和你谈了很多次，但是你一直拖着不答应，我们只好强拆，我们也是奉命行事。"

"嗯、嗯。"黄经理站在旁边哼了两声，声音小到听不清楚。

"这是我的房！拆不拆都由我！你赶快停下来，不然，不然我今天就死给你看！大不了我们同归于尽，谁都别想活！"王有财不管钟辉说什么，用尽力气地朝他嘶吼着。

"你先冷静冷静，有什么事情我们可以好好谈谈……"

"谈什么谈！房子都拆了还有什么好说的，今天要么停止，要么你们就从我身体上压过去！"王有财越说越激动，便往房子底下跑。

"哎，危险！"几个工人赶紧上去拽着他的胳膊。

拆除队也被这个意外闹得只能暂时停工，一群人上去拦着王有财，可怎么说他也不听，场面一片混乱，钟辉在人群中拦着劝着，争吵声、哭号声越来越大，嘈杂一片。

“叮铃铃，铃铃铃。”钟辉的手机突然响起来，他挤过人群，用手使劲抹了抹头上的汗，擦了一把手机上的灰，看见是一个陌生号码，犹豫了一下，还是接了电话。

“喂？你是？”

“钟辉是吧？赶紧停下来，否则你女儿的性命，我们可保证不了。”电话那头传来一个陌生男子冰凉凉的声音。

“你谁啊？等等，你什么意思？”

“小禾是你女儿吧？长得多好看一闺女，今天在人民公园表演节目，她现在已经在我车上，再不停工，你就等着收尸吧。”

“喂，你……”电话那头已经挂了电话。看着陌生的号码，钟辉一时间慌乱起来，不知所措。

“你怎么了？”邱云看见不对劲，赶忙跑过来。

“我，我闺女被绑架了，对方说再不停工，就撕票。”钟辉眼神空洞地看着手机。

“啊？”邱云听后，五雷轰顶一般。

“叮……”，钟辉收到一条彩信，打开一看，正是穿着花裙子在跳舞的小禾的照片。

钟辉身体颤抖着。

“那还等什么，赶紧停工！快停工！”邱云大声朝着拆除队喊道。

“不，不用，已经走到这一步，我们绝不能放弃，不能停！”钟辉拉着邱云的袖子，朝他坚定地说道。

“小禾应该还在表演，我现在抓紧赶过去，趁着坏人还没得手，我一定要快他一步。你在这盯着，无论如何，今天我们也一定要把这楼拆了！”

邱云看着钟辉，愣了一下，把手搭在他肩膀上，说：“放心吧，这边就交给我，你赶紧去，我先报警。”

钟辉说完便往马路边跑去，拦住一辆出租车，一头钻进去就走了。

“师傅，人民公园。快！人民公园！”钟辉焦急地上了车。

“好嘞好嘞，这么急，啥急事？”司机一脚踩下油门。

“有事，人命关天的大事！”钟辉看着窗外，催着师傅加快速度。

师傅一脚油门下去，一路飙着车，超过了一辆又一辆。到了红绿灯处，前面车多，司机没办法，只好停下来等待。

“师傅，还要多久啊？”钟辉早就坐不住了，一路上手心出着冷汗。他想着自己的女儿被绑架，还有要去接孩子的妻子……她们母女俩……不，不行，千万不能出事！

“快了，快了，过这个红绿灯，拐一个弯就到了。我跟你说啊，这个地方一直特别堵……”

钟辉没有一点听司机讲话的兴致，他只想着他的女儿和妻子，他掏出手机，看着那个短信，手一直抖着，他一时觉得很无力，似乎抓不住手机，整个人也没力气朝前看。

要是……要是……出什么事，我这该……怎么办，孩子的爷爷奶奶……他们怎么能接受……

钟辉盯着手机发呆，他只感觉到人民公园似乎有一万里的距离。

“嗯？等等，这个蝴蝶结……”他的脑袋晕乎乎的，他也不知道在想什么，他也不知道应该想什么，他根本不知道又一个风险在向他驶来，离他已经近在咫尺。

“砰！”一声巨响，钟辉感觉身体被震碎了一般的往后退，随着强大的冲击力，钟辉倒在车内，瞬间感觉头晕目眩，看不清楚发生了什么，随后感觉到身体好像在翻滚，伴随着无数的玻璃碴划过他的脸颊，一阵阵的刺痛，脑袋上好像有什么鲜红的液体顺着眉毛流下，钟辉昏了过去……

随后，伴随而来的只有救护车的呼号声和一片片嘈杂的嚷叫声……

“唔……”钟辉用手摸着额头，勉强睁开了点眼睛，看见白花花的一片天花板，还有旁边的熟悉的身影。

“我……我这是在哪儿？”钟辉揉揉头，脸上的伤还在撕裂着。

“啊，我的禾禾！”钟辉叫出声来。

“呜呜呜，爸爸，爸爸，你终于醒了，我在这呢，爸爸，呜呜呜……”

钟辉艰难地扭过头，看见女儿好好地站在身边，还有担心他的妻子，他伸手摸了摸女儿的脸颊，瞬间松了一口气。

“我……我这是在哪儿？”

“爸爸，你不记得了吗？你打车来人民公园看我表演，结果中途出了车祸，被一辆大卡车撞了。爸爸，你好些了吗？现在觉得头痛不痛？都是我不好，非要爸爸来看我表演，一定是爸爸太着急催着司机，才出事了。”女儿站在一旁低着头，泪珠掉了出来。

钟辉勉强靠着被子，坐了起来，拉过女儿，抱着她说：“是爸爸不对，爸爸应该多抽些时间陪陪你，这段时间，是爸爸疏忽了。爸爸没事，爸爸是钢铁侠呢，你看，爸爸这不是好好地在这儿吗。”看着现在好好的女儿，钟辉感觉莫大的欣慰。

“你啊，就是硬撑，刚醒过来就逞强。医生说了，你这是额头撞击，可一定要好好养，不然会落病根的。”妻子心疼地看着钟辉。

“好好好。看见你们都没事，才是对我最好的治疗。但是禾禾，爸爸有事要问你，你可要认真仔细地回答我。”

“嗯？爸爸，什么事情？”

“今天你表演完，有没有什么人夸你啊？”

“嗯，我表演完以后，老师还有同学都夸我跳得好，说我就是一个活脱脱的小精灵。哦，我还遇见了一个没见过的叔叔，他说他看完了我的整个表演，也夸我跳得好，给我糖果吃，还说要带我去超市买好吃的呢。”女儿开心地说。

“那叔叔带你去哪个超市了？”钟辉平静得问着，实际上心里已经按捺不住，心都悬着。

“我没有去，爸爸你不是教过我，不能和陌生人随便乱走嘛。所以我就收下了糖，没跟他去。爸爸说的话我都记在心上呢，禾禾是不是很棒？”

“后来呢？”

“后来那个叔叔还是坚持要带我去，还拉着我的手，我嫌他烦，就趁他没注意甩脱了他的手，跑去找我们班的队伍，后来就碰见了妈妈。”

“唉，我的乖女儿，真是我的好女儿。爸爸以后一定多陪陪你，等爸爸好了，带你去吃肯德基。”

“哇，爸爸，你要说话算数哦。”女儿激动地抱住了钟辉。

“但是作为交换，你可不可以把糖果给爸爸呢？”

“嗯，一言为定。”禾禾掏出糖果，放在了爸爸床头。钟辉轻轻地叹了一口气，他心里的弦，终于松了下来。

“当、当、当”，有人敲病房门。

钟辉的爱人走到病房门口，打开门，看见是邱云，把他请了进来。

“哦，邱云啊，咱们那边拆除进行得还顺利吗？”

邱云走到病床前，抱起小禾亲了亲，说：“小禾越来越漂亮了，都长成大姑娘啦。”说完，把小禾放在地上。

“你的头怎么样了？严不严重？放心吧，那边的事你别管了，只是……”邱云转头看了一眼钟辉的爱人。

“走走走，咱们先出去。你这工作狂爸爸，又要开始忙他的工作啦，咱们别打扰他。”钟辉的爱人拉起女儿的手，往外走去。

“什么事情？”

邱云拉过来一把椅子坐在病床前，说：“警方认为今天的车祸并不是意外，那个开卡车的司机和绑架犯很可能是一伙的。”

“哦？怎么回事？你仔细说说。”

“今天你一走，我便给公安局打了电话，公安局立即安排警力在人民公园布控。后来看见可疑人员拉着小禾，要强行拉走的样子。结果小禾也十分聪明，一甩手马上就挣脱了跑进人群，那男子正要追上去，就被警察抓住了。更离奇的是，警察在他的手机上，搜出了与开卡车的司机的通话记录，这一看啊，一定是一桩大案！”

“这么离奇的故事，有生之年竟也发生在我身上。那凶手全部都招了没有？”

“警方已经介入调查了，相信不久，就会有结果。我想这背后啊，可没有表面这么简单。尤其是今天拆除那事，突然跳出一个王有财闹得要死要活。闹了一上午也没停，最奇怪的是，后来突然接了一个电话，便也停了，只是坐在地上嘟囔着，不时叫骂几句，活像一个泄气的皮球。”

“啧啧啧，看看，这不火药味才上来，看来李旭天局长说的拆‘双违’才刚刚开始是对的，我们的对手看来是眼睛都红了。”钟辉目光深邃，看着远方。

“你好好歇着，我回去把那栋楼给拆了，拆除的事可不能停啊。”邱云说完向钟辉告辞。

钟辉看着窗外，已是夕阳下落的时候，暖阳柔柔地照向远方，金光闪闪一片。远处的高楼，在余光的照耀下，一切都那么地平静又美好。钟辉想，等拆违结束，重新规划这个沿海的小城，一定会更加美丽，海岸线延伸到远远的看不尽的地方。那时，他也可以带他的禾禾去海边逛逛。渤海市是世界观鸟胜地，禾禾可以说出很多鸟的名字，钟辉只认识海鸥。钟辉想到这，眼泪流了出来，他觉得亏欠女儿太多太多了。

第十七章 垂死挣扎

随着渤海市拆“双违”的工作一步步开展，各区块拆“双违”工作都在有条不紊地推进，然而表面上风平浪静，实际上却暗流汹涌。暗流中有海老布的局，有翟彪布的局，即便是没有布局，拆违这项工作也是困难重重。这就是拆“双违”的特点，有时你会觉得在跟一个无形的手在下棋，这无形的手就是多年积淀下来的风气。

这天，站前区副书记柳乾元像往常一样带着公文包出了门，今天又是一场硬仗。村里的违法建筑已经基本上拆完了，只剩下十几户人家抱着侥幸投机心理，在道两侧非法占用耕地，前两年突击抢建了16000平方米的违法建筑，顶风作案，逆势而上，造成极其恶劣的影响。几天前，按照区里的统一部署，对七户当事人进行了集中约谈，告诉他们，这种行为已经触犯了法律法规，这些违法建筑必须拆除。

参与其中的这些人的背景复杂，有的人有当权的亲戚做靠山；有的以不差钱做后盾；有的认为机不可失，借债抬钱也跟风搞违建，以求牟利。其中一人就投入资金500余万元，在路旁建起砖厂，而且订单不断。

约谈效果当然不理想。

违建当事人的对抗方式五花八门。有的人家唱起了双簧，一个黑脸一个白脸，白脸的诺诺连声地应付：拆、拆、拆，别人拆了我就拆；黑脸的见到工作组的人上门就撒泼耍浑、破口大骂，对工作人员极尽侮辱。

年轻的安健更上火，他三叔就是违建当事人中的一个。私下里找了他好几回，说投入不少，这么一拆，钱都白糟蹋了。你正好管这事儿，给三叔出出面，走走人情，用钱用物都行，放三叔一马。安健只好把上级的精神一遍遍地跟他讲，每次他三叔都气哼哼地离开。见安健一点亲情都不讲，他三叔也急了眼了，大骂安健："你就眼睁睁看着自己家人受欺负？你还好意思进我家的门儿？我没你这个侄子，白眼狼……"安健被他亲叔骂得太阳穴一蹦一蹦地疼。

"三叔，不单单拆咱们家，你周边的违建都得拆，我做的就是这个工作，别人都看着咱家呢，你不拆，别人能动吗？"安健讲得入情如理，苦口婆心。

"你小子真行，带人先拆咱家，这些房子是没手续，是不符合规定，是违法建的，但已经建起来了，还真拆了？没那么容易吧？挺住，等风声过了，或许就能保住了。"安健的三叔觉得冤枉，人家都靠违建发财了，他怎么这么倒霉，企业刚有起色就真的开拆了，怎么也让自己挣几年钱啊。

区委、区政府已经决定明天就拆除，个别违建户思想还没转过弯儿来，工作还没做到家，这块硬骨头怎么啃，明天会出现什么状况……各职能部门再次落实强拆实施方案。

柳乾元再次来到这里，围观的群众都在看他们接下来的举动。他毫不犹豫一声令下，6 台大型挖掘机怒吼着砸向了违法建筑。

钩机砸下的那一刻，就像捅翻了马蜂窝。

有心不甘恶语谩骂的；有撒泼打滚装疯装病的；有拿着菜刀要割腕自杀的；有一个当事人一看执法人员动了真格的，居然裹着条幅又哭又叫地往房顶上爬，准备跳楼。综执办的老李和公安的小王上前劝解，那人疯了一样地扑上来，抓住小王拳打脚踢，把小王的脸和脖子挠得血淋淋的，接着上去好几个干警才止住了他的疯狂。

一块不知道从哪里飞来的"方便面"，一下子砸在柳乾元的头上。这些天他一直是高强度工作，连着几宿没睡好觉，再加上现场精神的高度集中，这突然地一击，让柳乾元的脑袋嗡的一声，差点儿摔倒在地。但他没下火线，一直坚守在岗，和同事们一起控制着现场秩序，保证强拆行动顺利进行。

公安强力介入，把有暴力倾向的违建人强制带离现场，押到了公安局，使这一次强拆得以顺利推进。

老百姓多年养成了习惯，越有公安民警在场的情况下，他们的胆子越大。他们知道公安局是抓坏人的，自己又不是坏人，有公安民警在干什么都可以理直气壮。在老百姓的朴素理解中，搞点违建还谈不上犯法。所以他们信任公安局的，有公安民警在他们觉得闹起来更安全。有些老百姓走入了一个误区。

翟彪的霸王楼已经被拆了，翟彪躲到了豪叔那里。这十几年的时间里，翟彪靠着霸王楼已经攒下了不少资产，就算霸王楼没了，他换个地方照样可以东山再起。再不济，那些钱也够他下辈子过活了，更何况他还有其他资产。

可是三雕不一样啊，三雕的门市楼是他的全部家当，如果被拆了，他就什么都没了。

上次恶意传谣，三雕被行政拘留十五天。三雕蹲拘留可以说是老手了，他全部拘留加起来得有一年。但他是个大错误不犯，小错误不断的人。上次的拘留三雕觉得和以前不同，他觉得翟彪不靠谱，没得到那1000万还整得神乎其神的，同时他还觉得翟彪也没那么大的能耐，他甚至觉得十年前翟彪拿个剔骨尖刀单挑他时也是吓唬吓唬他，他三雕本来就不应该躲。想谁谁就来了，这时翟彪电话打了进来。

“三雕，这几天有没有人来找你啊？”

“还没呢，但是估计明天就来了，彪哥，您可得帮帮我啊，这可是我全部的家当了！”

“你放心，当初他们不声不响地就把我的霸王楼拆了，这口气我怎么咽得下去！这次一定要给他们点颜色瞧瞧！”

“彪哥，您说，小弟都听您的！”

“这样，你明天……”

三雕本不想听翟彪的，可三雕还有什么好方法吗？

村长康有法带着街道办干部到门市楼的时候，三雕正在和自己一帮兄弟坐在门口。三雕一看到村长，整个人就戒备起来。

“三雕，你看看周围的村民，有违法建筑的都拆了，这方圆几里，可就剩你这一家了。”

“村长，这门市楼可是我的命根子，我这么多兄弟也指着这门市楼养活呢，您说拆就拆了，我们可怎么活！”

街道办干部说道：“你看，这个门市楼拆了，你还可以换一个地方继续开啊。而且，你这门市楼建在这里，妨碍了交通，周围的环境也受到了影响，对你的生意也不好。等这里拆迁整改完了，环境好了，凭站前村这么好的位置，你的收入一定能增加。”

“增加！我还不知道你们这群人的打算，等这里整改好了，哪里还有我们的容身之处，早就被你们瓜分了！你今天想拆我的门市楼就从我的尸体上踏过去！”说着，三雕躺在了门市楼门口。

村长知道三雕是赖皮，他康有法也没少挨三雕欺负。前几天的强拆工作那是有区委副书记在现场，而且那些人都是装模作样地抵抗了一下。今天像三雕这样，直接躺在门口拦人的还是头一回见。康有法让其他工作人员先离开，自己继续和三雕沟通，可是三雕油盐不进，躺在门市楼门口，嘴里大声嚷着：“想拆这楼，就从我的身上过去！”僵持一天无果，眼看天黑了，康有法只能先回家了。

康有法回去向武军汇报了这里的情况，武军决定第二天亲自来会会三雕。

“彪哥，您说的真管用，他们还是不敢硬来！”

“别高兴得太早，村长不敢，有人敢啊！”

“那我下一步怎么办？”

“你明天去把你爹娘接过来！”

“不行啊彪哥，我爹都78了，我不能折腾他老人家了！再说我跟他说他也不会听我的，可倔了。”

“你傻呀，老头、老太太有的是，他们谁知道哪个是你爸哪个是你妈？”

“还是彪哥聪明，小弟佩服，小弟佩服。”

“你的门市楼要是想保住，你就把老两口放在门口，那群人保准乖乖地走人！”

“能行么？”

“我这都是为了谁，我会害你吗？听我的……”

“行，彪哥，我一会就去。”

一大早，三雕就到火车站，雇来两个人，一个老头，一个老太太。他把“父母”带到现场，用人体布雷区。三雕把大号铝盆、啤酒瓶、各式各样的塑料桶，装上敷敷溜溜的汽油摆满屋，然后，搬来所有的液化气罐，任谁也别进来，谁敢拆，立马点燃。这也是翟彪教他的，这叫摆阵。

当初拆霸王楼的时候，翟彪自以为上下都打点好了，可到头来，豪叔的一句话把他的出路堵死了。这次，他翟彪又摆了一个龙门阵，活生生的命在那里，他就不信那些人真的敢不管不顾，他更想看一场戏，看看热闹。

村长康有法来时一看，这哪是三雕的爹和妈呀，三雕的妈早死了，这老头分明就是总上他家要饭的那位。

因为康有法知道得太多了，让三雕给撵走了。

武军到的时候就是这样一幅景象。他询问了一下周围的百姓，打算亲自去和三雕谈谈。周围随行的人都拦着他，“武主任，三雕是个浑人，万一他真的点火，您出事可怎么办？”“是啊，武主任，您的安全重要啊！”

“别这么紧张，我就是去看看。再说我啥都没拿，又不是去拆他的房子，放心！”

武军笑着走了过去，只身向弥漫汽油味道的“火山口”走去，在只把车窗摇下 2 公分的霸道旁，与一手拿着汽油瓶，一手拿打火机的三雕交谈。

“你这饭店有 20 多桌，一个夏天能挣多少钱？”

“你管我赚多少，反正想拆是不可能的！”

“你是大多数人中的富户，你可以活得很好。可现在瞅瞅你自己，和这张照片上的判若两人，你这是在糟蹋自己、断送生命。”

“你们这些当官的，一个个说得好听，到头来坑的还是我们！”

“你看看你父母，老人家那么大年纪了，你这么折腾他们，老人家身体能受得了吗？你把东西放下，有什么，咱们好好谈。”

“是你们不和我们好好谈！”

“谈啊，怎么不谈，我是负责人，我这不来和你谈了嘛！”

“呸，越是官大，说的话越不可信！”

“你先冷静下来。拆违是关乎整个城市发展的大事，你守着你这一栋楼，看看现在还有客人来吗？拆迁之后，你们村的整体环境改善了，你如果愿意还可以开你的饭店，一定比以前挣得多！”

武军和三雕谈话的时候，已经有警察从后门进去把三雕的“父母”带了出来，后边负责看管三雕“父母”的小喽啰也被控制了起来。武军说完以后，趁三雕犹豫的工夫，回到了安全线外，这时候，消防官兵也已经到达了现场，做好了防护措施。

三雕从车里下来，但是没有放下手里的打火机。出来才看见被押在一旁的兄弟们，他一下子慌了神，大声喊道：“你们别过来，过来我们就同归于尽！”可是消防官兵和警察仍一步步逼近。在死亡面前，人终究是渺小的，更何况三雕在关键时刻本身就是贪生怕死之辈，怎么可能真的有勇气点燃现场的汽油。最后还是扔掉了手里的打火机，被警察带走了。门市楼也在一片轰隆声中倒下，这颗钉子终于被拔掉了。

凤凰区的一家观海园，占地1100平方米。虽然外观豪华大气，但这家观海园确实是一个既没有土地手续又没有建房手续的彻头彻尾的违法建筑。其实土地局、规划局、建设局早就对其进行了多次处罚，但冯强拒不执行处罚决定。好像这土地可以跑马圈地似的，谁占上了是谁的，谁爱怎么建就怎么建。

市委、市政府集中整治“双违”，观海园当然被列入了拆除名单，但是行动起来举步维艰，困难重重。

冯强做了拼死抵抗的准备，集合家人信誓旦旦坚守观海园。就在执法人员依法下达限期拆除告知书时，刚念了一半，没想到冯强的情绪突然变得激动起来，抡起右手一巴掌打在执法人员的脸上。他这一挥手，好像发出了行动信号。冯强的儿子和服务员同时抄起板凳，和执法人员打起来，现场顿时一片混乱。执法人员向后撤退，避免和冯强发生正面冲突。

鲁区长到的时候，现场还是乱哄哄的，执法人员和冯强的家人混做了一团。他让所有的执法人员退到一边。这时，观海园的楼顶传来了声音。冯强在大家起冲突的时候，上到了楼顶。“下边那些人，你们要是敢拆我的楼，我就从这里跳下去！”

“你先冷静一点，下来我们好好谈谈！”

“我们没什么好谈的，你们不走，我就跳下去！”

所有人都在看着鲁区长，等他做决定。鲁区长知道，不能纵容，有一就有二，一旦今天妥协了，明天就会有更多的人效仿他的做法来威胁政府。一番斟酌之后，他心里已经有了决定。

“今天我给你最后一次机会，我把话放在这里，你要是想跳你就跳。死了我收尸，活着我拘留，你这是违法的！”冯强听了鲁区长的话，一下子惊呆了，他没想到鲁区长的态度会这么强硬。这时，消防官兵也已经在楼下做好了布置。

冯强不知道该怎么办了，他以为这样威胁，政府的人就会让步，可是他低估了政府的决心。

下边那么多人在看着他，现在就这么下去，他面子里子丢得干干净净。而且观海园是他全部的心血，一家人都指望着这家饭店养活。一旦观海园被拆了，说是留得青山在不怕没柴烧，可谁知道要等到猴年马月呀。观海园当初建的时候，掏空了他的底子，还欠了一屁股债，刚刚把债还清，家里生活刚有起色，观海园拆了，他就完了。

看到了楼下愤怒的儿子，看到了无怨无悔陪伴自己的妻子，看到了年迈的父母，他在心里一个劲地骂翟彪。他戏都演到这份上了，怎么政府的人还没撤，而且连撤的意思都没有，他这是跳还是不跳，他甚至后悔跑到楼顶上干啥，弄得自己下不了台阶。

鲁区长安排上去了两名警察，算是给了冯强台阶，他被两名警察押了下来。

冯强因妨碍公务被警察带走了，观海园也在一片唏嘘声中轰然倒塌。

第十八章 “炎夏”无畏

渤海市几乎没有春季，冬天过后几乎抓不到几天春天的影子，夏天就贸然到来。在太阳的灼热的照射下，大地上蒸腾着热气，水汽如游丝般流入空中，消失在没多远的空间里。

天气炎热也让人禁不住烦躁起来，渤海市再次用凉凉的海风张开双臂喜迎八方来客。市委副书记兼凤凰区区委书记李峰有了一个大胆的想法，他想在凤凰区搞一次让人想都不敢想的大规模强拆。李旭天接到了一个特殊的任务，他想让李旭天给他论证，方案成熟之后再向曾书记汇报。

李峰的想法过于大胆，但逻辑严密，如果不是将到暑期这个特殊时期，李旭天会毫不犹豫地赞同，正是赶上了这个敏感时期，李旭天也犯了合计。

在渤海市搞拆违是一波三折。按照市委、市政府的统一部署，先难后易，理应先拆凤凰村，因为凤凰村最难，但综合评估后确定了先拆站前区单体最大、影响力最强的霸王楼。当时李峰也是憋着一股劲，他想兑现自己跟曾书记的承诺，在他的本届任期内拆平凤凰村。

强拆霸王楼掀起了渤海市在拆违领域的热潮，但那只是暂时的。一批看清形势的群众交房之后紧接着火药味就上来了，有的甚至以死相逼，随着公安机关对一些别有用心的人采取了强制措施，正面能量再一次扩散，此时正是进一步强拆的好时机。李旭天佩服李峰的胆量和智慧。

走在凤凰村里的一条土路上，李旭天思索着，汗珠从两颊流下来。

李旭天来到凤凰村征拆指挥部，想通过兰梅了解一下凤凰村的现阶段情况。

一走进这个临时指挥部，就看到兰梅和几名工作人员在拼装的矮桌子上刚吃完了盒饭，弯腰收拾着餐盒。

“哟，李局长怎么大中午来了，这么热的天！请坐，请坐。”兰梅直起腰来说。

“今天来看一下情况，没想到走着走着就到中午了。”李旭天笑着说，“不过，这一趟下来收获不小呀！你看现在村儿里的情况怎么样啊？”

“前一段时间在凤凰村外围的拆违进行得比较顺利，群众比较能理解政府。但是，我看现在是头轻尾巴重啊！带头的拆了，可是后面的尾巴虽然小但是却都很难缠啊！”兰梅工作很是上心，这些担忧早在她心中徘徊了，她是个老拆迁，知道拆迁的规律是越往后越难。

“我这半天儿也看出了这层意思，村子积习太浓了，大家以为带头拆了，杀了鸡达到儆猴的目的就没事了，后面的还在拼着命要利益。”李旭天说。

“是啊！还要真做才能行得通，就看我们政府有没有这个魄力了。”兰梅回应说。

“今年政府强拆够有魄力了，你说说怎么做叫政府有魄力？”李旭天想印证他的判断也是李峰副书记的判断。

“其实想拿下凤凰村相当容易，就看政府敢不敢了？”兰梅说完故意等着李旭天，那意思是你想听我就接着说。

“说说，说说。”李旭天回应着。

“局长您看，凤凰村是凤凰区的重点，这次和站前区的站前村一样也是用拆违促拆迁，这村也是搞了十来年的拆迁没进行下去，都是违建给闹的。你看这一拆‘双违’凤凰村就有300多户签了约，剩100多户没签约看起来数字挺吓人的，其实关键户不超过20户，20户中关键的也就七八户，夜来香酒店是重点中的重点。如果把这七八户的钉子拔了，那凤凰村的问题就都解决了。还是攀比、观望，还是不撞南墙不回头，都是抱着一种侥幸心理。”看李旭天越听越有兴致，兰梅也是越说越有兴致。

“你有把握吗？”李旭天盯着兰梅问。

“老拆迁都知道这个道理，不是我有没有这个把握，是政府有没有这个胆量。”兰梅歪着头看着李旭天。

李旭天点了点头，思考着。走了一上午，也是实在口干舌燥的。

“先给我倒杯水喝吧！”

兰梅赶快拿了一个纸杯，给李旭天接了杯水。

“局长对不起啊，光顾着说话了，都忘了给您倒水了。”兰梅笑了起来。

“什么对不起，对不起的，我还没吃饭呢！”李旭天也开着玩笑。

“那我给局长泡桶方便面。”兰梅说着便从柜子里拿出一桶方便面。矿泉水、方便面是拆迁现场的必备品。

“那我就盛情难却了。”李旭天也不客气。

从凤凰村考察回来，没等补个午觉，他就跑去了李峰的办公室。

“当当”李旭天敲了两下李峰的办公室门。

李峰正在一堆文件前发着呆，听见敲门声，抬起头，看向门口，说：“请进！”

李旭天推门而入，一股空调的凉气扑面而来。

“旭天，怎么样了，你同意我的打法吗？”李峰用征询的眼光看着李旭天，像是在他的脸上找着答案。

“时机还真是个好时机，而且是机不可失啊！”李旭天点了点头。

拆迁讲究的就是一鼓作气，他们都知道通过整治“双违”，凤凰村钉子户的心理已经摇摇欲坠了，这时正需要一个推力。拆迁就怕干干停停，如果此时不干，等暑期过去了，火候也过去了，他们都尝过重新启动的苦水。

“我担心的是维稳问题，如果暑期老百姓闹了起来，我们可是给渤海市惹大祸了。”李峰不无担心地说。

“领导担心的也是我担心的，但我们也不是被吓大的，是不是我们的担心也是多余的呢！”李旭天向来没服过气。

“我们要打有把握之仗，拆是要拆的，稳控也要做的。拆了乱了不行，光要稳控不拆了更不行。我们要两手抓两手都要硬。”李峰早就下定了决心。

“好，痛快，我李旭天服气。”李旭天连连地竖起大拇指。

李峰要创造一个奇迹，要用一个月的时间把凤凰村拆平。为此他经过多方论证，想对凤凰村突出阻碍拆迁的被拆迁户的20个违法建筑集中强拆。这是渤海市有史以来没有过的，是有些人连想都不敢想的。内行都知道这是冒着很大政治风险的。

他要形成一个完整的可行性报告、系统的操作方案，让曾书记同意并支持。

关于稳控问题李峰也进行了深入研究，市信访局、凤凰区信访局给他的数据让他有了这次暑期前强拆的信心。

前几年的数据显示，强拆10万平方米有6次大的上访。

强拆20万平方米也是有5次大的上访。

强拆30万平方米有3次大的上访。

今年自从市委、市政府整治“双违”以来已经拆了近300万平方米，这个数字已经是前几年最多一年的十倍，可还没有发生大的上访事件。

单纯从数字来看，拆除数和上访数成反比。怎么会出现拆得越多上访的越少这种的现象，问题的根源在哪里？

“这是一场正义的行动，公平、公正、公开是稳定的基石。”李峰自言自语地这样总结。

以前的那种拆法确实自身就埋藏了很多上访隐患。只拆弱不拆强，弱的怨声载道。只拆民不拆官，老百姓当然叫不平。只拆小不拆大，鼓励老百姓把违法建筑往大了建。只拆明不拆暗，让人们产生了挺过一时就过了一年的侥幸心理。

有偿拆除违法建筑也是病因根源，违法了还补偿这从法律上也说不通，甚至可以说这种做法是违法的。多少年来我们在维稳上是不是进入了一个误区，长治久安只能是依法行政，否则只是表面的和谐，而靠单纯的无法律底线的安抚恰恰积攒了更大的社会矛盾。

李峰从胶着的思虑中挣脱出来，因为这一仗不只关乎他李峰一个人，也关乎曾书记、金市长，也关乎渤海市拆违的未来走向。

凤凰村被拆得七零八落的，三凤的生意明显不如从前。自从凤凰区拆“双违”和凤凰村拆迁以来，三凤的心就不在经营上，她根本没心思考虑挣几毛钱，而是考虑夜来香酒店是不是能保住。霸王楼拆了之后，翟彪光顾夜来香酒店的次数越来越多，翟彪要找到他的出气口，他要看李旭天的笑话。

“彪哥，我现在是觉都睡不好，做梦都梦到夜来香被拆了。”三凤整天心神不定，像一个病入膏肓的病人挣扎着抗拒着。

“他们拿你一个女人家有什么办法？”翟彪知道抗拒执法有时女人比男人还管用。

“哎哟喂，你个大男人怎么说这种话，看来我的夜来香是保不住了。”三凤无助地哭了起来。

“你别哭，我去找豪叔讨个药方，豪叔的鬼点子多。”翟彪看不得三凤哭哭啼啼，他一边说去找豪叔一边离开了三凤。

翟彪还真去找了豪叔，霸王楼拆了之后翟彪像掉了魂似的，一会去三凤那儿一趟，一会去豪叔那儿一趟。

“豪叔，您看夜来香也没办法保住了吧？”翟彪向豪叔讨要药方。

“看这势头，拆是要拆的，但不是现在，所以呀，你翟彪还有时间。”豪叔老谋深算。

“您说，您说。”翟彪来了兴致，刚才三凤的话刺激了翟彪，听豪叔说还能保留些日子，翟彪想听个究竟，在三凤那儿挽回些面子。

“谁不知道渤海市有个敏感时期，暑期政府连办公都停了，全力维稳，哪个傻子敢强拆呀，这不是找罪受吗？！”豪叔胸有成竹。

“您的意思是老天爷又给我们争取了几个月的时间做准备？”翟彪如梦初醒。

“孺子可教，孺子可教也！”豪叔冷笑了两声。

公安局的侦破工作在紧张地进行着，人民公园绑架案和驾车撞人案（蓄意杀人）通过案发前两个犯罪嫌疑人的电话联系到了一起。本来两个犯罪嫌疑人已经落网，但因驾车撞人的李天骄死亡，案子又陷入了僵局。

撞车那天钟辉坐的出租车司机手法娴熟，他见到有辆大货车向他驶来，当时的路况虽然较复杂，但还没到大货车非逆行不可的地步。出租车司机本能地右打方向盘，车立刻偏离主路跟路边的一棵树撞上。这两秒钟内的事情让他和钟辉逃过一劫。大货车司机可没那么幸运，他和出租车后面的另一辆大货车撞个正着。当时司机并没有死，但经过一周的抢救，司机还是命丧黄泉。

本来很清晰的两案并一案，随着司机李天骄的死亡，案子取证变得复杂起来。

从卡车司机送进公安医院那一刻起，翟彪就派人盯在公安医院，李天骄一死翟彪兴奋得跳了起来，他马上把这个消息告诉了在看守所刑拘的刘龙。

刘龙、李天骄是拜把子兄弟，是豪叔手下毛头的帮手。毛头很少跟翟彪接触，他看不起翟彪，用毛头的话说翟彪是个有勇无谋的匹夫，跟他毛头不是一个层次。毛头在网上造谣是有技术的，他不像那些他看不起的土八路，他谙熟电脑不会露出一丝痕迹，至今公安局抓了那么多网上造谣、传谣的也抓不到他毛头。

如果不是豪叔安排，毛头根本不会跟翟彪有交集。毛头把刘龙、李天骄及想好的方案都交给了翟彪，并特殊交代了，这都是翟彪自己的事，钱由翟彪出，事由翟彪担。

由于凤凰村的强拆涉及 20 户，并赶在暑期前的特殊时期，所以李峰书记提议由市委常委扩大会讨论。

市委常委，凤凰区的主要领导，综合执法局的主要领导，公安局的主要领导，信访局的主要领导参加。

会议听取了市委副书记、凤凰区区委书记李峰的汇报，很多常委被李峰的大胆举动震惊了。

与会人员议论纷纷，对李峰书记的论证提不出意见，但对暑期这个敏感时期莫衷一是。

大家都用眼睛看着曾雁来和金海东。

“海东市长，你说说你的意见。”曾雁来看了看金海东。

“我的意见是我没有意见，李峰书记是凤凰区的总指挥，他说怎么打就怎么打，我金海东全力配合。”金海东观点很清楚，他同意李峰的意见，就等曾雁来下指示了。

曾雁来顿了一顿，意味深长地说：

“看来大家对李峰书记的方案都没意见，就是对这个敏感时期拿不定主意。那下面我就讲一讲这个敏感时期。首先什么叫敏感时期？中央和省里都没提，是不是我们自己搞出来一个敏感时期呀？我们做工作不是做样子，如果做样子那就是做表面文章，那干什么事情都会违背客观规律，我们能不能干违背客观规律的事呢？我们共产党人最反对的就是做表面文章，搞形式主义，那样就是自欺欺人。

“如果说暑期是敏感时期，那我问问紧接下来的‘国庆’是不是敏感时期？再接下来的全国‘两会’是不是敏感时期？那这么一说我们全年什么事情都不用做了。

“回避敏感时期实际上就是怕上访，与其说是怕给领导添乱，实际上是怕给自己添乱，怕掉自己的乌纱帽。那我再谈谈维稳。我们不应该怕上访，我们应该欢迎上访，当然我说的是有理访。我们要敢于面对老百姓给我们提的问题，要敢于纠错。同时我们对待无理访要有一个正确的态度，要正确疏导，不能遇访就软，这对培育一个好的社会风气是有百害而无一利的。各级政府、信访和公安部门要坚决打击利用上访扰乱社会秩序的乱象。

“怕上访，提出敏感时期的概念，说到根本是错误的。那根本是什么？我们的工作是不是为渤海市负责？是不是为渤海市的千家万户老百姓负责？只要我们共产党人凭着党性办事，那我们就什么都不用怕。

“我们渤海市的拆‘双违’是一个正确的决定，这无论是对渤海市的未来还是对渤海市的老百姓都是一件大好事，这才是我们这项工作能否推进下去的根本。人间自有正气在，何愁歪风扰视听。我们甩开膀子大干都觉得时日苦短，我们哪有时间等啊！

“我们要强力抓好维稳，只要我们秉公办事，依法办事，何愁社会不稳定啊！下面我们表决。”

渤海市常委全票通过了李峰副书记的强拆方案。

凤凰区凤凰村恢复了平静。

翟彪在豪叔那里得到信息后告知三凤，三凤及剩余户的村民等待着暑期，准备趁着暑期再挣上一笔。翟彪自给了三凤一个交代之后也很少到三凤这里来，他听着三凤的数落觉得心烦。但无论如何，如果政府要强拆夜来香酒店，他要让政府、让李旭天付出代价，只是现在为时尚早，他翟彪也要喘口气，休息一下，他太累了，他一共上了六年的学也没动过这么多脑筋。他准备到长白山，去放空一下自己，安慰一下受伤的心，养一下精神，一切等着过了暑期再说。

李峰书记安排区公安分局、信访局、各镇、各街道、各村认真地做一次上访隐患排查，凤凰区凤凰村强拆在即，他要求各部门在强拆前、强拆中、强拆后做好稳控安排。他特别要求公安局做好强拆过程重点突发事件预案，必保万无一失。

凤凰区公安分局局长李雷从得到命令的第一天起，就住在了分局，他早在书记安排工作前就对凤凰村的安全隐患门清路熟。李雷在凤凰区当公安分局局长也是李峰敢在暑期前强拆的原因之一，他非常欣赏李雷这样一位难得的干将。在凤凰区的强拆历史上还没出现一起恶性事件，最多也是有惊无险，这和李雷不无关系。

贾文海病了，他暂时放弃了到政府上访，到法院去打官司。在法院他的自尊心受到了伤害。他买来市面上能见到的法律书，准备熟读法律后再跟法官一斗高低。贾文海在家中一个月没有出门，二十几本法律书搞得他眼花头疼，他是越看越有气，越看越不懂，最后他骂了一句，什么狗屁专家，都是笨蛋。

贾文海上了很大的火，嘴里起了泡，大便整整有一周没拉下来。他来到医院，医生更是给他开了所有的化验单。贾文海交了费准备化验，在取化验器具时贾文海发现了破绽。

“请问护士大人，验屁用哪个东西？”贾文海很虔诚，他很多年没上过医院，他不知道现在医院已经发展到验屁的阶段。

“大爷，哪有验屁的呀，您看错了，是验尿吧？！”护士乐得前仰后合。

“你看这不是屁吗？”贾文海拿出化验单，指给护士看。

“大爷，这是大夫写错了。”护士依旧乐得直不起腰身。

贾文海立刻眼里冒光，他觉得全身的病在那一刻全消失了，迈着大步找大夫理论。

“杨大夫你先别给别人看病了，先解释一下验屁的事。”贾文海眼睛瞪得溜圆。

“哪有验屁呀？这不是验尿嘛。”杨大夫满脸困惑。

“我说杨大人，我是小学文化，但这屁和尿是分得清的，你看看你这狂草。”贾文海当然不依不饶。

“我说老同志，不就是个屁大的事嘛！我给你写工整了还不行吗？”杨大夫显得很无奈。

“在你那是屁大点事，可在我这就是天大的事，这可是健康问题，健康问题也就是生命问题，你一个做大夫的连老百姓的死活都不管了是不是？”贾文海说得满嘴角冒白沫子。

“那你说怎么办？”杨大夫还没见过这么不好说话的人。

“今天这屁还就得给我验了，我可是交了十多块钱的，我是消费者，有这个权益。”贾文海喋喋不休，杨大夫哪里知道就是扯上三天三夜也扯不过贾文海。

“我给您老赔礼道歉还不行吗？”杨大夫连连鞠躬。

“赔礼值几个钱，也算你见识短，政府的人还少给我赔礼道歉了，别给我来这一套。”贾文海找回了状态。

“赔礼都不行我也没别的办法了，你爱怎么办就怎么办吧！”杨大夫觉得跟贾文海没什么话可讲了。

“这可是你说的，那我找院长去。”贾文海是个不怕事大的人。

晚上，贾文海回到家，大便通畅，积攒一周的污秽排个干净，他觉得一身轻松。他觉得上访可能是上天赋予他的使命，他的一身病可能就是多日没上访憋的。

次日清晨，贾文海把多年上访用的帆布兜子找出，装上化验单、收据，径直去医院。

经院长鉴定，杨大夫的字介于尿和屁之间，杨大夫有过错。院长再次给贾文海赔礼道歉，贾文海说整个医院都没有诚意，在连续跟院长“沟通”一个月后，医院给贾文海赔偿1万元，也就是贾文海的一个屁值1万元钱。

凤凰村掀起了轩然大波，违法建筑集中的20户重点户同时接到了凤凰区政府下达的限期自拆通知书。大家都在看着夜来香酒店，没想到政府一下子下了20户的通知这是原来没经历过的，大家心理上受了打击。

三凤坐不住了，马上给翟彪打电话，翟彪告诉三凤放心，政府不能在暑期前强拆，再打电话，翟彪关机。三凤本来就觉得翟彪靠不住，这种感觉在拆了霸王楼后越来越强烈，但她还能靠着谁呀！她在夜深人静的时候再次找来刘龙，她一个女人家到关键时刻就是没有主意。刘龙再次表示谁想拆夜来香就从他身上压过去，他为了三凤可以牺牲自己的生命。表完忠心之后当然是两个人的肉搏大战，三凤关心的是前半段，刘龙关心的是后半段。

凤凰村的人对下强拆通知早就麻木了，这种事早在前几年他们就经历过。强拆通知可以热热闹闹地下，政府各部门到谁家，谁家都能讲出一大堆理由，政府相关部门甚至也希望人们能讲出理由，这样可以以对违不违法有争议而停止强拆，忙碌一番之后是皆大欢喜。正是由于这种原因，兰梅及工作组的成员不分昼夜，苦口婆心，不管大家听不听进去，给大家讲狼来了的故事，告诉大家这次政府是真的，别让大家有额外损失。

凤凰村是用拆违促拆迁的，政府规定凤凰村拆迁的奖励期限这些剩余户都过期了，第一时间段的奖励都享受不到了，但第二时间段的奖励也比没有奖励多得多，如果能在这一个月内达成协议交房，就能拿到相应的奖励。兰梅说得钉子户们是半信半疑，最后普遍的观点认为：哪儿的拆迁不是钉子户占到了便宜，我们都扛了这么长时间了不能白扛啊。政府向来就爱吹牛，把下强拆决定的20户都强拆了，我们就无条件交房，别说强拆了20户，就是把那夜来香酒店拆了，大家也交房。政府哪年不搞强拆，最后还不是皆大欢喜？看来凤凰村的人根本不相信政府能强拆，尤其是在暑期前强拆。

强拆是已经决定了的事，兰梅要为强拆后大批量交房做准备。她非常清楚凤凰村的这次强拆结束了，凤凰村的拆迁也就马上结束，她的中心工作在强拆之后，她要把这次强拆的作用用足，要来一个凤凰村拆迁的完美收官。

清晨六点，上百人的执法队伍开进了凤凰村。凤凰村的村民哪见过这阵势，公安、城管、法警、公证处、搬家公司等部门齐全，区、镇、街道、村各级领导就位，警车、救护车、消防车、铲车、钩机足足开来几十辆。临拆前，兰梅领着工作组的人员又挨家挨户做了一番动员，20户中有15户当即和兰梅他们签了补偿协议，另5户拒不签约。

大队人马及车辆向这5户靠近，李雷安排警员清理现场，他带着核心队员奔向夜来香酒店，他要会会翟彪。

那三凤早就吓得魂不守舍，给翟彪打电话还是关机，刘龙见来了这么多警察一下钻到了三凤的床底下。三凤气得又哭又闹，不知道哪儿来的那么大的力气，一把把刘龙的脚丫子拽住，只一用力就给拽了出来。三凤骂道："你们这帮王八蛋，就他妈床上那点功夫。"三凤逼着刘龙拿起原本是刘龙准备的一把大片刀，狠狠地照着刘龙的屁股上踹了一脚。刘龙赤着脚，下身连裤子都没穿，被三凤这一脚给蹬出了门外，手里握着三凤塞给他的大片刀。李雷正带着警员向大门走来，刘龙跌跌撞撞，一步没站稳跪倒在李雷面前。

"哎哟，你小子这是服了还是想跟我比划比划，给我带走。"李雷厉声吼道。

三凤则是抱着门框哭爹喊娘就是不撒手。几名警员把三凤和刘龙押上了警车。

不到半天的时间，拒不交房的5户房屋被扒平，其余15户因为签了补偿协议，由拆除公司择日拆除。

不出意料，凤凰村迎来了交房高峰，兰梅安排队员加班为其他 30 户村民签了安置补偿协议，整个凤凰村在 10 天内交房完毕，比预计的一个月早了 20 天。折磨凤凰村老百姓近十年的拆迁借着拆违的东风完美地收官了。

翟彪虽然人在长白山心却静不下来，霸王楼被拆了他心烦，三凤叨叨咕咕他心烦，刘龙被抓了他心更烦。刘龙被抓之后，翟彪总有一种不祥的预感，有一天豪叔跟他无意地说要穿好雨衣，翟彪心里更犯了嘀咕。

啥也不想了，他关了手机，手机铃响他也烦。

翟彪也不是啥也不想，这不他想起了和三凤的初夜，他开了手机给三凤打电话。

“凤啊，想我了吗？”翟彪还沉浸在初夜的回忆中。

“你死哪去了，夜来香酒店被拆了。”三凤委屈地哭了起来。

“什么？什么？你别急，我马上回渤海。”翟彪差点晕了过去，他原本想在夜来香酒店给李旭天放个大招，可怎么就这么快给拆了，这不马上到暑期了嘛，翟彪直拍大腿。

“喂，豪叔，夜来香被拆了，您知道吗？”翟彪打通了豪叔的电话。

“凤凰村的强拆渤海还有不知道的吗？”豪叔那儿好像什么也没发生似的。

“您不是说暑期前不会强拆吗？”翟彪有点不耐烦了。

“是我说了，但他曾雁来没说啊！”豪叔也有点耐不住性子了。

“好了，我马上回渤海。”翟彪不想再和豪叔说什么了。

“你最好给我在外地好好地待着，注意穿好雨衣。”如果上次豪叔跟翟彪说注意穿好雨衣是顺嘴说的，那这次豪叔说的是认真的，因为公安局正在深挖绑架、杀人案。豪叔在这个当口不想跟翟彪有过多的接触，他想跟翟彪划清界限。

翟彪瘫坐在沙发上，一时没了主意。

在渤海市，如果说霸王楼的强拆是打响了向“双违”决战的第一枪的话，那么凤凰村的拆违及拆迁是打胜了一场战役，如果用解放战争时期的三大战役作比喻那是取得了辽沈战役的胜利。这场战役颠覆性地改变了渤海市市民对违法建筑的认知，也为其他战役的胜利奠定了坚实的基础。

由于渤海市确立了先难后易的拆违策略，所以先从点上敲掉了霸王楼，再从面上削平了凤凰村，但接下来的站前村、龙头村又将有怎样的表现？当然涉违的人们不会张开双臂，因为这是利益的博弈。海老早已淡出，豪叔也在抽身。

第十九章 “孝子”作秀

像霸王楼的强拆给凤凰区的强拆打了一针兴奋剂一样，凤凰村的强拆同样给站前区打了一针兴奋剂。站前区的领导们对拆平站前村有了十足的信心，因为站前村和凤凰村有着很多类似的地方，更何况那个全市老大难霸王楼都已被站前区先期拆除。

由于历史原因，站前村村民全部没有宅基地手续，这就给宅基地确认、违法建筑的界定出了一道大难题。但这种难题根本难不倒工作组人员，人们调侃地说：这种难题比对付钉子户简单得多。武军领着工作组成员，参照农村宅基地分配原则，收集到能找到的站前村从20世纪80年代到今天的建筑物现状图，结合历年的航拍图愣是把复杂的宅基地问题一一破解，这让自称站前村活地图的康有法佩服得五体投地。这是30多位工作组成员战斗了20个昼夜的结果。

龙头村二驴子成天提心吊胆，怎样才能保住海鲜城，他一点儿没有把握，他总在幻想，政府把霸王楼拆了，把夜来香酒店也拆了，是不是忘了他的海鲜城。龙头村距离站前村好几十里，距离凤凰村更远，他希望人们能把海鲜城忘了。二驴子后悔，当初为了招揽生意，他海鲜城的广告打得是满城皆知。

“不管怎么样，反正我二驴子的海鲜城绝对不能轻易被拆掉！”二驴子来了驴脾气。

“那可不？这可是咱家的唯一财产！不过现在拆违力度那么大，我们能怎么办呢？”二驴子的媳妇是个多事的人。

“确实得好好想想办法，如今单靠彪哥还是不行，最近连电话都打不通，我们得赶紧行动起来……可是咱们又该如何是好呢？”二驴子呼出一缕烟，皱着眉说道。

“要不，咱们把妈接来吧……”二驴子媳妇原本同样皱着的眉头突然一展，两眼放着光似的说。

“嘿！这似乎是个好主意，我看也成！但老太太能不能来还是两说着呢。”二驴子点头认同着，复又皱起了眉。

“错错错，都是我的错……”

“没有你陪伴，我真的好孤单，我的心好慌乱被恐惧填满……”

车厢内充斥着的动感音乐，随着窗外的景致变幻也不停地切换着。

此刻的二驴子正开着豪车带着媳妇回东北老家，他一边哼唱着歌，一边回想过去的种种，他这次回去也算是“衣锦还乡”吧。

想当年，二驴子在一次犯事儿后听闻同县老乡还是拐弯的亲戚在渤海市干得风生水起，便前来投奔。“当初自己的日子过得是多么艰难，又怎会想到如今自己已是拥有了豪车的大老板哩！”想到这，二驴子不禁咧开嘴，露着牙哈哈笑了起来，嘴里的一颗金牙在阳光下闪闪发光。

二驴子原来家庭境况不好，他的父亲早逝，全靠母亲一人以微薄的力量把他和三个姐姐，还有一个残疾弟弟拉扯大。

二驴子的母亲可谓是坚强女性的典型代表，她在自家门口开了一个小卖部，卖点东西挣点小钱，在自家后院开辟了一个小菜园，平日里跟孩子们只能吃萝卜白菜，就是这样竟然也拉扯大了五个孩子。

三个女娃娃从小便乖得很，不太要母亲操心，但是旁人邻居看她们日子过得那么苦，都劝卖掉几个女儿，可是有着一颗菩萨心肠的母亲又怎会舍得，她宁愿自己不吃，就是饿得发昏了，她也要留住这些孩子，让她们好好长大。

残疾弟弟虽然生活上要母亲照顾得多，但是也很懂事，很少给家里惹事儿，而二驴子就不同了，特别是在姥姥姥爷还在的时候，全家人都围着他转，都宠着他。在家二驴子是全家人都宠着他，在外边可没人宠着他。由于没有父亲，少不了挨坏孩子欺负。一来二去，二驴子习惯了打架，而且下手狠出了名，在当地还小有名气。

二驴子上初中那会儿最爱带头打群架，经常跷了课用打架勒索来的钱去网吧打游戏。他的残疾弟弟也因他在外惹是生非而没少受欺负。

有一次，二驴子约人在网吧附近的一条小巷子里打群架，一群人把另一方打得屁滚尿流，当时是十分痛快，可谁知被打的一方里有个人是隔壁巷子一个大地痞的弟弟，那小老弟一回家便摸着流血的头跟哥哥告状。

“哥，隔壁巷子那小子你打得过吗？哥，你看我被欺负成啥样了，你一定要替我报仇啊！听说那小子也有个弟弟，还是个残疾……”

“行，包在你哥我身上！哥债弟偿，我要让那小子的弟弟瞧瞧我们的厉害！”

二驴子那可怜的五弟便十分无辜地被乱棒打了一顿，没有一点反抗的力量，如一只瘦弱的小鸡被碾压着，而他那顽皮的哥哥却是全然不知道。

“阿弥陀佛，菩萨保佑……”母亲在抢救室门口不住地念着……在医生的抢救下，残疾弟弟算是死里逃生了，从此二驴子的母亲便迷上了求神拜佛，每当遇上些什么不幸之事她便会虔诚地求神仙菩萨保佑。

如今，二驴子的三个姐姐也都已嫁作人妻，只是各自家里混得都还不是很宽裕，平常也只有过春节时才回老家探望一下老母亲。

残疾弟弟一直拖着那条残疾的腿，在老家与将近80岁的母亲相依为命，五弟虽然残疾，但是身残志不残，学习了修理电器的本事，靠自己的勤劳和智慧挣点小钱，养活老母亲还没问题。残疾弟弟还娶到了一个贤惠懂事儿的好媳妇，日常辛劳的家务活儿他和母亲都不用操心，媳妇任劳任怨地为他们做着，特别是与老太太还合得来，从来不跟老母亲斗气，有时候弟弟跟母亲有点不愉快，每每都是她劝说她男人去给母亲好好说话，除了一些小的家庭琐事，家里一直都和和气气的，二驴子母亲一直都觉得这是她每天念经、心中有佛得来的福分。

物以类聚，人以群分，二驴子也找了一个媳妇，二驴子的媳妇喜欢化妆，喜欢时尚的衣服，喜欢下饭店讲排场，对家务一窍不通。她看不起残疾弟弟的媳妇，说人家太土，土得掉渣。一来二去二驴子母亲看出了门道，她原本就看不上花枝招展的二驴子的媳妇，告诉二驴子这样的媳妇他们养不起，可二驴子不听，他就喜欢这样能拿得出手的。二驴子媳妇总是有意无意地找残疾弟弟媳妇的茬，二驴子母亲当然护着残疾儿子的媳妇，二驴子媳妇说老太太偏向，一气之下回了娘家。

二驴子和母亲大吵了一架，从此就再也没回家门。二驴子在渤海市站稳脚跟、日子过得日渐红火后，并没有把在老家过着苦日子的老母亲接过来好好享福，甚至每年只给家里寄去两三百元打发她们，这其中很大一部分还是二驴子媳妇儿的意思，因为她上了二驴子家的门没得到一分财产，老太太也不是他二驴子一个孩子，她自然攀比其他姊妹共同抚养，一共五个孩子，每人每年拿 200 元，这也够老太太过了。

有一次快过年了，二驴子接到家里母亲打来的电话，“喂？哎，妈，我们今年生意忙，就没时间回去陪您喽，到时候我找个时间给你打两千块钱花哈……”

听着二驴子给他妈打电话的满口大话，二驴子媳妇便来了火气，还没等二驴子挂稳电话，她就破口大骂起来：“瞧瞧你这头蠢驴！”

“我？嚇！又咋滴了我？！”二驴子眨巴了几下眼说，他这人平日里啥也不怕，就是有点怕他那贼厉害的媳妇儿。

只见他媳妇指着他嚷嚷着：“你……你这蠢驴说什么打两千块钱给那老太婆呢？你忘了我在你家老太太对我那凶样了吗？她不是看不起我吗，我非要做出个样来给她看看，我也不是什么小气的人，你那弟弟媳妇给多少我就给多少，多了不行，少了我也干不出来。”

“你看媳妇，咱们现在一顿饭钱就够老太太花一年了，我们就大人大量别跟她计较了。”

“你说得倒轻松，这可不是钱的事，这是面子的事，说好了最多给三百！多了，一分不给！”

二驴子媳妇儿一说起来就巴巴个不停，像浸狗一样地把他按在水里，口水沫子都要把二驴子渐渐淹没了。

“哎，行行行，听你的了，老娘的事儿就全权交给五弟吧！”二驴子生怕要跪搓衣板似的低声讨好。

“咚咚咚！”

“妈！五弟！开门啦！”二驴子扯着嗓子喊道。

过了半晌，母亲才走到门前，缓缓地打开了门。

“二宝？二宝咋回来啦？！”

二宝是谁？就是二驴子，他在家里总排行老二，他妈小时候就叫他二宝，多少年也没改过。

“啊呀，小丽也来啦，路上辛苦了吧？”

“快快，来进屋，这么久没回来了。”母亲又惊又喜地招呼道。

“哦，妈，你一个人在家呢，五弟他们呢？”

“他上医院复查了，他媳妇儿也陪着去了，一会儿就回。”

“这么久没回过这个家，今儿突然回来，可真是想死妈喽！”母亲一边去烧水，一边嘀咕着。

扭头看去，只见儿媳妇小丽坐在沙发上一个劲儿地剥橘子吃，没点帮忙的意思。

二驴子母亲倒也不往心里去，“唉，年轻人嘛，可以理解。”

“二宝这孩子这么老远回来想必也是有什么重要的事吧。”母亲又不禁想着。

“二宝啊，你们在家坐会儿，妈现在出去买肉，给你做你最喜欢吃的东北乱炖！”

“啊，妈！不用了，您坐，您……坐。”看妈还一个劲儿地往门口走，二驴子起身走向妈把她请到了沙发正中间。

妈夹在儿子和儿媳妇儿中间，不知所措，不知道这小两口葫芦里卖的什么药。

“咋的啦？”二驴子母亲左右张望着问。

二驴子向媳妇儿使了个眼色，他媳妇儿把手中剥好的小橘子掰下一瓣塞到母亲嘴里，开口说道：“妈，是这样的，我们以前呢，在渤海市也没能混得多好，一直也没能力接您过去好好享福，我们一直都特别愧疚……”

二驴子像复读机似的插口跟着说：“对！愧疚，愧疚，特别愧疚！”

“嗨，这有啥……”母亲刚想摆手，就被二驴子一把握住。

“妈，现在咱们有能力让您老过舒服日子了，就跟我们去渤海市吧！”二驴子用了用劲儿紧紧握了一下母亲那瘦骨嶙峋饱含沧桑的手，显得果断而坚定。

“对呀，妈，我们小两口一定会好好照顾您的，您看，您在老家这么远，年龄又这么大了，万一有个什么三长两短，我们一下子怎么照应得过来？”

“这不还有你五弟、弟妹在吗？怕个啥？我可不走。”

“妈！五弟一个残疾能不拖累你就不错了，您还指望着他给您多少照顾哇！”

“那你可知，这么多年我们仨怎么过来的？”

小两口哑了半晌，继续劝道，“妈，跟您说，咱们家啊有那个什么，按摩椅！对，按摩椅，坐上去啊可舒服喽，想不想去体验一下呀？”

“那边的海鲜可新鲜嘞，过去了让您天天吃海鲜。”

两人像劝小孩子似的连哄带勾引。

“我不去，我就在这儿，邻里伙伴的，唠唠嗑，晚上一起遛个弯儿多自在呀。”

母亲似乎不管二驴子夫妇俩说啥就是不愿意跟他们去渤海市。

这也能理解，毕竟故土难离。可二驴子夫妇二人为了他们的海鲜城是不会轻易放弃劝说的，二驴子媳妇平日里说不上几句话就吵架的火爆脾气，在这儿竟也收敛了不少，还在一个劲儿地说服着。

突然，二驴子瞧见了厅堂墙上挂着的一个菩萨像，底下案几上的香还冒着烟，袅袅地飘荡着，水果在下面摆得整整齐齐，他似乎有了灵感。

“妈，我跟您说啊，我们那儿啊，有好几座山呢，这些山上啊还有庙哩，听说都特别灵验呢！”

“啊，真的呀？”老太太顿时两眼放光。

“可不是吗！”儿媳妇察觉到似乎有戏，连忙接着说，“您跟我们去渤海市生活的话，以后呀想去就能去呢！”

“这……”

“而且啊妈，不仅如此，您住咱们家，我二驴子……”二驴子拍着胸脯说道，“我二驴子，还可以帮您把庙里的大师请到家里来。”

“好哇，我的孩子们懂事了，妈跟你们走！但说好了，只是去看看，我可没答应住在渤海市，这家里还有你这个弟弟呢，我可是放心不下。”都是自己的孩子嘛，二驴子母亲也惦记着二驴子，只是母爱出于慈悲，她更同情弱者。

“好嘞！妈！”二驴子兴奋地从沙发上跳起，他的兴奋可不是为母亲能享福，他满脑子都是自家的海鲜城。

“妈，我陪您去收拾东西，咱收拾好了就走！”儿媳妇也起身说道。

“啊？这么急吗？”

“是啊，妈，我们生意也忙，不便在家久留，越快越好！”

“那我走了，可还得跟你五弟他们说一声呀。”

“还说什么说，妈如果住好了，把五弟他们也接过去。”二驴子有这个心思也有这个爽快劲。二驴子媳妇狠狠地瞪了二驴子一眼。

趁母亲进里屋收拾东西，二驴子媳妇儿小声跟二驴子耳语道：“咱们最好趁着五弟他们不在，赶紧把妈带走，别一会儿弟媳妇儿那机灵鬼回来了不肯放人。”

“行，咱尽快，不过也没事儿，他们也不敢，我们可是接妈去享福的。”

站前区站前村也是借着拆违的势，解决近十年拆迁不能的实。通过武军团队的努力把站前村宅基地界定清楚之后，所有村民的违法建筑浮出了水面。以前因为宅基地界定不清，合法和违法都搅和到了一起，让人无从下手。

由于站前村地理位置特殊，经营火爆，所以人们都拿经营补偿说事，拆迁几次都无功而返。

鉴于大多数都是用违法建筑经营，又想在拆迁上讹上一笔，所以站前区站前村采取了不同于凤凰区凤凰村的拆法。据不完全统计，站前村违法建筑共100万平方米。武军直拍大腿，这100万平方米的建筑对方给开的价最少在100个亿，他武军就是再长八张嘴，把嘴皮子都磨破了也谈不没这么大的利益，站前村拆迁为什么这么难，难在这里有100个亿的利益博弈。站前区区委、区政府决定先拆掉站前村的违法建筑，再由武军他们工作人员结合拆违谈拆迁补偿。

二驴子一行人进入渤海市，刚把老娘安顿了下来，裤兜里的电话响了起来。

“谁呀？这大晚上的！”二驴子伸着胖胖的手往裤兜里掏着。

“嚇！村长……”二驴子心头一紧，难不成海鲜城有危机了？

“喂，嘿，村长啊……”

“刚刚为什么不接我的电话，你知道这事儿有多么紧急吗？”电话那头的村长似乎已暴跳如雷，二驴子连忙避开母亲去了卧室。

“啊……啊呀对不起啊，村长，我刚刚在高速上开车呢，这不一回家就接了吗，咋啦？到底有什么急事儿呀？”

“你那海鲜城我可是看在翟彪的面子上帮你盖的，我也知道你二驴子是个讲义气的人，可别拆来拆去拆到我的头上啊。”李占豪知道形势不妙，区里领导几次找他谈话，话里话外点着李占豪。李占豪多次找二驴子，已经合计好如果形势不妙，二驴子要自己担下来，千万别跟他李占豪挂上关系。二驴子满口答应，可李占豪还是不放心。

“小丽，别捯饬了，咱这会儿把妈送到海鲜城去吧！”

“干吗这么急，老太太既然来了，那还不是想啥时候到位就啥时候到位。”

“来不及跟你多解释了，快把妈喊出来吧！”

“妈在洗澡呢……”

“去催她快点，洗那么干净干吗？”

二驴子把他妈接过来后，安顿在龙头区离海鲜城十里的自己买的第一套房子里。房子有80平方米，这是二驴子起家的地方，按理说这房子太小，二驴子早就该卖掉了，但二驴子媳妇不干，说这是给她和二驴子带来好运气的房子，要永远地留下来。把他娘安顿在这个房子里是二驴子媳妇的主意，二驴子除此还有三处豪宅，二驴子媳妇说其他的房子别让老太太去住了，一个人压不住。其实二驴子媳妇是怕一个农村老太太霍霍了那房子，再说一个农村老太太也享受不了那些豪宅。本来二驴子打算一步到位，把他妈接到海鲜城，可二驴子媳妇说再等等，别让老太太受到刺激，心脏受不了。

村长李占豪的电话让二驴子坐不住了，他不想犯三凤的错误，一点儿准备都没有就让人给拆了。

二驴子的母亲确实受了刺激，当她被二驴子带到海鲜城时，被眼前这个庞大的建筑物惊呆了。说刘姥姥进大观园受到了刺激，二驴子的母亲也受到了不亚于刘姥姥的刺激。二驴子的母亲楼上楼下转个不停，连厕所她都进去看了看，这可是他儿子创下的家业呀！

“儿子，你这办公室可比咱们村村长的还大呀！”老太太摸摸沙发又摸摸茶几。

“妈，他村长怎么能跟您儿子比呀，我这办公室比乡长、县长、市长的都大。”二驴子拍了拍老板台。

“我这儿子真是给我们于家争光啊！你爹死得早，要不他得多开心啊！”老太太抹着眼泪。

“妈，伤心的事咱不提了，咱今后就过好日子，这海鲜城是我的也就是您的，您想干啥干啥。”二驴子总想往正题上引，又怕他妈一时接受不了。

“孩子，咱啥也不干了，这还不够吗？阿弥陀佛，阿弥陀佛。”二驴子母亲双手合十，她心里想这都是她这么多年念佛结下的善果呀。

站前村的拆违进入到了村子内部，以前都是在扫外围，对大地违法建筑进行了清理。随着武军把村内的宅基地分得一清二楚，那违法建筑也都清晰地界定了出来。

站前村的李坤原本由贾文海做代理，那一年被李旭天拆了之后又盖了起来。因为没讹到钱，所以贾文海不心甘，他贾文海还没做过赔本的生意。

“表弟呀，这回表哥还给你代理吧。”贾文海自从大闹医院后又找回了自信。

“我说表哥，咱就算了吧，你看霸王楼、凤凰村都拆了。”李坤不是一个胡搅蛮缠的人，他意识到拆迁到了这种时候，胳膊是拧不过大腿的。

“你知道霸王楼为什么会被拆吗？那他是没找我做代理。”贾文海鼓动着李坤。

“行了吧表哥，上次你给我做代理，俺家的也不是让人给拆了吗。”李坤直打退堂鼓。

“拆是拆了，但你知道政府付出了多大代价吗？连市长都挨处分了。”贾文海咬了咬牙瞪了瞪眼。

“我可不稀罕处分谁，我就是喜欢钱。”李坤吐了吐舌头。

“这就好了，你知道你表哥的一个屁值多少钱吗？值一万块钱。”贾文海拍着胸脯。

“好，好，好，表哥您就折腾吧，犯法了可没我的事哦。”李坤觉得贾文海不靠谱，好在自己也没有损失什么。

“有你这句话就成，在授权书上签字。”贾文海把早已准备好的授权书拿了出来。

“阿弥陀佛，阿弥陀佛……”二驴子的母亲更加精进地念佛，她自从进了海鲜城后主要做三件事，一是念佛，二是打扫卫生，三是在门前等要饭的，她要施舍。

二驴子几次告诉母亲有收拾卫生的，他每月都给开不少钱呢，就不用收拾这收拾那了，可二驴子的母亲就是不听。而且她还攒了很多客人喝完了的易拉罐，准备卖钱寄给老家的残疾儿子。

“你看你妈那个穷样，还捡起易拉罐了，连服务员都背后偷着乐呢！”二驴子媳妇开始数落二驴子。

“不是一辈子节俭习惯了吗！再说那是惦着我家老五。”二驴子给母亲辩解着。

“这吃吃喝喝的我可以管，但不能给我丢脸啊！”二驴子媳妇时间一长就有点耐不住性子。

“要不咱给妈送回去？”二驴子故意将了媳妇一军。

“得，得，得，老太太爱咋咋的吧，姑奶奶我可是摊上了。”二驴子媳妇把怨气压在了心里，忍了。

豪叔这里来了一位不速之客。豪叔看了半天觉得眼熟就是不敢认。对方摘下假头套、假胡须哈哈大笑。

“我不是让你在东北躲着吗？你咋回来了。”豪叔确实受了一惊。

“这年头不是十年前了，有事躲到天边都不行，除非你躲到月球，可我又上不去。”翟彪在沙发上跷着二郎腿，不像以前那么尊重豪叔了。

“夜来香酒店跟我没关系，霸王楼好像跟我也没关系了吧？”豪叔恢复了镇定，又坐到茶台前喝起了茶。

“看来豪叔真是贵人多忘事啊，那毛头总该跟您有关系吧？”翟彪晃着二郎腿。

“那是你们之间的事，跟我没有半毛钱关系。”豪叔瞪着翟彪。

“好了，既然没关系那我就告辞了。”翟彪又戴上了假发套、假胡须。翟彪收拾好后向豪叔敬了个军礼，大步走向门口。

“站住。”在翟彪脚还没有迈出门时豪叔喊了一声。

“豪叔，您还有什么指示？”翟彪回转身来，右手抚着胸口。

“你翟彪也是个有情有义的人，要不你到渤海市我也不会帮你。这样吧，北部的矿你也是立下了汗马功劳，你把事都扛下来，我把矿给你。”豪叔跟翟彪的不同之处就是翟彪要钱不要命，而豪叔是钱也要，命更要。

“还是豪叔爽快，小弟还没怕过啥，上次那事跟毛头都没关系，更别说跟豪叔您了，一人做事一人担，我翟彪说话算话。”翟彪拍着胸脯，义气劲又上来了。

二驴子母亲的安静生活终于有一天被打破了。

“滚、滚、滚，你们这帮人爱上哪儿凉快上哪儿凉快去，别一天到晚没事总琢磨拆我的房子。”二驴子把一帮执法人员堵在了门外，他二驴子根本不会配合执法人员调查取证。

“就算我们路过你家门口讨口水喝吧，我们能不能进屋里心平气和地谈一谈？”执法队队长陆平恳切地说。

“你们是心平气和，敢情儿这不是拆你家的房子，我可是气不打一处来。你们赶快走，我这马上就要上客人了，别影响了我的生意。”二驴子对待媳妇是百依百顺的，对待外人可是火爆脾气。更何况这些人是冲着他的海鲜城来的。

“你不谈就是你放弃权利了，如果你海鲜城有合法手续，就请你尽快地给我们提供出来。”陆平也是憋了一肚子气，这是他第八次见到二驴子，前几次二驴子都是开车就走，根本不给陆平说话的机会。

“我这海鲜城在这儿10多年了，怎么别人都不说它违法，就你们几个看我不顺眼说它违法，要是违法政府不早就拆了。你们翻翻《宪法》去，老百姓的私人财产神圣不可侵犯，房屋超过三年的都是合法的，你们说了不算，法律说的算。”二驴子这套磕是跟贾文海学的。

“你从哪儿学的这套法律，给我们拿出来看看。”执法工作组的其他人插嘴说。

“这是我的律师告诉我的，我警告你们，可别干违法的事。要不我会请律师起诉你们。”二驴子说的律师当然就是贾文海，他也没打算请贾文海，他只是说说。

“得，得，得，我今天还不给你们讲民法了，我这有事走了。”没等陆平开口，二驴子开车就离开了海鲜城。

二驴子的母亲正在海鲜城的门口收拾卫生，眼前的这番场景把老太太惊呆了，老太太双手合十，一个劲儿地低头念着“阿弥陀佛”。

老太太啥也不干了，径直到了二驴子的办公室等着儿子想问个究竟。

其实二驴子并没有走远，等到执法人员走了他又绕了回来。

“儿子，你跟妈说实话，刚才来的这帮人是想拆咱这房子吗？”老太太战战兢兢。

“是的，妈，你看这房子是你儿子一砖一瓦辛辛苦苦盖起来的，怎么说违法就违法了呢？这也太不讲道理了。”二驴子早就想跟母亲说出实情了，可是一直没有机会，也不知道从哪儿开口。

“儿子，咱真的违法了吗？”二驴子母亲用慈爱的目光看着儿子。

“妈，这哪是违法了呢，你看看这营业执照，你看这卫生许可证，还有这消防证。这不都是盖着国家的大印呢吗！”二驴子指指点点，把所有证件让他妈看了个遍。

“好，那就好。共产党是讲理的，你妈信佛也信共产党，妈小时候共产党就给咱老百姓做了不少好事。这事你别怕，有妈在，有妈在。”二驴子的母亲从惊恐中缓了过来。

二驴子要的就是老娘的这句话，二驴子庆幸自己没听媳妇的话，媳妇多次催他跟他妈摊牌，二驴子没找到机会，这回好了，二驴子在心里骂着：“老娘们就是头发长见识短。”二驴子差点乐出声来。

贾文海在站前村李坤家的房顶上插上了国旗，他像一个坚守碉堡的勇士住进了李坤家。

他依旧带着哑巴儿子。哑巴儿子建的微信群让公安局给屏蔽了，因为很多安全隐患都发自这个群。儿子辛辛苦苦用三年的时间才建立起的这个群一下就没了，贾文海失望了好几天。

贾文海为对抗这次强拆特意看了好几遍《地雷战》，他准备了很多粑粑雷，是特意给李旭天准备的。他才不像翟彪、三雕那样弱智，他不会来真的，他贾文海是个学过法律开过庭的人，他贾文海的打法总是与众不同。

站前区的公安分局局长是由副区长兼任的，他手下精兵强将有的是，他这次安排分局副局长肖凯专门研究站前村的安全稳控。肖凯是从站前派出所提拔上来的，对站前村了如指掌。如果说分局局长处理事情还算温和的话，那肖凯的处理方式比较硬朗。一般一个城市站前都是比较乱的地方，可肖凯在站前派出所的几年火车站附近非常平静。街上混的都知道有事也别犯在肖凯手里。

李坤早就离开了他自己的房子，他怕如果哪一天真的强拆了，贾文海如果折腾过了火，他会受牵连。贾文海住在李坤家楼下，他安排儿子住在楼上，这样楼下楼上都能照顾得到。

肖凯是事必躬亲。得到区长的命令后他领着 15 名警察到站前村挨户实地踏勘，他们是边踏勘边进行法制宣传。这一天正踏勘到李坤家，被贾文海挡在了门外。

“开门。”警察敲着门。

“你们是干什么的？”贾文海从门缝望出去见来了这么多人。

“我们是公安局的，这楼上的房子是违建，准备强拆，我们过来看看楼上还有没有什么东西？”警察答道。

“哎哟，我说你这警察怎么这么不会说话，什么叫有没有什么东西，我儿子在楼上呢，他是东西吗？”贾文海气愤了。

“好了别磨叽了，快开门。”警察也急了。

“这是我的家，怎么你说开门就开门，你们是私闯民宅吧？我贾文海可是学过法的人。”贾文海自从自学了法律后，动不动就跟人讲法律。

“警察搜查是合法的，开门吧。”警察有点不耐烦了。

“私有住宅是神圣不可侵犯的，你说是宪法大还是你们警察的法大。”贾文海喜欢跟别人讨论法律。

“再不开门，我们就把门砸开了。”

“怎么法庭辩论阶段都没结束你们就想结案？”

耐不住性子的小李急得用脚踹了两下门。贾文海的儿子在楼上看得清楚，一个粑粑雷扔了下来。粑粑雷砸在地上，立刻贾文海的粪便溅了警察一身。

“把人都给我拘了。”肖凯一声令下，警察们破门而入，把贾文海和他的儿子都给铐了起来。

“我说肖凯大人，没你这么干的，你得先训诫，先训诫。”贾文海还在跟警察讨论着法律。

“我说老贾，你是真律师还是假律师，学法律都学串行了吧？”肖凯不再理会贾文海。贾文海可是不管肖凯听不听，还在喋喋不休地给警察们普及法律。

翟彪并没有马上离开渤海市，他先是在北部的矿山转了几天，安顿好后他来找二驴子。海鲜城是他翟彪吃饭不花钱的地方，不只是不花钱，二驴子还要给他钱。

“我说彪哥，这些日子你上哪儿去了？电话也打不通，都给兄弟急死了。”二驴子忙着给翟彪砌了杯茶。

“这不刚出了趟国，在国外散散心。”翟彪喝了口茶说。

“还是大哥度量大，我可是急死了，你可得给兄弟出出主意呀，要不这海鲜城可就保不住了。”二驴子急得嗷嗷乱叫。

“我在三雕那儿存了点东西，这个窝囊废都没派上用场，你去拿来，省得现去准备了。”翟彪在三雕的门市被强拆前把汽油、炸药都给三雕准备好了。他本来想看一场好戏，可正如翟彪预料的那样，三雕根本就没用上。

“好了，彪哥，我明天就给弄过来，可那也不是办法呀。”二驴子满脸苦相。

“死马当作活马医吧，咱们走一步看一步。”翟彪安慰着二驴子。

站前村的拆“双违”进展得很顺利，但拆迁签协议的数量还是不多。优惠期限马上就快到了，工作人员都怕村民过了优惠期，这样损失了利益不必说，还给拆迁提升了难度。大家知道政府有强拆这最后一步棋，但大家都不想用，如果强拆，损失的自然是老百姓，拆迁毕竟一辈子就赶上这么一次，大家都希望村民能得到更多的实惠。

武军领着工作组成员们会诊，让大家都出出主意，看哪儿还存在问题，是不是老百姓心里还网着个扣。

“村民们都表示不想做钉子户，可让他动他又不动。”李爽说。

“这就是进步，看咱们刚进村那会儿，我们没少吃闭门羹，有的还骂骂咧咧的。”武军在给队友们鼓劲。

“大家还是东家长西家短的，怕自己没有别人多，怕咱们暗箱操作。”刘流说。

“这是拆迁永远会遇到的问题，要我说中国最没主意的就是这些村民了。”武军一直在考虑这个问题，他是一个老拆迁，这个问题也一直在困扰着他。

“我们等着到期强拆算了，这整天磨嘴皮子把心掏出来他们也不信。”张国说。

“我今天开会的目的就是让大家打消这种想法，让尽量多的老百姓都享受到优惠。”武军语重心长地说。

“我们这种心情，不是掏出来都让狗给吃了吗？”王阳无法理解。

“你们没发现吗？中国的老百姓是最可爱的。我们在座的有些人跟着我搞拆迁，拆了能有千家万户。回过头来看，我们交了多少朋友啊！有的返迁完的老百姓给我们包饺子吃，给我们炖鸡汤喝，他们是真心高兴啊！我们也为他们高兴。再说这优惠政策有些老百姓真的是不懂啊！但我们懂啊，所以我们要让他们都拿到手，这才是我们拆迁人的能耐。都等着政府强拆，还要我们干什么？”武军说得很投入，细心的人发现武军的眼里含着泪花。

二驴子母亲平日里在老家便习惯了早起，天还未亮，她便习惯性地起了床，还想着去后院给菜浇浇水，颤巍巍地走到门口才意识到自己不是在老家农村了。

她还是轻轻推开了门，渤海市的空气和家里那边的味道还是很不一样，一呼一吸间，老母亲嗅到了些什么不一样的味道，对，是大海的味道，这里负氧离子充沛，让她肺病好了很多。老太太喜欢渤海市的环境，但喜欢家乡的人，这儿啥都好，就是没人陪她唠嗑。

一阵嘈杂声把老太太吸引了过去。

“你们敢拆吗？我八十岁的老娘在此，你们要是拆了这栋楼看你们拿这老人家怎么办！”二驴子气势汹汹地对着一群工作人员吼着。

“是的，人家老人家一把老骨头可经不起你们这样瞎折腾，快走吧，要拆是不可能的！”二驴子媳妇儿在一旁补充着。

这俩人夫唱妇随的，还颇有气势，吓得老婆子直打哆嗦。

老太太最反对大声说话，更看不得人家吵架，她马上凑了过来，想说句话。

“妈，您怎么也来了？赶快回去，看他们吓着您，您这一病他们可是养活不起。”二驴子媳妇儿“贤惠”地说。

“整天拆拆的，我们这不都是合法的吗？你们也让我老太太消停消停吧！”二驴子母亲一脸疲惫地喃喃着。

“妈，没事儿放心哈，他们就是来无理取闹的，咱就安生待在这儿，不用担心。”

老太太悻悻地上了楼，工作人员无奈地再一次离开了。

渤海市拆“双违”有了突破性的进展。同时找回绿水青山的“河长制”也在有序地进行中。智慧城市建设也在系统地谋划中。渤海市像一个人调理身体一样，先排除病气，再疏通经络，然后才能补气、补血。聪明人都能读得懂，渤海市正在回归理性，找回了自信，找到了方向，渤海市的综合价值在稳步提升。

二驴子这些日子失眠了，这一夜他又没睡好，这不他又早早起来了。

“彪哥今天一大早就给我打电话了……”楼上的二驴子一边拉开房间窗帘，一边跟小丽说。

“啊，他给你说啥啦？”小丽急切地问。

“他说要务必守住咱们的海鲜城，我说那是肯定的呀，拼了我二驴子的老命我也得守住哇！”

“那，那他没给点什么指点？”

“他说我们先守着，等万不得已的时候他再来放一个超级炸弹！咱们就等着瞧吧！哎，妈是不是早就起床了……”

二驴子夫妇一下楼，便看见大厅坐了一群人，老母亲正在其中忙活着添茶。

二驴子夫妻两人顿时哭笑不得。

“妈！你干啥呢？快上楼去，这儿你甭管！”二驴子不耐烦地吼道。

二驴子的母亲是个善人，在她眼里没有坏人，上次二驴子和媳妇跟执法工作人员大吵，她就想凑过去说说话，可是二驴子没给她机会。这次工作人员来得早，她正好和他们好好唠唠，人心都是肉长的，她想给那几个孩子讲讲佛法。

“大娘都八十多了，还耳不聋眼不花的，真是有福气呀！”工作人员和大娘交流了起来。

“这都是佛祖保佑啊！”老太太最爱听别人夸她身体好。

“您以前是在东北的吧，是不是最近才来的渤海市？”工作人员问。

“可不是咋的，这不儿子把我接来，让我来这儿享福了。”老太太满脸笑容。

工作人员顿时明白了，这哪里是让老太太来享福啊，这不是拿老太太当挡箭牌来了吗。

“大娘，这房子可是违法建的，这不政府准备强拆呢！”工作人员绕回了正题。

“孩子，大娘也正想跟你们说呢，我们这什么营业执照啊，卫生许可证呀，消防合格证啊啥都有，这不都是政府给发的吗？咋就违法了？”老太太满脸的疑惑。

正在这时，二驴子怒气冲冲地跑下楼来，一脸不屑地对拆违工作人员吼着：“你们咋这么闲呢？又来俺们家啦？”

“要强拆行，你们尽管来拆，我老母亲就在这里边待着。”

二驴子媳妇插嘴说：“对，我还怀孕了，我也就待在这儿，你们可别吓坏了孩子，否则老娘让你们吃不了兜着走！”

“是呗，我们可以在网上发帖，告发你们！看你们敢不敢！”

两人又一股脑地喷了起来，像是在说相声似的。

工作人员知道老太太是个知情达理的人，只是对法律不清楚，对事实经过不清楚，这些日子被二驴子和媳妇洗了脑，所以才产生了错误的认识。这不正想做老人家的工作，就被二驴子给打断了。

老太太听二驴子这么一喊，身体开始颤抖，这可难坏了工作人员。工作人员知道二驴子的媳妇儿是假装的，要是只有他们夫妻俩，还能强拆，可是老太太就真的让他们为难了。老太太被二驴子拉过来当"挡箭牌"，老人刚才还给他们倒水，实在是不忍心。眼看着二驴子夫妻俩一起坐在了海鲜城门口，像极了门神，仗着老太太有恃无恐。工作人员心知今日怕是要无功而返了，只得先回去将情况报告给上级领导，由他们定夺。

二驴子高兴了，他没想到这次拆违工作人员这么容易就离开了，这下子看他娘就像是看见了护身符。一溜烟地去给翟彪打电话。

"彪哥，我把我老娘往那里一放，那群人就怂成了孙子，灰溜溜地走了，嘿嘿嘿！"

"做得好，你就守在那里，我倒要看看他们是不是真的敢动手！"

"行，彪哥，我都听您的。"

当初二驴子建海鲜城的时候，村长李占豪觉得二驴子这个人鸡贼。由于二驴子和翟彪是老乡，翟彪对他多有照应，而且海鲜城这个想法，村长一开始也有，可是钱不够，况且树大招风，虽然他只是个村长，可难保不会有人盯上他。于是在二驴子提出要在这里建海鲜城的时候，他当时就同意了。他觉得这事儿能成。他还以他媳妇儿家妹夫的名义投进去一笔钱，这些年，靠着这些股份和干股也得了不少钱。上边的通知下来的时候，他可惜啊，好好的一棵摇钱树，他不想就这么没了。他偷偷给二驴子打电话通风报信，让他做好准备。如果海鲜城被拆了，他依旧当他的村长，顶多少了收入；要是海鲜城没被拆，那二驴子是真的牛，他依旧能等着分钱。因为他是一村之长，拆违工作人员找过他，让他做二驴子的工作。他面上犯了难，"他有八十多岁的老母亲，咱们是真的不能动啊，万一老太太真的有个好歹的，咱们可是负担不起呀，这样吧，你们先停一下，我们还是从长计议，从长计议。"

二驴子给翟彪打完电话之后，回去看他娘，他觉得他娘就是他的"护身符"。

二驴子的母亲经拆违工作人员三番五次这么一折腾有点待不住了。她惦记远在东北的残疾儿子，她也感觉到拆违工作人员不停地往她家跑肯定是事出有因，她想回东北老家了。

“小丽呀，我是不是给你们添麻烦了，那些人是来干啥的呀？他们咋总来咱家呀？”

“没干啥娘，他们就是来看看，羡慕咱们生意好。”

“哎呀，你们两口子管着这么大一个饭店，我啥忙也帮不上，净给你们添乱。要不你们还是把我送到你五弟那儿去吧！”

二驴子刚上楼，听见他娘要走的话，一下子就急了，他还指望着他娘保住他的海鲜城呢，哪能就这么让他娘走了！

“不添乱、不添乱，您哪给我添乱呢！”

“就是，娘，您就安心住着，吃好喝好，我和二驴子好好孝顺孝顺您！”

“你俩孝顺娘知道，娘不放心你五弟……”

眼看着老太太想离开，二驴子媳妇也急了。

“娘，五弟有弟妹照顾着，您别操心。对了，我让二驴子明天把普净大师请来陪您唠唠。普净大师可是汤泉寺的住持，一般人还请不来呢！”

“真的？真能把大师请过来？”

二驴子一看老太太动摇了，别说是普净大师，就是观世音菩萨他都能想法子请出来。

“能，能，能，明儿我就去请普净大师。”

站前村的拆迁工作有了起色。武军把拆迁的核心价值观跟大家分享了之后，工作人员心领神会，耐心地做着动员工作，把老百姓的利益看成了自己的利益，尽量地抢时间，不让老百姓受到一点损失。由于老百姓都怀疑拆迁补偿有两本账，所以办公室把站前村已签协议的台账全部公开，让老百姓对每一家的账目都一目了然，并接受所有老百姓的监督。办公室也公布了举报电话，欢迎所有人随时举报，如果举报属实给举报人奖励。

二驴子开车去汤泉寺请普净大师。这时，接到了村长李占豪的电话。

“二驴子，拆海鲜城这事儿，我能帮你拖几天，过几天领导就该亲自来了，你自己掂量着点儿。”

“嘿嘿，仙人自有妙招，我有应对的方法，您就放一万个心。”

“你心里有数就成，可别翻船了。”

“我二驴子怎么可能翻船，您就等着瞧吧！”

李占豪挂了电话，把心放在了肚子里，正事儿不一定，可是歪门邪道，二驴子可比他强太多了。

二驴子一路哼着小曲儿，开到了汤泉寺，见到了普净大师。

“大师，我娘虔诚信佛，一辈子都信。但是她老人家年纪大了，腿脚不好，我不放心她一把年纪上山来拜见您。但是老人家心痒啊，一辈子就这么点心愿了。所以我想请您去家里给我娘讲讲，全了老人家的一个心愿。您放心，香火钱一定少不了。”

“阿弥陀佛，难得施主一片孝心，老衲就随施主走一趟。”

二驴子的媳妇一听请到了普净大师，忙招呼人在海鲜城收拾出了一个房间，以便普净大师给老太太讲佛法，让老太太安心住下来。二驴子一看他娘不再提要离开的事情，更加有恃无恐。

龙头区区委及区政府领导专门听取了关于龙头村海鲜城的强拆预案，会议请来了综合执法局的局长李旭天。

会议讨论激烈，两种意见僵持不下。

第一种意见是：二驴子的海鲜城谈了几个月了也没进展，看来靠谈是解决不了问题了。海鲜城就一个八十多岁的二驴子的母亲还有二驴子和他的媳妇，强拆没有抗性，很容易。如果再谈下去只是浪费时间，这样很可能超了期限，最后还得强拆，这是费力不讨好的事。

第二种意见是：二驴子从东北请来她的母亲，显然是拿老太太当挡箭牌。渤海市搞了近两年的强拆都没出恶性事件，二驴子我们不怕，万一八十多岁的老太太出点意外，对组织没法交代。通过多次接触二驴子他娘这人乐善好施，不是不能沟通，二驴子想通过他娘作挡箭牌，我们也可以用他娘作突破口。

龙头区区委书记陆远庭征询李旭天意见。

李旭天说：“我们渤海市搞了这么多违法建筑强拆，为什么没出现一起恶性事件？关键是工作做得细，不管是动员工作还是实施强拆的准备工作，我们都做得细致入微。我的意见是不放弃一切可以谈的机会，尽量减少强拆量。在强拆开始之前，我们尽一切努力通过各种手段做好动员工作。当然实在谈不下来就只能强拆，谈的同时把强拆的准备工作也做实，避免出现一切风险。这里我们可以规定一个期限，就是以市政府给我们最后节点的时间为准，谈不下来就坚定不移地强拆，要不政府就没有公信力了。”

“我同意旭天同志的意见，给我们的时间不多了，原则就是在市政府给我们的期限内解决问题。谈下来了那是皆大欢喜，如果强拆了要保证安全，我这里说的不只是保证同志们的安全，还包括保证被强拆人的安全，尤其是那八十多岁的老母亲。”

“大师，阿弥陀佛！”二驴子的母亲见到普净大师跪下便拜。

“老人家请起，您这样我受不起。”普净大师搀扶起了二驴子的母亲。

“我二十多岁就信佛，在东北每年都会到庙里十几趟，今天麻烦大师到我家来，如果不是我腿脚不方便，我怎么也应该到庙里去拜访。”二驴子母亲很是兴奋，虽然她到庙里烧香拜佛不知去了多少次，但这么近距离地跟和尚交流还是第一次，更何况普净是住持。

“有缘千里来相会！这都是缘分，您老人家跟佛有缘，我们俩也是前世有缘。”普净大师盘坐在凳子上，双手合十。

“阿弥陀佛，能见到普净大师我的心愿也了了，要不这么多天我总是魂不守舍的。”老太太道出了苦衷。

“一切烦恼皆由心生，请问老人家为什么信佛呀？”普净大师循循道来。

“年轻的时候家境不好，我的孩子又多，总怕养不活他们。等养活了又怕他们吃不饱，等吃饱了又怕他们穿不暖。”老太太眼里含着泪花。

“现在孩子都长大成人了，老人家还因何烦恼啊？”普净大师看着二驴子的母亲。

“这不三个女儿都嫁人了，虽过得不宽裕，但我还不操心。老五虽然身体有缺陷，但这么多年夫妻和睦，也能自食其力，我也不操心。只是这二宝，唉，这么大个楼怎么说拆就要拆了呢？”老太太又抹着眼泪。

“人哪，就是一个执着二字，看破，放下，世人真是纠缠不清。阿弥陀佛！”大师双手合十。

“我啥都能放下了，可这事赶到孩子身上怎么又放不下了呢？请大师指点。”老太太再次想下跪，被大师扶了起来。

“好一个情字了得，佛、道都是讲情的，说无情那是骗人的，但讲的情是真情，假意不是真情，世人都被假意迷惑了。”大师眼光从老太太的身上移开，看着远方。

老太太对大师的话只听得半懂。

“情意是相连的，情是本，意是表。情和意都带着一个心字，但两者是不同的，情是自然规律，意是人心为之。人心要符合自然规律，这样人就少了妄想、妄为。”大师也不管老太太听懂听不懂，自管讲着自己的理解。

“谢谢大师指点。”二驴子的母亲没什么文化，听起佛法来悟性就上来了。不知道二驴子的母亲听没听懂大师的话，但从她的表情上看她是开心了。

第二十章　智慧云图

“全市集中整治‘双违’故事会到此结束。下面请市委曾雁来书记讲话，大家热烈欢迎。”主持人说道。

渤海市整治“双违”以来，综合执法局开展了故事会活动，各区把典型事迹、典型经验搬上了舞台，初衷只是想放松一下紧张的心情，可没想到收到了意外的效果。故事会不仅成了经验交流会还成了鼓舞士气的会。故事会的形式也引起了市委、市政府的关注。曾雁来在百忙中抽出时间和他的将士们共同分享这一文化成果。

“刚才，我们听到了站前区、凤凰区、龙头区给我们呈现了精彩的整治‘双违’背后的故事，大家前段工作非常辛苦，干劲十足、经验宝贵，值得骄傲和肯定，更值得学习借鉴和弘扬。”

曾雁来顿了顿，接着说：“我们每个渤海人，特别是我们这些渤海的管理者，是否思考过‘我们到底要给渤海留下什么’？葡萄沟葡萄树王的故事引发了我的思考。

“一棵151年历史的葡萄树，传至第五代人，现在以每年22万元的保底价格对外承包，每年又给他们2万元的工作收入。150年前，就是一棵葡萄苗嘛！但这棵葡萄树有两个特点：一方面，它是合法的。这跟今天讲拆‘双违’是一样的，如果这个建筑是违法的，能坚持多长时间呢？另一方面，它带给这个家庭的不仅仅是经济收益，还有无限的骄傲与自豪。‘双违’建筑的收益叫什么？古人讲这叫‘不义之财’，现在叫‘违法所得’。可能现在很多人不去想这些，如果把这样的利益传给后代，其实传给后代的是以违法手段获取利益的观念。孔子说：‘不义而富且贵，于我如浮云。’作为一个家庭，传承的不光是看得见的财富，更应该是看不见的财富，包括如何做人的问题。

“作为一个城市的管理者，到底给后任留下什么？应该是符合国家法律、传统文化和社会主义核心价值观的财富。如果一个地区的违法所得逐年增长，必将会把人们引上一条歧路，这就形成了一个恶性循环，社会秩序和环境是不可能好的。所以，不能光看到违法者的经济所得，也要看到对人的心灵和社会风气的不良影响。这一点恰恰过去是被人忽视的。整治‘双违’不仅仅是为了拆除违法建筑那么简单。全面建成小康社会不仅仅是经济总量和居民收入等方面量的指标，更包括很多精神层面的指标。

“狭路相逢勇者胜！上下同欲者胜！全市上下要以更加强烈的政治责任感和高度的自觉性，发扬连续作战的作风，人不解甲、马不卸鞍，全力以赴，坚决打赢‘双违’整治的攻坚战。让我们共同努力吧！”

全场响起了雷鸣般的掌声。

台下的李旭天也被曾雁来的讲话感染了。为官一任，确确实实要留下点什么。

“海东市长，我又想吃杀猪菜了。”曾雁来一边让金海东坐下，一边对他说。

“又想和我吵架？”

“不是想吵架，是我有事求你。”

“啥事吧？说说看。”

“我觉得我们渤海市缺少一个对外宣传的窗口。”

“我们的对外宣传窗口还少吗？宣传部、市委新闻办、市政府新闻办都是对外宣传的权威机构呀。你曾书记还想增加一个？”

“是的，我还想增加一个城市规划展示馆。这个展示馆也是渤海对外宣传的重要窗口，以‘城市、人、环境、发展’为展示主题，向渤海市民和来渤海的游客，展示渤海城市规划建设发展的成就，让市民知晓城市规划，参与城市规划，架起市政府与市民间的沟通桥梁。是一个城市从过去到未来的全程缩影。”

“你说的是这个窗口呀！确实，通过整治‘双违’专项行动，我们已经发现在城市管理和城市规划上存在很多弊端，的确需要这样一个窗口让市民看到我们政府在执政上的连贯性。如果这个窗口能够建立起来，也算我们留给渤海市民和我们的后任的一笔宝贵财富吧！”

“所以呀，一定要在我们手中把这个展示馆建立起来。”

“怎么建？地，我可以给你协调一块。钱，没有。”

“没钱我怎么建呀？今天找你就是跟你要钱的，没有也得给。”

“你这哪里是市委书记，这不是赖皮吗？我也不跟你吵，不就是又一顿杀猪菜吗。真没钱给你，你这个大书记自己想辙吧。”

金海东站起来就往外走。曾雁来也站起来说：“我还没说完呢，怎么就急啦？我要去财政局、规划局、旅游局调研，需要你的令牌。”

“政府早就发文了，你可以到政府各局去调研。”

“不是上次只跟你要了六个月授权吗。”

金海东也没停住脚步，也没回头，只是高高举起右手，“只要对我们渤海有好处，我金海东全力支持。不过说好了，我这儿可没钱。”

在规划局孙铭杰局长办公室，曾雁来开门见山地问现在渤海市是否具备条件建城市规划展示馆。孙局长说：“我们渤海的条件肯定是具备，但单靠我们规划局一家却很难实现。城市规划馆是一个集规划展示、文化、教育、休闲等多功能于一体的综合性展览建筑，它实现了规划展示公示与功能、科技展示与教育功能、图书资料阅览功能、城市观光与休闲娱乐功能、会议与办公功能的全方位复合，极具专业性、知识性、趣味性、艺术性，要融历史和未来为一体，给人以无限的遐想。要有磅礴的气势、大手笔的布展格调、现代一流的高科技展示手段，要形象、生动地演绎出城市的沧桑巨变，要展现出城市美好的今天和灿烂的明天。”

看着孙局长面露遗憾的表情，曾雁来插话道：“你们以前论证过？”

“是呀，曾书记。我们曾考察过几个兄弟省市的规划展示馆，这些展示馆不仅集中展示了城市形象和城市规划发展方向、提升城市文化品位，更重要的是，有利于加强规划公示工作，强化公众参与，营造全社会遵守规划、支持规划的良好氛围，是依法行政、推行‘阳光规划’的需要，使城市的发展更加体现‘以人为本’的理念，为构建和谐社会发挥了积极作用。”

“建设和投资你们了解过吗？”曾雁来追问道。

“都是由当地政府投资建设，并进行统一管理。整体施工分为主体建设和内部施工，工期一般根据规模而不同，主体施工在半年到一年时间，内部装修多为半年左右，并且内部装修工程一般依托于‘设计和施工一体化’服务的单位。”孙铭杰边说边看着曾雁来，意思是还需要继续往下说吗？估计说了也是白说。曾雁来看出孙铭杰的意思，示意他继续说下去。

“中等规模的要两个亿！”

“两个亿！金市长一分钱都不给呀，就没有其他办法了吗？”这个问话既像是在问孙局长也像是在问他曾雁来自己。

“你们规划局尽快拿出规划展示馆的可行性报告。设计方案必须有超前性，十年，不，是二十年都不能过时。钱的事我来想办法，估计从金市长手里抠出钱来不太可能。”

曾雁来直接给规划局孙局长下达指令，不合常理，但也看出他建规划展示馆的决心。

在旅游局，王局长也没急着汇报，而是首先带着曾雁来来到智慧旅游应急指挥中心。这个平台汇聚资源，智慧服务游客，融合旅游目的地信息，实现“一部手机游渤海”，在省里是领先的。他要把最好的一面展现在市委书记面前，以便得到领导的肯定和支持。

“曾书记，这里是我们渤海智慧旅游的中枢。在这块巨大的数字电子屏上，实时播放全市主要景点、交通路口的实景，我们还可以实时调阅、切换不同监测点的视频监控信号，视频信号与公安、市政等部门共享，实时监测游客流量，及时发现险情，合理疏导游客，并提供寻人寻物、导览导航等服务。

“这个中心已完成全市 26 家景区、5 个旅游咨询中心、2 家旅行社、97 路视频信号的接入，初步建成了以市旅游局、县区旅游局、涉旅企业三级应急指挥系统。

“智慧旅游三级咨询服务系统、智慧 WiFi 服务系统等在内的 16 个智慧旅游子系统也正式上线运营，这使得旅游行业运行产生的各种数据实现了互通共享。这里说的旅游行业涵盖了景区、酒店、旅行社等旅游企业和各级旅游行政管理部门

“景区通过提前预约、分时段游玩、园内人数控制等手段，安全引导和分流游客，实现安全高效的人流控制，同时还可有效解决旅游旺季游客拥挤、乘车站点拥挤、车辆调度不畅等切实问题，实现景区管理调度的综合实时优化。

“在实现国际旅游都市方面，我们主要针对俄罗斯进行境外推介，效果还是十分明显的。我们精准定位，强势促销。通过特色产品、入境奖励、离境退税等营销组合拳，吸引俄罗斯旅游包机 13 架次。金发碧眼点赞碧海金沙！”说完，王局长的目光里盼望领导表扬的神情流露出来。

曾雁来看出了这种神情，微微笑着说道：“王局长，从你的介绍上来看，我们渤海的旅游基础是非常好的，现在又插上了智慧旅游的翅膀，是不是国际旅游都市的目标指日可待了？”

“那可不是，我们真的还差得很远。”王局长听得懂曾书记的话外话。

“你说的都过于传统，我们能不能突破传统，搞出点惊天动地的事来？”曾雁来审视着王局长。

“书记说的话我们认真研究过，一是抓紧完善、提升满足国际旅游的配套，二是搞好宣传。两手抓两手都要硬。”王局长对渤海市的旅游发展做过深入的研究。

“我不要概念，我要具体的。”曾雁来环环紧逼。

“书记我先说配套，我理解的配套不是千城一面，要做出属于渤海的

特色。结合我们渤海的特点，有山，有海，有历史遗迹，夏天避暑声名远播。光我们的百里金沙滩就让很多滨海城市垂涎三尺，还有我们那祖山其雄伟和秀丽与五岳可以比肩。所以我们渤海应该做成生命之城，健康之城，康养之城。三个概念有联系又各有内涵，总的来说是满足人们未来对生命的尊重。秦皇求仙入海是从我们渤海开始的，我们再反过来，让世界之人求仙到渤海来，我们这个城市能给人安逸，给人健康。”

王局长喝了口水继续说：“那书记我说第二手。宣传很重要，酒香也怕巷子深。一部电视剧就有可能炒火一个城，这样的例子比比皆是，我们要狠抓我们渤海的文化建设，通过一本好书，一部好电影，一部好的电视连续剧等真正把我们渤海宣传出去。总之这两手都要抓，两手都要硬。”

“好，这才有点意思。我想问一下，城市规划你们旅游局参与得多吗？”曾雁来目光深邃。

“城市规划我们参与得不多，我们真的应该突破土地财政的瓶颈，认真地考虑一下我们渤海城市的规划。回过头看，现在我们的规划很多是和我们城市的愿景相矛盾的，更多表现的是急功近利。我们应该对得起现在，我们更应对得起子孙。”王局长发表了感慨。

“由于我们渤海市的城市定位为国际旅游都市，所以我会向海东市长建议，你们旅游局在规委会中要有一席之地，而且是很重要的一票。”曾雁来很兴奋。

“曾书记讲得太宏观了，真是高屋建瓴。”王局长不是在拍马屁，他说的是真心话。

“宏观吗？那我就给你说点微观的。刚才听你的介绍，主要是游客来了以后我们怎样为他们服务，而没有看到你们在怎样让游客来渤海上下功夫。

“渤海有500万市民，我们的景区市民都游览过吗？肯定没有，因为你们的门票把他们拒之门外。我们的景区要逐渐对渤海市民开放，渤海市民的身份证就是门票，要让市民感受到渤海的景区就是他们的福利。市民对景区的体验满意了，就是500万个活广告呀！他们的外地的亲戚朋友就会来体验，然后就是亲戚的亲戚、朋友的朋友。

“刚才你说俄罗斯旅游包机的时候，我就想问你，你们接待散客的工作准备好了吗？散客也是客人，他没有导游，没有翻译，他依靠你们的平台能对渤海进行深度游吗？

“我们的机场已经开通了12个城市的航线，那里是按照国际标准来执行的。四通八达的高速公路，可以为我们带来周边省市的大量游客、过路客，但我们渤海境内的高速公路标示牌上只有中文；三个高铁站，标示牌仅是中文不说，售票窗口里的人也只会说中文。跟外国客人的交流有困难，你不会在窗口配备一台翻译机呀！

“我们还要发展长城游、宗教文化游、樱桃游、葡萄游、板栗游、红酒游，等等等等，我们还要打造我们渤海的旅游纪念品，我们渤海的旅游到了需要精耕细作的时候了。”

“是，是，很多微观的工作我们还有很多不足之处。”王局长有些震惊，曾书记这些信息是从哪儿来的，这些都是他旅游局局长应该考虑的，好在王局长就书记提到的有关问题都在研究论证中，如果是遇到一个不懂业务的干部非让曾书记给吓出一身冷汗。

“你们智慧旅游平台要抓紧完善，到时我们要把全市各个口的平台进行一个链接，我们要向智慧城市迈进。”

“放心吧书记，我们正在和国外相关城市云平台对接，发挥我们这个平台的辐射作用，争取用最快的时间让渤海市成为外国人的旅游目的地。”王局长情绪激昂地说。

“在你们旅游局和政府相关部门的努力下，我们的5A资质又拿回来了。我代表渤海的500万市民谢谢你们！”曾雁来说着，给在场的工作人员深深地鞠了一躬。

在财政局调研时，财政局局长的脸上差点能挤出水来。财政局局长是有名的“小抠”，每每财政进钱他都能乐上三天三夜，每每财政出钱他都痛苦万分。用金海东的话说，他这个财政局局长是个貔貅，只吃不拉。

“曾书记，您也知道，我们财政这些年是倒旧贷借新贷，赤字很大，如果再出现窟窿，倒旧贷都很费劲。”财政局局长就是哭穷。

"你别跟我哭穷，我让你给我想办法。"曾雁来知道窘迫的财政状况。

"我们的GDP摆在这儿，没有大事件出现不能有大的飞跃。要想快点来钱只能是卖地。我们渤海可卖的地是越来越少了。"财政局局长无可奈何。

"除了卖地就没有别的办法吗？"曾雁来皱起了眉头，把双手抱在胸前，自言自语。

曾雁来知道如果想大发展就需要钱，各方面的经费都很紧张，由于经费一压再压，项目做到最后是不伦不类。曾雁来也感受到金海东这个市长的难处。

"书记，筑起梧桐树，引得凤凰来，不过人家企业可是无利不起早哦。"财政局局长顺嘴说着。

"对，我就是让企业挣钱，让来渤海的企业都挣到大钱。现在流行一句话，招商就是J、Q、K，先把对方勾引过来，然后再套住，然后再给人家KO。现在来渤海的企业有很多都几乎死在了规划审批上，我们要改变这种作风。"曾雁来又高兴又气愤。高兴的是他找到了方法，气愤的是创造一个好的经商环境不比拆"双违"轻松。

曾雁来正在看着文件，秘书路远推门进来，拿起桌上的水杯在饮水机上加了些水，放回水杯的时候，曾雁来抬起头。

"10点钟您要参加铁路沿线环境整治工作座谈会，综合执法局李旭天局长在外面等着，想见您。"路秘书说。

"你约一下大洋集团的邓耀北，这个家伙，我见他还要预约。"曾雁来摇了两下头说道，同时把脸转向门口，"让他进来吧。"

路秘书快步走到外间，对着李旭天做了一个请的手势，李旭天冲着路秘书点了下头。等李旭天走进去，路秘书轻轻地关上了里间的门。

"现在是9点半，我10点钟有个会，给你20分钟。"曾雁来对坐在桌前的李旭天说。

"谢谢书记。第一，整治'双违'工作有条不紊地进行着，存量越来越少，增量几乎没有，因为都意识到违建的成本太高了。就像我给您举的那个例子一样，生孩子的成本过高的时候，想让他生他都不生了。第二，上次会上您说让我们思考为渤海留下点什么，结合我们局的前期探索，我想给渤海留下一个智慧城市云平台。如果这个云平台能够实现，到时候您就可以坐在办公室里，在电脑前‘走遍渤海’。”李旭天转头看向墙角的雨鞋、雨伞和运动服，“到时您的这些雨鞋、雨伞和运动服，就该退休啦。”说着，李旭天拿出一份材料递给曾雁来。

“这是关于智慧城市云平台的可行性说明，您有时间看一下？”

“需要多大投资？”

“5个亿吧。”

“5个亿？你能从金市长手里抠出这个钱？”

“我们在整治‘双违’数字终端、数字城市、平安城市等基础框架之上进行整合的话，实际投资不会这么多。”

“嗯。你说让我的雨鞋、雨伞和运动服退休，我不赞同。智慧城市要搞，‘走遍渤海’也必须要走。随着社会的发展，老百姓已经足不出户就可以办到大部分事情了。我不是不赞成电商，我是不想让大家窝在家里，人与人之间要接触、交流，这才是正常的。不能每天面对屏幕，手机的、电脑的；只跟机器交流，微信、QQ和各种网站。

“旅游是电商替代不了的，是一种健康的生活。所以，我们的旅游都市正是要给人们提供一个健康生活的场所。”

曾雁来从办公桌后面站了起来，李旭天也赶忙站起来，曾雁来往办公室外面走，李旭天也跟着往外面走。曾雁来边走边说：“我马上就要开会。你的材料我会仔细看的，到时我们再详细探讨。”李旭天连忙说“好的”。

在去开会的路上，路远在副驾驶的位置上侧身对坐在后排的曾雁来说：“曾书记，我已经跟大洋集团的邓耀北董事长联系好了，他明天早上9点在港口码头等您。”

曾雁来靠在后排座位上，点了点头又摇了摇头。

坐在车里的邓耀北看见市委一号车开进码头，赶紧下车，朝市委一号车迎去。

等到曾雁来下车，邓耀北上前一步，曾雁来伸出手，邓耀北握住了曾雁来伸出的手。曾雁来先开口道：“邓董事长这是让我来拜码头呀！”邓耀北知道这是曾雁来在调侃他。

“不好意思呀，曾书记。今天正好我要出海，而且知道曾书记工作繁忙，没机会出海，与其去您的办公室，还不如出海散散心。”

“出海？船呢？”曾雁来往海上望了一眼。

“我们坐车出海，而且您要坐我的车。”

“你的车是水陆两用呀？”

“不是。您的车没有通行证，我的车有通行证。我自己立下的规矩，我自己不能破坏呀。没有通行证的车一律不准出海。”

“好，好，悉听尊便，你别把我拉到贼船上去就行了。”

俩人上了邓耀北的车，车就朝着一个闸口开去。当车接近闸口时，就像高速公路的ETC一样，闸口自动开启。

曾雁来也不说话，只是一会儿看看左边，一会儿看看右边。

“这还是受了您的启发，我们从码头修10公里的引桥伸向海里。10公里外是一个非常好的深水区，有了这个引桥，我们一下盘活了现在的码头，也得到了一个非常好的深水良港。”邓耀北简单地介绍说。

“那你要怎么谢谢我呀？”曾雁来正琢磨怎么开头呢。

“您请说。”邓耀北知道，曾雁来今天找自己肯定有事，索性就大方点。

“我要建一个城市规划展示馆，没钱；我要做一个智慧城市云平台，没钱。”曾雁来也没客气，直接说出今天见邓耀北的目的，就是要他投资的。

“稍微详细点说说，行吗？”邓耀北也明白了曾雁来今天召见自己的目的了。既然市委书记开口了，他也不能不答应，但投资要经过董事会批准，所以他也要慎重答应。

曾雁来就又详细点说了一下这两个项目。

邓耀北一边听一边仔细地琢磨着。等曾雁来说完，他心里已经有了方案。

“曾书记，城市规划展示馆我们可以做。我们集团的破冰传媒就可以承担这个任务，不过，政府要以土地入股，我们运营，将来政府的会议和大型活动必须向展示馆倾斜。”邓耀北说完，等着曾雁来的回应。

“具体事宜你们跟规划局对接，但必须走正常的招投标程序。”

“没问题。智慧城市云平台的事我们做不了，不在我们集团的业务范围内。不过，重大的自然灾害应急指挥方面，在正常通信信号遭到破坏时，政府可以使用我们的海事卫星通信系统，跟上级部门取得联系。”

“好。谢谢你的支持！你们可以和李旭天对接一下。”

“不。我们提供的这个应急卫星通信系统终端，只识别市委书记和市长的指纹。”

曾雁来微微点了点头。

这时，邓耀北的车已经停在10公里外的深水码头上了。两个人下了车，站在码头上，面向大海。

“今天，是这个深水码头建成后，第一艘巨型货轮靠岸。曾书记能在此见证这一历史时刻，我邓耀北深感荣幸。”

“应该是我谢谢你呀！能停靠巨型货轮，当然也可以停靠巨型游轮，这不是又为渤海的国际旅游都市开辟了一条海上通道吗！”

曾雁来冲着邓耀北伸出大拇指，同时邓耀北也冲着曾雁来伸出大拇指。

夜已经很深了。

看完李旭天的智慧城市云平台的可行性说明，曾雁来的睡意全无。他觉得应该在李旭天这个说明的基础上，以他的名义给市委、市政府提出建设智慧城市云平台的建议。

曾雁来打开笔记本电脑，在键盘上敲击着。

关于渤海市智慧城市云平台建设的建议

智慧城市云平台是推动社会管理创新的重要手段，是全面建成小康社会的必然选择，是实现可持续发展的有效举措。

作为第一批沿海开放城市，渤海市在经历了高速发展的阶段后，城市经济、社会发展遇到了一系列新问题。

一是城市公共服务能力与人民群众和谐幸福生活的要求还存在差距。

二是旅游和服务业的升级发展遇到了瓶颈。三是网络信息技术的发展对民生服务方式提出了更高的要求。

一、建立保障体系

政府成立智慧城市建设领导小组，从体制机制、资金、制度上保障智慧城市建设进度。

二、创新建设方法

智慧城市建设“坚持一个原则，运用两种模式，依靠三个团队”。

坚持一个原则，即始终坚持以市场换产业的原则，集约共建，信息共享。

运用两种模式，一是“1 个平台 +N 个应用”的建设模式；二是企业建设政府购买服务的运营模式。

依靠三个团队，一是政府部门的管理团队（智慧城市领导小组办公室），负责工作总协调；二是实施团队，作为运营商负责项目的建设和运营；三是专家团队和第三方监理，负责技术方案的评审和建设运维过程中的质量监督。

三、引入社会资金

积极引导社会资金投入智慧城市项目，中国联通负责建设覆盖全市的光纤网和无线宽带网，中国移动负责建设 4G 新一代移动通信网，以便满足智慧城市建设的三网融合需求。

四、探索可持续发展新途径

盘活智慧城市投入的资金，将建设模式由政府输血逐步转变为自我造血，使智慧城市建设能够长期运营、持续发展。

采用“总体规划、分步实施、持续建设、服务运营”的原则，成立合资运营公司，开展云平台扩容、智慧政务、智慧社区、智慧网格、重点任务监管、智慧安监、综合城管、智慧教育、智慧环保等 14 个建设项目和智慧医疗、智慧旅游、智慧社区、智慧教育 4 个运营项目的建设。

曾雁来抬起头，合上笔记本电脑。

晨曦，已经透过窗户悄悄地洒在地板上。

第二十一章　河长治河

无人机在河面掠过，机上摄像头拍下的河道和河两岸的视频，通过4G信号传送到综合执法局的数字终端上。

环境监察支队的工作人员，正紧锣密鼓地根据无人机传回来的视频，对河道一米一米地进行核查。

这里是排污口。

这里是临河养殖场。

这里有沿岸村庄倾倒垃圾的痕迹。

这里是在河道内挖的3个大鱼塘。

这里有采砂船在采砂作业。

这里是临河建筑，需要会同有关部门确认是否属于违建。

……

渤海市共有17条入海的河流，这些河流的水质直接影响着市民的饮用水质量和海水的水质。

会场的主席台上坐着市委书记曾雁来和市长金海东。

会场里，密密麻麻地坐着1700人。

会议由金海东主持。“今天参加这个会议的有市委书记、区委书记、乡镇党委书记和村委书记，可大家看到的会标是‘河长大会’，没错，我们今天每个人都领到一个新头衔‘河长’。下面请渤海市的总河长曾雁来同志作重要讲话。大家欢迎。”

“刚才海东市长说了，参加今天大会的是我们渤海市的四级书记，而且每个人都有了一个新头衔：河长。当然，还有我们这些河长的参谋单位：环保、水务、规划、城管、建设、发改等机关部门的负责人。”

曾雁来环视了一下会场接着说，“‘河长’，顾名思义就是管河的。古时有大禹治水，今天有书记治河。大禹三过家门而不入，而我们这些书记就要治家门口的这条河。流过村子的这条河，也许你儿时在水中嬉戏过，也许河边的柳树见证过你的爱情，也许你摇头叹息地看着河面漂过垃圾，也许你每天都在闻着河水里散发的臭气。

“‘河长’是个‘虚衔’，但书记是党和人民赋予我们的，我们就应当为人民的美好生活负责。老百姓连达标的水都喝不上，会指着我们的后背骂娘的！河水的等级越来越差，谈什么美丽港城；入海的污水、臭水越来越多，谈什么碧海金沙。

“‘河长制’不是我们首创的，是有兄弟省市的成型的经验可以借鉴的。

我们这些自上而下、大大小小的‘河长’要实现对渤海市区域内河流的‘无缝覆盖’，负责督办截污治污，对入海河道水质达标有着不可推卸的责任。

“市委组织部将出台文件，对贯彻市委、市政府河流治理一系列重大决策部署行动不迅速、措施不扎实、效果不明显的，对责任人实施‘一票否决’。河道水质的考核得分是干部选拔任用的重要依据，对考核得分靠后，且所属河道水质恶化的责任人，实行‘一票否决’。

“‘河长’作为‘河长制’管理的第一责任人，对所负责河道的水生态、水环境的持续改善和断面水质达标负领导责任，牵头组织所管河道综合整治方案的制订、论证和实施，强化横向协调、落实长效管理，对断面水质达标负首要责任。

“‘河长制’最大程度整合了各级党委政府的执行力，弥补了早先‘多头治水’的不足，真正形成全社会治水的良好氛围。客观地说，在环境问题上，‘人人都是排污者’，但长期以来，我们却并没有树立‘人人都是治污者’的理念。旁观、指责、讽刺、挖苦一度成为不良的社会风气。

“这种风气不仅存在于普通群众中，也存在于政府部门之间，谈到水臭了、河黑了，眼睛更多地看向环保、市政、水利等部门，对自身的追问却很少。

“‘河长制’力求改变这种风气。从现有组织架构来看，纵向从市委书记、市长开始，‘系在一根绳上’的还有区委书记、区长，镇党委书记、镇长，村支部书记、村委主任，大大小小担任全市各级‘河长’的干部人数近1700名；横向从市委、市政府开始，环保、水务、规划、城管、建设、发改等部门都各有分工、各具使命，谁都不能在水环境治理上缺位。最大限度地整合各级党委政府的力量，弥补了早先‘多头治水’的弊端，使治水网络密而不漏，任何一个环节上都有部门、有专人负责。而‘一荣俱荣、一损俱损’的治水‘生态链’，要求每个部门都不能玩忽职守，从而提高水环境治理的行政效能。

“17条河，1700个‘河长’，每条河差不多有100个‘河长’。会后，我们每位‘河长’将拿到一份综合执法局提供的资料。这份资料是根据无人机航拍视频，初步确认的各河道的污染源图斑。‘河长制’虽按照行政交界面划分，并落实了各级领导干部的治水责任，但水是活水，一条河的治理需要上下游共同配合。各地要对辖区内河道造册建档，做好数字、文字、图像等全面记录，并因地制宜实施‘一河一策’，有针对性地确定治水方案。同时，每条河都必须切实落实截污、清淤、企业整治、河容整治、两岸绿化、环境卫生等基本措施。

“我们推行长效的‘河长制’是落实绿色发展理念、推进生态文明建设的内在要求，是解决复杂水问题、维护河水健康生命的有效举措，是完善水治理体系、保障水安全的制度创新。同集中整治‘双违’专项行动一起，为我们渤海市实现沿海强市、美丽港城和国际化旅游都市奠定良好基础。”

随即市委宣传部牵头做出一套整体宣传方案，广泛宣传相关政策和法律法规，做到人人知晓、深入人心，创造一个良好的舆论氛围。在市、区电视台推出“河长制”的公益广告和宣传片，向社会公告“河长”名单和举报电话，在河道两侧、水源地周边显著位置竖立“河长”公示牌。广泛发放明白纸、悬挂条幅，做到电视有画面、报纸有文章、广播有声音、网站有视频、论坛有回应、微信有推送、街头巷尾有公告……

“铃……”，值班工作人员接起电话，“您好。这里是综合执法局。”

“洋河上李庄附近，有采砂船在采砂。”

接到举报电话，工作人员立刻向综合执法支队副队长报告。

副队长马上电话请求乡党委书记支援。

乡党委书记电话要求村支书立刻赶到现场，盯住采砂船，市综合执法支队和乡领导随后就到。在村委会的走廊里，村会计正要找村支书签字，听见村支书在打电话，又折回村会计室，关上了门。

当综合执法支队和乡党委书记赶到举报人说的河段时，只看见村支书一个人孤零零地站在河边和静静流淌的河水。

“船呢？”乡党委书记首先发飙了。

“我刚到河边时，采砂船还在河里，不过没有采砂，而是突突突地朝上游的转弯处开，转眼就不见了。”村支书委屈地对在场人员说。

追！在场人员驱车沿着河边公路，向上游排查。10公里也不见采砂船的踪影，神不知鬼不觉地消失了。

综合执法支队的副队长垂头丧气地回到局里，向局长李旭天汇报。分析来分析去，两人都认为这中间可能有内鬼。

第三天，又接到了同样的举报电话。

综合执法支队副队长果断出击。

采砂船还在河里作业。

岸边，副队长用高音喇叭向采砂船喊话，命令采砂船靠岸。采砂船置之不理，而是停止采砂，突突突又向上游开去。

执法队员放下冲锋舟，向采砂船追击。登船，控制住所有船上人员。据船上工人交代，这艘采砂船是豪叔的。

青龙河，自北向南穿越龙头区全境，境内总流域面积2692.67平方公里，已成为集农业灌溉、发电和供渤海、唐山两市生产生活用水功能于一身的重要河流。

然而，在河的中游双山子，却有一位姓柳的村民不经任何部门审批，在河道内挖了3个大鱼塘，总面积达20000多平方米，还在鱼塘旁边盖了4间房屋，占地120平方米，并向池塘投放成品鱼，供钓鱼人花钱钓玩，严重地威胁着水质安全。乡里、村里的同志先后7次去该户耐心地做思想工作，可该户就是不治理不拆除，还扬言“人与鱼池共存亡，谁敢拆我鱼塘，我就死在谁的家里”。对此僵局，区委陆远庭书记态度坚决：不管遇到啥样阻力，也必须治理、拆除。

陆书记走在最前面，柳某的亲戚朋友看见书记来了，七嘴八舌地嚷起来：“你是老百姓的书记不？老柳家把全部家当都压在这里了，你这个书记管不管老百姓的死活呀？”

“我这个书记是党和人民赋予我的，所以我才深知肩上的担子很重，我要时时处处为全区的老百姓着想，千方百计地为老百姓谋福利，也要为全区老百姓的美好生活负责。话说回来，没有规矩不成方圆，没有法律保障，我们将无法生存，如果大家都不顾天不顾地的，想干啥就干啥，社会不就乱了吗？”

紧张的气氛慢慢地缓和了下来。陆书记弯下腰，从鱼塘边的水里捞起一条死鱼，扔到旁边喂狗的槽子里，狗汪汪地狂叫着。他环顾一下四周，接着说：“这些死鱼烂虾，满地垃圾得给水质造成多么大的污染啊！咱们青龙河的水，可是渤海、唐山近千万人唯一的生活用水呀，你们忍心吗？就冲这一点，老柳的鱼塘和房屋也必须治理和拆除。说实话，老柳的损失，比我个人的损失我还心疼，柳老弟，你放心，我一定把你的损失降到最低！”

陆书记说到做到，亲自联系辽宁等地，托情靠脸，把撒在鱼塘里的16000斤鱼苗找了个买主，并帮助捕捞，使鱼苗卖个好价钱。

戴河位于渤海市凤凰区的最西部，横跨渤海市的凤凰区和站前区，是凤凰区与站前区的界河，是沿海独流入海河流之一。河长35公里，河流面积 290 平方公里。

曾雁来是渤海市的总河长，为带头落实河长负责制，他分包了戴河。根据综合执法局提供的航拍图斑，他对戴河进行徒步踏察。他从戴河入海口沿河道上溯，走田园、访住户，总计步行近 20 公里，详细了解河道生态建设、沿岸产业布局以及污染物治理等情况。

这次，曾雁来的脚步停在后庄村。这段流域他徒步走了七八次，每次都是随看随问随思考。他对身边的村支书说：“我数了数，河边养猪场有 100 多个，粪便都是直排入河，又从河入海。这还是我们的母亲河吗？”

“曾书记，这猪圈是当年上边让盖的！上边号召三线富民，才转型搞的养殖……”

“这些养殖场中，有你的？”

“不光我有，村主任家也有。我带头转的型，有错吗？”村支书情绪激动了。

“当初转型有当初的道理！”

“那，凭什么今天要扒我们猪场、断我们财路？！”村支书就势追问，语气咄咄。

“当初怎么把猪场建到河边来的？”

“我们村发展成了特种养殖村，满村恶臭，村民有意见，怎么弄啊，又是我们村干部带头，上河边地里养去……”

曾雁来打断他：“以牺牲更大的自然环境为代价？这些养殖场造成了水质污染，项目引不进来，城市发展受阻。”刚才还理直气壮的村支书此刻打住了话头，第一次语塞了。

“所以，今天拆，有今天的道理。你们村在新的规划图中，要靠优美的生态招商引资，催化新的生产生活方式，你看好不好？”

“好是好，就是……”

曾雁来怎能不知道，这是两岸农民一次大家和小家、眼前利益和长远利益的取舍！他诚恳地说：“戴河流域借助集中治理，实现村庄更高层次的转型，请你这次还带个头！”

似有千军万马，从村支书的心底奔腾，冲上一股干部要带头的劲儿！曾经，村支书带领村民，喊着“苞米不倒，老百姓没好”的口号转了型；而今，口号变了，满大街喊的都是“生态立市”“依法治河，实现水资源可持续利用，为全面建设小康社会提供支撑和保障”。新规划里不能也不会让养殖业继续污染河流，影响发展。更何况，全村百姓同样喝着吃着这条母亲河！

村支书望着一片猪圈嘀咕：“那就……拆？拆！这一拆，损失好几十万，你算哟，一圈 10 头，10 圈就 100 头，100 头就 10 万，100 圈就 100 万……”

“我是市委书记，你是村支书，职务不同，但我们现在相同的是‘河长’，是我们眼前这条河的责任者，我们没有权利让一滴污水流入河中，流入海中。戴河两岸，按照规划进行保护和开发，政府不会不管老百姓的！”曾雁来语重心长地说。

村支书眼窝一热，有些哽咽，对曾雁来说：“中了，你放心……”

村支书回去把猪场第一个拆了，村主任也拆了。跟着村支书和村主任，后庄村占岸边耕地搞养殖的村民，一声不吱地都拆了自家的养殖场。

洋河，古称阳河，为独立入海的一条河流，上游的“洋河水库”又称天马湖，全长 100 公里，流域面积 1110 平方公里。多年来，由于河道保洁和治理投入严重不足，河道垃圾满河，河水水质严重超标，直接影响着近岸海域海水水质。

金海东是渤海市的副总河长，他分包了洋河，先后 13 次徒步踏察洋河及洋河水库，摸清了河流整体状况，查明了所有污染源，明确了工作措施。

洋河流经的大王庄村，金海东和村书记站在岸边，他们身旁还站着水务局局长、国土局局长。他们手里拿着河道航拍图斑和国土规划图，进行比对，确认眼前的侵占河道的 3 处建筑是违建。

村书记对金海东说：“金市长，每到夏季暴雨时，雨水冲击河面，河面达数十丈宽。造成河水上道进庄，严重威胁着村民生命财产以及通往东北要道战备公路的安全。”

“这样的违建必须拆，老百姓的安全是第一位的。”金海东对在场的所有人说。

经过镇河长、村河长及参谋单位耐心细致的工作，征得当事人同意，3 处违建被全部拆除，恢复了河道的原貌。

踏察时，金海东发现了有一段河流有问题。上次踏察时这段河水的颜色和这次踏察时河水的颜色为什么不同呢？是不是有一个隐蔽的排污口？几个大大的问号跳了出来。

排查！

原来这是两公里外村子里的海鲜加工厂的排污口，通过地下管道把臭气熏天的污水排到河面以下。

又一个排污口被封堵住了！

一年的时间，渤海市各级“河长”联手，拆除临河违建 256 处，封堵排污口 1764 处，拆除和整改临河养殖场 1948 个，取缔非法采砂场 22 个。沿河、沿岸村庄也对村内垃圾集中处理，建立起村收集、乡转运、县处理的长效机制。

戴河、洋河恢复三类水质，海水浴场水质全年基本达到国家一类水质标准。

“曾书记，气象部门预报，今天下午开始，我们这个地区将有强雷暴雨。您看去祖山庙沟铁矿的调研是否取消？”秘书路远进来请示。

曾雁来望了一眼窗外，回头对路远说：“嗯，取消调研计划。金市长还在省里开会，我们去防汛抗旱指挥部。”

早晨 4 点开始，渤海市遭遇今年入汛以来的最强降雨天气过程，全市均出现大暴雨或特大暴雨，多地平均降雨量超过 250 毫米。次日 8 点，全市平均降雨 194 毫米，有 52 个雨量监测点超过 200 毫米，其中 8 个站点超过 300 毫米，祖山的降雨量最大，达到 614 毫米。这是 1984 年以来渤海市最强降雨。

更为严峻的是，渤海海面出现风暴潮，达到黄色警戒潮位的高潮位，出现 2.5 米至 3.5 米的大浪，为 1972 年以来的最高潮位。

在防汛抗旱指挥部，曾雁来指示：坚持以人为本，把确保人民群众生命财产安全放在首位。

当晚 7 点，金海东从省里赶回来便直奔市防汛抗旱指挥部，通过视频会议和电话连线等方式，督导调度各级各部门防汛抗洪工作。所有副市长全部深入到各县、区一线靠前指挥，县、区四大班子和乡镇全体干部全部坚守在重点险工险段，真正形成了市县（区）乡村四级联动的防汛救灾体系。

暴雨过后，近岸海域水质良好，9 个海水浴场水质在二类以上，其中 5 个浴场水质达到一类。

清澈的河水，两岸绿树成荫，朵朵小花点缀其中，长长的河岸旁端坐着几名垂钓爱好者……

第二十二章 初心不忘

一个城市的天际线反映了一个城市的品位。一个城市的面貌影响着一个城市的发展。在这条拆违的曲折前行的路上，渤海市正在慢慢改变，像一个青春期叛逆的孩子在父母、老师的教育下，终于找回了自己的路，渤海市也走上了一条康庄大道。

一次次，太阳从湿淋淋的海面蹦脱出来。一次次，金海东的心从拆违的过程中磨砺出一点光。终于，沙磨成珠，正等待着从蚌的身体里取出。

拆违的大头都已经解决了，城市的疮疤已经揭得差不多了，怎样美化好还是个关键的一步棋。金海东思索着，其实规划是金海东的一个心病也是曾雁来的一个心病。他们俩下的这几步大棋终极目的是让百姓满意，让渤海尽快实现国际旅游都市的目标。

金海东把规划局局长孙铭杰叫来。金海东在办公室里，审视着墙上的城市规划图。

“我们渤海市怎么看都是一块宝地呀！”金海东指着城市规划图说。

“那是！也不看是谁管理的。”孙铭杰说着坐在了椅子上，“嘿嘿，开个玩笑。我们渤海市地理位置优越，临海近山，历史悠久。经济文化条件都好，能不是个宝地吗？”

“对，管理好是一部分，城市本身特点才是根源。我们不能让城市的发展走歪了。”金海东说。

“您这么坚决地一步步拆违，哪能让我们渤海市有走歪的机会呀！”孙铭杰笑着说。

“那还不是费了九牛二虎之力啊！才把我们的方向调转过来。走歪了，走远了，就更难转回来了。恐怕那时就得使出乾坤大挪移的力气了！哈哈！”金海东爽朗地笑了出来。

“那是，还好您有这个魄力，我们才齐心把它扭转过来了。当初是没看出来！”孙铭杰说。

“哈哈，你不要吹捧我了。不过我们费这么大力气揭城市的疮疤，虽然惹来不少麻烦，但是我们只有这么做才能对得起脚下的土地呀！”金海东说。

“对，我们对得起我们的前辈，也对得起我们的百姓了。”孙铭杰回应道。

“嗯，这话还是说得太早。这拆违算是收尾了，后期重建一定要跟紧步子啊！你那边规划做得怎么样了？”金海东问道。

“每一处违建‘重灾区’都按照您之前的嘱咐早早规划了。把‘以人为本’作为城市发展的原则，各个地点都有专人负责考察研究，进行细致的规划。”孙铭杰说。

“不能光考虑局部，要研究整体，要研究和渤海市未来的关系。拆完了留下新的问题可就说不过去了。一定要站在国际化旅游的高度考虑规划，我可不愿意看到一大堆建筑垃圾。”金海东说。

“各个区片的规划都差不多成形了。龙头区主要是龙头景区，因为景区历史悠久，那么我们把历史的厚重感作为考虑方向，把佛、道文化元素揉到理念当中，这样就能扩大景区的规模，要不龙头景区体量太小，不适合未来的国际旅游。站前区是外地坐火车来渤海市对渤海的第一印象，让人们印象深刻是我们考虑的重点，同时这个区域还兼顾了住宿、饮食、购物等服务功能。凤凰区是外地游客的首选驻扎地、集散地，突出了实用性、经济性、渤海建筑等风格个性和国际性。由于我们渤海市南北窄、东西长，这样让几个区域的城市功能既相对独立又相互呼应，这是我们局里的集体意见。不过……”孙铭杰说着停了下来。

“不过什么？”金海东问。

“我们也矛盾着，规划往好了做会损失眼前的利益。我们是要眼前利益还是要未来，真是很难取舍。”孙铭杰的性格就是让领导决策，他希望自己做个“二传手”。

“我的意见是把眼前利益和未来的期望结合起来，怎么说我们渤海市的GDP也不能掉队呀。不过规划可以先当作一个技术问题、学术问题来考虑，先不考虑其他相关因素，把眼前的收入当作前提来考虑会影响规划的客观规律。要首先把我们渤海市作为一个整体，每个区域特点要突出，避免自己城市内部的同质化，你说的各区域功能互相呼应我同意，但都相对独立我保留意见，这个我们上会讨论决定。”金海东对城市规划深有研究，他只是纠结GDP的问题。作为一市之长他不允许渤海市财政出现大的问题。

站前村的拆迁收尾有了实质性的进展。站前村的优惠奖励规定的期限是45天。如果过期，优惠政策将逐步取消，过期10天内取消一半，过期20天内取消三分之二，30天后所有优惠政策全部取消，并可以进入到强制征拆程序。

通过公开站前村每家每户的补偿协议，绝大多数未拆迁户相信政府在征拆中没有暗箱操作。但也有少数人根本就不信，仍坚信傻子才相信政府那一套，好像只有他们是聪明人似的。

站前村还有9户村民在规定的45天内没和征拆办公室达成协议，这可愁坏了武军。

“老百姓真是又可爱又可气，怎么敢跟自己开这么大的玩笑？”武军摇了摇头，恨其不争，怒其不幸。

“头啊，剩下的真是油盐不进啊，我们也别瞎折腾了，让他们等着强拆算了。”组员李晓雷气愤地说。

“不行，生气归生气，但事不能那么办，不能让老百姓吃亏是我们的工作原则。我们要利用有限的时间对这9户轮番轰炸，听进去要说，听不进去也要说，不到最后一刻，我们绝不放弃。”武军还是按部就班地安排工作，他不允许工作组成员放弃。

“我们这是干啥呀？又是给老百姓谋利益，又得求着他们，还得让他们骂，这真是几头不落好。”李晓雷对武军的安排百思不得其解。

“我们必须把老百姓的账当成自己家的账来算，现在他们骂我们是假，因为他们总有一天会想明白。如果他们想明白了再骂我们，那可是真骂了，这就是我喜欢老百姓的理由。”武军向组员们阐述他的拆迁哲学。

在渤海市公安局刑侦审讯室里，刘龙从市第一拘留所被提审了过来。今天是他被刑事拘留的第37天，这一天对刘龙很关键，他在看守所掰着手指头数，期望这一天能有奇迹发生。

刘龙心里清楚，7天是一个坎，这一天是决定他能不能被逮捕的关键。可7天悄然无声地过去了，刘龙好不懊恼。那就等到37天吧，因为刘龙知道如果列为团伙作案，那37天又是一个坎，这一天决定能不能被逮捕。

刘龙被公安局从拘留所提了出来，他心里再次打起了鼓，这是不是要放他的意思。李天骄死了，绑架的事和杀人的事挂不上关系了。再说这一票做的，绑架还是个未遂，杀人还自己被撞死了，咳，真是倒霉。刘龙越琢磨越窝囊，他恨死了翟彪，死到哪儿去了，也不帮他活动活动，不是说好了吗，这事翟彪要负责到底。想到虽然当初他拿了翟彪的二十万元钱，可现在连花的地方都没有了。

“刘龙，知道今天为什么把你提到市局吗？”审讯人员问。

“我，我，我，不知道……”刘龙不知道怎么回答。

“多大点事啊，你小子就是嘴硬，说了不就完事了吗？我们侦察到了，也不是你想干的。”审讯人员漫不经心地说。

“要不说警察英明，这事跟我没关系，我跟那小女孩远日无怨近日无仇的，我干吗绑架她？”刘龙口若悬河。

“看，看，看，说你嘴硬你又来上了，我说跟你没关系，可我没说跟别人没关系啊。”审讯人员仍若无其事地说。

“我就是到人民公园瞎溜达，逗逗小孩而已，我可啥也没做呀。”刘龙说。

“那你的意思是我们警察错了？”审讯警察用眼睛瞪着刘龙。

“我不是那个意思。可这事真的没人指使，再说我真的没干啥呀！”刘龙和警察周旋着。

这时另一个警察进来了，在审讯警察的耳边说了几句话，他们走出了审讯室。刘龙目送他们走出门外，最后眼睛停在了审讯桌上的材料上。

刘龙看到了翟彪的照片，看到了翟彪的审讯笔录。刘龙的汗珠立刻顺着脸颊淌了下来。

“这小子就是嘴硬，他不说人家，可有人使劲往他身上推，这人就是傻义气，说了取个保不就结了吗。晚上我们还准备去吃烧烤呢，这可好，没准就得陪着他，哪儿也去不成了。”

“这人就是傻，明明说了就放人，这再扛下去还不得批捕了？”

两个警察在门外议论着，声音不大不小，刚好刘龙能听得见。

“好了，不说了，进去再跟他聊聊，这个死木疙瘩，看来是自己往死胡同里钻。”审讯警察在门外说完看看审讯室的门走了进来。

“怎么，想明白了吗？说不说？我可陪不了你多长时间了。”审讯警察仍心不在焉地说。

“我……”刘龙欲说又止。

“好了，我也不陪你了，我们是靠证据定案的，就等着被逮捕吧！”审讯警察收拾案卷，准备离开审讯室。

“等等，警官，我说了能被取保吗？”刘龙用征询的目光看着审讯警察。

“可不，说了就取保了，在法律上好态度是值钱的。”审讯警察点了点头说。

“好，我说，这事是翟彪让我干的……”审讯警察认真地记录着。

“这就对了，好了，在笔录后面写上‘以上笔录我看过，和我说的一样’，每页都画押。”审讯警察笑着离开了审讯室。

没过一个时辰的工夫，刘龙收到了渤海市检察院的批准逮捕决定书，收到逮捕决定书的一刹那，刘龙差点气晕在审讯室。

渤海市公安局立即安排通缉翟彪。

渤海市召开城市规划研讨会，国际、国内著名专家，渤海市市委、市政府主要领导，各集团公司驻渤海代表，规划局、土地局、旅游局、研究院等参加。

规划局局长孙铭杰首先汇报了渤海市城市规划遇到的瓶颈：

1. 由于原来的一些欠账，有些土地指标被绿化，被公建。

2. 随着城市的发展，原来的总规、控规跟不上时代的步伐。

3. 总规和控规不一致，导致政府跟开发商的承诺无法兑现。

等等。

曾雁来说：“首先欢迎各位专家的到来，客气的话我不多说，谈谈我对渤海市规划的感受。

“在这里得揭揭家丑，说严重点我认为渤海市没有规划，就是一个五花八门的大杂烩。每个城市都应该有每个城市的特点，那我要问渤海市的特点是什么，这里我就不提风格了，因为我们远远谈不上风格。

“人们到渤海来的印象，除了大海还有吗？我们是靠天吃饭。那龙头景区也是老祖宗给我们留下的，我们除了靠天吃饭，靠老祖宗吃饭，我们还要靠我们自己来吃饭，这是组织这次研讨会的宗旨。

“规划是一个城市发展的宪法，说一百年不变有点夸张，但确实应该有个明确的方向，这个方向就是我们城市的定位，那就是我们这个城市在我们国家承担一个什么角色？在亚洲承担一个什么角色？在世界承担一个什么角色？

“把渤海市发展成一个国际旅游都市，是市委、市政府确定的目标。我们的规划要为这个目标服务，不然我们是在建城市垃圾，多少年后我们要拆掉我们亲手建的楼，这是个讽刺，同时这也是悲哀，到那时我们就成了城市的罪人。”

金海东说：“各位专家很多都是我们的老朋友，这次我们要本着为土地负责、为城市负责的理念搞规划，把长期目标和中期目标、近期目标结合起来。不能为了眼前利益而造成未来发展的阻碍，也不能空谈大而全让现在没有抓手。

“国际旅游都市需要什么，不是一下子就能完善的，我们可以慢慢来，但必须一步一个脚印，把每一步都走扎实了。要把我们渤海未来的每一个建筑都当成一个作品来对待，而且我要求都要做成精品，让它们能像一件艺术品一样流传给我们的子孙。

“历史不允许我们回头做，但允许我们回头看。我同意曾书记的意见，如果我们把渤海现在的建筑先用减法减掉三分之一，再合并同类项，那我们渤海又是一片新天地。我说的话不是危言耸听，如果回头看，我们现在的很多规划都是在破坏环境，在糟蹋老天、老祖宗给我们留下的宝贵财富。

“每年来渤海旅游的有5000万人次，这是一个很可观的数字。而这5000万人次大多是集中在暑期，也就是3个月。我们可以假设，如果把旅游期延长到6个月，那渤海旅游又是一个什么概念？如果把旅游期延长到全年，那渤海旅游又是一个什么概念？我们的祖山，一年四季各有韵味，我们的大海，春夏秋冬各有特点。所以我们要完善一年四季的旅游配套，向世人告知，渤海市不只有大海，到渤海市来不只有夏季。

“渤海市占据着独有的自然优势，我们要把这优势提升到强势，我们要提升我们渤海市的整体价值，这样才能对得起这座城市，对得起先人，对得起后人。总之一句话，我们渤海的城市规划要破冰。”

这次研讨会确立了渤海市向西、向北的发展战略，根据渤海市的国际旅游都市的定位，专家们针对短期、中期、长期的方案提出了很多建设性的意见。

20位国际、国内专家被聘为渤海市城市发展顾问，为渤海市的城市发展把脉。

今天是龙头村海鲜城强拆决定的最后一天，龙头区的执法人员在忙碌着。一方面准备着强拆，一方面又在为最后一轮谈判商量着方案。

二驴子也没闲着，经翟彪的授意他把三雕被强拆时准备的家伙什都倒腾了过来。为了保险起见他又把大和尚请来，他想一个八十多岁的老母亲，一个大和尚，量政府也不敢轻举妄动。

“大师，您再给我讲讲，每次您给我讲完后，我心里都会敞亮好些日子，虽然我听不太懂，可我就是爱听。”二驴子的母亲双手合十。

“老人家，您说烦恼和钱财有关系吗？”普净大师看了看老太太。

“这个我还真没考虑过，小时候家里穷，没钱也确实增加了很多烦恼。现在生活好了，可烦恼也没见少。”二驴子母亲喃喃地说着。

“有时钱财就是一种烦恼，老人家愿意听我给你讲个故事吗？”普净大师来了兴致。

“大师请讲，大师请讲。”二驴子母亲连连说着，其实不管大师讲什么她都爱听。

大师讲道：从前有个财主，家产万贯。财主夫妇每天都很烦恼，可给他家做长工的夫妇却每天忙完活后嘻嘻哈哈。财主因何而烦恼呢？他们怕长工偷懒，怕明年的经营不好，怕身体得病，怕儿子没出息。长工吃饱了就睡，没有半点忧愁。有一天财主媳妇按捺不住了，问财主：我们这么有钱还那么苦恼，那两个穷鬼反倒那么快乐。财主没正面回答反倒说：我能马上让他们痛苦。财主婆追问，财主不答，让财主婆往院子里扔块金锭。

长工夫妇收拾院落，猛然发现了金锭，夫妇俩的谈笑声戛然而止。夫妇俩收拾院落是他们一天的最后一个活，每天夫妇收拾完后回到屋里总是嘻嘻笑笑，可今天这种欢声笑语没有了。

“我们发财了，不能让东家发现，我们得把金锭藏起来。”长工小声对媳妇说。

“过几天我们就不打这长工了，有了这个金锭，回去我们也买个房子，过我们的好日子去。”长工媳妇把嘴贴在长工的耳朵上说。

往日的快乐没有了，这还不算，长工夫妇俩统统失眠，第二天夫妇俩因没睡好眼睛通红。

财主婆奇怪，钱财怎么这么奇怪，怎么有钱反倒痛苦了呢。他们苦苦追求着钱财，是不是也在追求着痛苦？

大和尚讲完，双手合十，高声念着：“阿弥陀佛！”

二驴子母亲似乎悟出了什么，“大师，是不是钱多想法就多了，想法多了，烦恼也就多了。”

“善哉，善哉！我佛慈悲！”大师单手立于胸前。

拉好警戒线，强拆海鲜城的大队人马围拢在海鲜城门前。龙头区区委书记、区长、公安局局长、市城市管理综合执法局领导等齐聚海鲜城前。龙头区给强拆海鲜城列了三个预案：一、强势之下，争取最后一次和谈；二、内外呼应，以内为主，以外为辅，强拆海鲜城；三、在保证人身安全的情况下，强拆海鲜城。

二驴子忙得不亦乐乎，他给翟彪打电话，显示对方的号码为空号。二驴子在心里大骂，这个龟儿子，以后别想从我这儿拿走一分钱。二驴子的母亲还在听大和尚讲法，二驴子的媳妇沉不住气了，她想把二驴子的母亲拽到门口，准备让老太太作人体盾牌。

“你他妈给我轻点。”看到他媳妇差点把他的母亲拽一个趔趄，二驴子眼睛红了，这是他有生以来第一次跟媳妇发脾气。

“我咋的了，这么多天吃我的，喝我的，这不是养兵千日用兵一时吗？”二驴子的媳妇跟二驴子吼着。

“这是我妈，你他妈给我放规矩点。”二驴子是想拿他娘作挡箭牌，可二驴子不想拿他娘的命作挡箭牌。

“不让你妈上，那好，你上，你去给我挡住那些人，要不我跟你没完。”二驴子的媳妇像驴一样大喊着。

“好，我去，我去，你们别吵了。”二驴子的母亲颤巍巍地走到了门口。

“大娘，开门，我再和您聊聊。”李旭天在门外喊着，李旭天想和二驴子一家做最后一次谈判。

二驴子的母亲立刻打开了大门，李旭天一个侧身就进得门来，二驴子的媳妇使劲往门外推李旭天，怎奈她一个女人家还是没有李旭天劲大，她索性赶忙反锁好大门。

“我们没什么好谈的，今天要是强拆，这八十岁老太太的命就给你们。”二驴子的媳妇歇斯底里地喊着。

“干吗要命、要命的，我们都降降火气。”李旭天想稳定屋内人的情绪。

“大娘问你，你是共产党员吗？”二驴子的母亲很认真地问。

“大娘，我是。”李旭天诚恳点点头。

“那你说我儿子这房子违法，你给大娘讲出个道道来。怎么我儿子那么多证件就都不管用了？”二驴子的母亲这次倒成了主谈，不像以前。

“大娘，您说的都是什么证件？我们也希望这房子有合法手续，那样就不用强拆了。”李旭天知道跟老太太交流要有足够的耐心，要能让老太太听得懂。

“你看这墙上挂着这么多，什么营业执照、卫生许可证、消防验收合格证，这不一大堆吗？”老太太指着墙上的手续。

“大娘，这些都不能证明房子合法，房子合法得有土地证、房本，没有房本也得有建这个房子的审批手续。”李旭天耐心地解释着。

“我说儿子，你有这位领导说的手续吗？”老太太回过头来对着儿子说。

“这个，这个……”二驴子吱吱呜呜。

“我也看明白了，这位领导说得有道理，我也明白了，你们这么老远把我接来是想干啥。”老太太气得浑身直发抖。

“有个狗屁道理，这老太太糊涂了，你们跟她谈不算数，得跟我谈。”二驴子的媳妇再次发起飙来。

“你他妈别一口一个老太太的，今天这事还真是我妈说了算了。”二驴子不知道怎么了，今天像变了一个人似的。

二驴子的媳妇立刻扑向二驴子，和二驴子厮打起来，顷刻间，二驴子的脸上就被挠出多道伤痕。

李旭天顺势把大门打开，多名警察涌了进来，警察进屋立即控制住了二驴子的媳妇。

二驴子的母亲用褶皱的双手抚摸着二驴子被抓伤的脸，眼泪流了下来，“二宝，你这么多年受苦了。”二驴子跪在了母亲的面前。

就这样，海鲜城被强拆了，一百多位执法人员给二驴子的母亲鞠躬致意。

龙头村的村长李占豪因涉嫌腐败被取消了村长资格，等待他的是法律的制裁。龙头村另行组织村民大会，选举他们的新村长。

违法给海鲜城办理营业执照、卫生许可证、消防验收合格证等部门的相关责任人也受到了应有的处分。

翟彪离开豪叔后，先是安顿好北部矿山的事情，接着给二驴子做了些抗拆的指导，然后就消失了。他扔掉了以前用的手机卡，改变了装扮，过上了隐居生活。

他起先在渤海市公安局对面的宾馆住了一段时间，翟彪认为最危险的地方也是最安全的地方，后来他觉得这样心里还是没有底，就又回到了东北长白山，待了一段时间他还是坐不住准备到外蒙古去躲一躲。在过境时被边防兵给抓获，最后移送到了渤海市公安局。

刘龙在拘留所提审室见到了翟彪，这次是公安局安排让他来指认翟彪。

“你这个没有骨气的孙子！”翟彪恶狠狠的一句话砸在了刘龙的脸上，刘龙吓了一哆嗦。

“大哥，你怎么才进来？”刘龙满脸的惊愕。

“你他妈盼着我早点死是不是？”翟彪眼睛里喷着火。

翟彪、刘龙因涉嫌绑架和杀人罪被公安机关侦查，最后等待他们的是法律的严惩。

翟彪兑现了跟豪叔的承诺，该起案件没有往下延伸，所以豪叔、毛头都暂时逃过了此劫。

海老、豪叔、毛头的归宿在电视连续剧《启航》中有了交代，本书不表。

站前村的征拆收尾工作虽然艰难，还是让武军给啃了下来，最后站前村没有一户用上强拆。只是最后 9 户因为交房晚于优惠期，没有全额得到优惠补偿。

渤海市的火车站站前已经大为改观了。原来一出火车站，第一眼看到的是一面低矮的遮羞墙，墙面的漆脱落了，乱涂乱画中贴满了小广告，再往上就是犬牙差互的房屋屋顶。

现在可完全不是这幅面貌。出了火车站出站的自动扶梯，迎面的是一个广场，广场中央立了一块雕刻着“渤海市”三个金色大字的大理石。前面的柏油路是宽阔的八车道，通往东西两侧，往南火车站的正前方，是一条直通市中心的大路。路的交叉口，立着“欢迎来到渤海”的标识和花朵拥簇的花坛。

原来这条路是事故多发地带，因为站前村把北部的道路占去了半边，所以交通事故频繁发生。现在经过修建，原来几乎是断头路现在反成了快速路。在站前村拆出的大片空地上，渤海政府做好了绿化，引来百鸟争鸣。看着这块风水宝地，也能给人留下无限想象的空间，未来的站前村将是国际旅游都市的亮丽的一角。

一大清早，阳光照进车窗，洒在二驴子母亲的脸上。老人脸上带着阳光，露出慈祥的笑容。二驴子缓缓地开着车。原来，今天是送老人回去的日子，老人还是住不惯，天天唠叨着要回老家。

“终于要回去啦，我啊，一辈子住惯了老屋，就觉着老屋舒服。”老人脸上洋溢着笑容。

“你看，这个路可平坦了很多呢。记得我来的时候，坑坑洼洼的，坐在车里一颠一簸，还有这路旁的小店啊，我来的时候乌压压的一片，横七竖八的。没想到才过去这些天，路旁的小店没了，都栽上树、种上草了，这样看起来才干净。”老人唠叨着。

二驴子坐在车里，朝着老母亲指着的方向看了一眼，一时说不出什么话来，只是坐在旁边听着。老人要回老家了，想起他前段时间做的错事，他心中也有很多不舍。

“儿啊，以后那些违规违法的事情可千万别干。干那些鼓自己腰包却害了大家的事，菩萨是会看在眼里的哈，咱还得多积点德。”

“嗯，都听您的。儿子以后不会再干这事了。不该占的，不该拿的确实不该碰。您千万照顾好自己的身体，我这边的事处理处理就去看您和弟弟、姐姐。”

“儿啊，你长大了，回去跟媳妇也得好好过，人这一辈子啊，不容易，尤其是一个女人，该原谅的就原谅，妈这儿你就放心吧。”二驴子母亲说完话又抹起了眼泪。

“妈，您就放心吧，您让我好好考虑考虑，儿子混了这么多年，儿子真是对不住家里人啊！”二驴子也抽泣了起来。

二驴子送母亲来到火车站，轻轻地拥抱了母亲一下，送她进站。

二驴子和弟弟约定好，这不他给母亲买的车票是软卧下铺，那边弟弟和弟妹到车站去接母亲。

今天是周六，刘大妈一早便带着小孙女来公园玩。天空湛蓝，又是美好的一天。渤海市的夏天总是那么凉爽、舒适。

“奶奶，奶奶。你快点快点。”小孙女在前面拿着风筝跑着、跳着，高兴极了。这不，孩子放暑假，儿子便让她来奶奶家住一阵子，放松放松，感受一下美丽的渤海市，这个国际旅游都市的美景。

“来咯，来咯。跑慢点，来奶奶这儿。”

“奶奶，这个公园什么时候建的呀？我以前好像没来过。”

“呵呵，记性真好。这里啊，是政府刚刚建起来的公园哩。奶奶也第一次来，真是好看。”

“比我以前去的公园好看多了，爸爸说渤海市发生了变化，要我来找找变化，我现在找到啦。”

“呵呵，那可不。原来这里啊，可是乱七八糟的，小村庄拆掉以后，政府就说要搞建设，要为社区为居民着想。原来我们都以为只是说说呢，没想到啊，咱们的书记，这次可是真干了件好事！不仅拆楼拆得果断，动作快，连拆后的安置工作也办得快。现在啊，还没过几个月，就建起小公园了。这啊，真是老百姓的大福利。”

看着小孙女在新铺的绿草坪上放风筝，刘大妈坐在一旁，和邻居们唠起嗑来。原来嘈杂的鸣笛声听不见了，取而代之的是一阵阵笑声与鸟鸣声。原来飞扬的尘土和浑浊的空气不见了，取而代之的是一片片的新绿和沁人心脾的空气。原来的脏乱差统统不见了，取而代之的是草坪上、花丛边的一片欢声笑语……

刘大妈一切都看在眼里，原来，这个政府，真的是值得相信的政府，是为人民服务的政府。我们的书记，真是一个干实事、为发展考虑的书记。

“嘿，你看，这现在的生活景象，真好。我小孙女，玩得真高兴。”

“可不是嘛，你别说，看着还真有点高端城市的样子，还真有点国际旅游都市的样儿。”

“那可不嘛，以前没建的时候，我一听到国际旅游都市，就觉得那是开玩笑，咱们这小地方可没法建。你别说，现在刚刚做完拆迁这一步，我看着啊，还真越来越像一个旅游的城市。这拆迁啊，真是拆对咯。我们就等着政府带领我们，走向更美好的生活。”

早晨，曾雁来和往常一样，早早地动身去办公室上班。一路上，看见近处的林荫街道已经修好，远处的规划展示馆也正在盖起，看着城市一天天的变化，他的心情也变好了许多。他想：离打造国际旅游都市的目标又近了一步，渤海美丽的蓝图还在后面。想到这，不禁哼起了小曲。来到办公桌前，看见放在桌子上的早报，他拿起阅读起来。曾雁来有些吃惊，带着激动心情，他慢慢往下读：

市民寄信盛赞“曾氏城市管理法”

尊敬的曾雁来书记：

您好！

2015年9月，随着您的到来，渤海市拆除违建、美化港城、文明港城行动等相继展开。这两年来，港城市容环境发生了翻天覆地的变化，以前随处的私搭乱建、随意占道、地面坑坑洼洼、污水成河的景象不见了，取而代之的是宽敞的街道，整洁的小区，绿树成荫的公园小巷。困扰港城几十年的门面问题——渤海火车站南广场（站前村）的拆迁改造问题得到了解决。

随着市容环境的改善，市民的精神面貌、文明程度也得到了提高。渤海的文明顽疾：行人闯红灯、不走斑马线、司机不礼让行人、车窗乱抛物现象大幅减少。开车路怒症、行人与驾车人的相互敌意现象少了，相互礼让、文明出行多了，展现出一个和谐的渤海。

我是一名下岗职工，现在与人合伙开了一家小店，作为一名老渤海人，港城日新月异的变化我感同身受。当初政府说要拆除违建、美化市容，我还不太相信，因为以前政府也拆违多次，但几轮拆下来违法违筑依然屹立不倒。心想你曾书记来了就能解决了吗？但随着一个个钉子户被拔掉，一个个老大难片区被改造，我相信了。以前门店的牌匾五花八门，尺寸大小不一，显得杂乱无章。现在统一尺寸样式，美化规范，也提高了城市的档次。以前门店前的道路，随意占道，胡乱停车，经常造成堵车。现在乱占道路现象被清理，还规划了停车线，车辆停放整齐、有序。下班回家，原来的老旧小区也焕然一新，乱堆的杂物被清理干净，垃圾堆积的地方变成了绿地。满墙的小广告、涂鸦被清除，楼体墙面粉刷一新。邻居们见面都议论今年的苍蝇蚊子少了，我说那是环境好了，没有了它们的生存环境。

渤海的变化不仅仅在市区，随着省旅游发展大会在我市召开，一幅美丽乡村的图画展现在人们面前。上星期带父母去北部乡村旅游，沿着新修的环长城旅游公路一路走来，两边山清水秀、鸟语花香，各色小花在田野间竞相开放，不远处新改造的村庄掩映在绿树红花之中，紫色的山海旅游专列穿行在向日葵的花海中，车窗里飘来欢快的歌声，我们眼前展现出一幅北方乡村美丽画卷。

我也是一名环卫职工家属，妻子在环卫一线工作了二十多年。常年的户外工作，使她的皮肤粗糙干涩，皱纹过早地爬上了面颊，看上去比实际年龄要老几岁。她每天早上五点多出门，晚上八九点钟才回来，累得进家话都不爱说，倒头就睡。我们家人看着很是心疼。我多次劝说妻子：“再有几年就退休了，就别玩命干了，不行换个工作吧！”可妻子总是说：“我喜欢这工作，看着我们的城市一天比一天更美丽漂亮，就很有成就感！我要在这个岗位上干到退休，再说这届市委、市政府对市容环境很重视，不断加大了环卫设施的投入和环卫工作的宣传。随着我市创城活动的展开，市民对我们也有很多的理解和支持。现在乱扔垃圾的少了，我们的工作强度也相对减轻了不少。”我作为丈夫心疼妻子，也更希望我们的城市整洁、美丽。

所以，我希望现在这种由您一手推行的“曾氏城市管理法”一直延续下去，不要随着创城的结束而终结。让我们的家乡更加美好，这是渤海所有市民的共同心声！

一名普通的渤海市民

2017年10月10日

曾雁来缓缓地放下报纸，心里还存着徐徐的感动。想着这两年多来，从寒冬到夏暑，政府的努力可真是没有白费。市民的认可是最高的奖赏。现在，他越来越有信心，他坚信：渤海市委、市政府一定能同500万渤海市人民一起，构建一片属于渤海市人民、属于全中国、属于全世界的碧海蓝天！

秦皇岛市集中整治“双违”专项行动大事记

2016年3月16日，秦皇岛市委政法委、市中级人民法院、市人民检察院、市公安局、市司法局联合出台《关于发挥政法部门职能作用 积极服务“双违”专项整治行动的方案》（秦政法字〔2016〕9号），为整治“双违”行动提供司法保障。

2016年3月24日，秦皇岛市委、市政府出台《秦皇岛市集中整治违法用地违法建设专项行动实施方案》（秦办字〔2016〕10号），对整治行动做出安排部署；秦皇岛市纪委、市监察局出台《违法用地违法建设责任追究办法》（秦纪字〔2016〕10号），对党员干部涉违问题的责任追究做出明确规定。

2016年3月25日，秦皇岛市城市管理工作暨集中整治“双违”专项行动动员会召开，市委书记孟祥伟作动员讲话，市委副书记、市长张瑞书进行部署。印发了系列相关文件。

2016年3月27日，秦皇岛市委组织部出台《关于发挥组织优势、助推“双违”整治的实施意见》（秦组发〔2016〕13号），对各级党组织和党员干部助推“双违”整治提出明确要求。

2016年4月6日，秦皇岛市集中整治“双违”指挥部办公室出台《“双违”专项整治“八不准”》（秦整治“双违”办〔2016〕1号），加大对整治“双违”工作的问责力度。

2016年4月7日，市长张瑞书在《关于依法拆除老龙头景区西侧违章建筑的情况报告》上批示：这场硬仗打得漂亮，有理、有力、有节。

2016年5月16日，由河北省国土资源厅巡视员黄恩桥为组长的打击违法用地专项行动督导组，对秦皇岛市打击违法用地专项行动开展情况进行督导检查。市委常委、副市长邢留逮陪同。

2016年5月27日，秦皇岛市市政府召开全市集中整治“双违”专项行动调度会，市长张瑞书总结回顾了前一阶段“双违”整治成效，对下步整治工作进行安排部署，并与各县区政府签订了《目标责任书》。

2016年5月31日，秦皇岛市委书记孟祥伟深入到昌黎县调研，对205国道两侧违建拆除工作提出明确要求。

2016年6月22日，秦皇岛市市长张瑞书、副市长冯志永实地视察海港区部分“双违”现场，对全市拆违工作进行督导检查。

2016年6月23日，市委常委、副市长陈峰到开发区督导整治“双违”工作，对下步工作提出具体要求。

2016年6月29日，秦皇岛市委常委、副市长陈峰到北戴河新区沟儿湾村违建拆除现场进行观摩，并现场召开了全市集中整治“双违”专项行动调度会。

2016年7月1日，秦皇岛市委书记孟祥伟在《关于依法拆除老龙头景区西侧违章建筑的情况报告》上批示：这次行动具有典型意义，既维护了法律尊严和党委政府的威信，又教育了广大群众，打击了少数违法者的气焰。其中周到细致的方法，正义原则的坚守值得大家学习，特别是玉宝、建江、刘汉等同志靠前指挥、直接上阵，应予大力表扬，要通报全市学习。“两违”拆迁是攻坚战，也是持久战，讲政策法律，也要讲策略和方法。望全市同志结合本区域实际，学习山海关做法，取得“两违”拆迁最终胜利，实现眼前与长远、公共利益与个人利益多赢。

2016年7月6日，秦皇岛市委常委、副市长邢留逮，市委常委、副市长陈峰主持召开全市集中整治“双违”专项行动重点问题专题会，研究解决市交通局公交公司办公用房等“双违”问题。

2016年7月15日，秦皇岛市委常委、副市长陈峰主持召开会议，专题研究依法依规拆违程序问题。

2016年10月12日，秦皇岛市集中整治“双违”专项行动故事会召开，秦皇岛市委书记孟祥伟讲话，市委常委、副市长邢留建，市委常委、纪委书记刘新宏，市委常委、秘书长李国勇，副市长杨春光，市法院院长胡华军，市检察院检察长杨浩出席。

2016年11月8日，秦皇岛市委常委、副市长陈峰主持召开会议，专题研究青馨家园一区及燕大西苑小区违建整治问题。

2017年1月3日，秦皇岛市集中整治“双违”指挥部办公室出台《秦皇岛市“无双违”创建活动实施方案》（秦整治“双违”办〔2017〕1号），全市“无双违”创建活动拉开帷幕。

2017年1月3日，秦皇岛市集中整治“双违”指挥部办公室出台《秦皇岛市集中整治“双违”专项行动考核办法》（秦整治“双违”办〔2017〕2号），加大对各县区领导班子成员的年度考核力度。

2017年1月24日，秦皇岛市集中整治“双违”指挥部办公室出台《秦皇岛市集中整治违法用地违法建设攻坚行动实施方案》（秦整治“双违”办〔2017〕3号），将整治“双违”工作向纵深推进。

2017年3月7日，秦皇岛市委书记孟祥伟主持召开常委会，听取县区集中整治“双违”专项行动汇报，要求加大力度、将整治工作一抓到底。

2017年3月12日，秦皇岛市委书记孟祥伟到北戴河区检查整治“双违”工作进展情况，再次对整治工作提出明确、具体的要求。

2017年3月21日，秦皇岛市委书记孟祥伟在《中共秦皇岛市委督查室情况报告》上批示：1. 学习北戴河建“贴吧”的做法，使“双违”无处遁身。2. 党代表、人大代表、政协委员有“双违”不主动退出者，应取消资格。党员还要问责、党纪处分，其他依法办。3. 市政府要研究打“双违”向深度推进的相关政策，堵疏结合。

2017年3月30日，市长张瑞书在《中共秦皇岛市委督查室领导指示件转呈卡》（〔2017〕第25号）上批示：请陈峰、李春同志牵头，“双违”整治办公室负责制定将整治“双违”引向深入的措施。

2017年4月6日，市长张瑞书在《中共秦皇岛市委督查室领导指示件转呈卡》（〔2017〕第34号）上批示：请陈峰、李春同志牵头，认真落实好书记的指示，两会后组织一次观摩调度会，再掀高潮。

2017年4月17日，秦皇岛市集中整治“双违”指挥部办公室下发《秦皇岛市集中整治“双违”专项行动承诺书》（秦整治“双违”办〔2017〕4号），全市市直全体干部职工签订承诺书活动展开。

2017年4月18日，秦皇岛市委书记孟祥伟在《中共秦皇岛市纪委情况报告》（秦纪呈〔2017〕29号）上批示：“双违”必须拆除，不拆除的党纪要顶格处理，并同时依法顶格处理。这一条要坚定不移。合法建设要加快审批，特别是农村和乡镇，审批不能超出一个月。请制定出政策。

2017年4月19日，秦皇岛市集中整治“双违”指挥部办公室出台《秦皇岛市拆“双违”工作一般法律程序》（秦整治“双违”办〔2017〕5号），规范了拆除“双违”的法律流程。

2017年6月2日，秦皇岛市市长张瑞书调研火车站周边改造工作，现场督导秦皇岛火车站北广场拆违进度。

2017年6月14日，秦皇岛市委书记孟祥伟在《中共秦皇岛市委办公厅文件呈批笺》（收文杂字110号）上批示：底数要摸清，不要出错。一线了解情况，把真经了解到，不要在公室看材料，要有鲜活事例。实事求是，不要说过了。

2017年6月16日，秦皇岛市中整治“双违”指挥部办公室出台《秦皇岛市深入推进整治“双违”活动实施意见》（秦整治“双违”办〔2017〕6号），对深入推进工作进行安排部署。

2017年6月17日，秦皇岛市委书记孟祥伟在《创城简报》第43期上批示：仍要深入总结思考。“双违”拆迁也好，赤土山（单庄等）突破也好，说到底是借从严治党和四个全面的大势，是回应港城人民的呼吁，是顺应时代发展的潮流。

2017年6月21日、22日，新华社、中央电视台、《经济日报》等中央、省级主要新闻媒体对我市整治“双违”专项行动进行了集中走访，并召开座谈会，秦皇岛市委常委、副市长陈峰对“双违”专项行动开展情况进行了介绍。

2017年6月28日，河北省委书记赵克志主持召开省委常委会议，市委书记孟祥伟对秦皇岛市集中整治“双违”工作情况进行了专题汇报。会议充分肯定了秦皇岛市整治“双违”行动取得的成果，要求各级党委、政府学习借鉴秦皇岛的做法。

2017年7月13日，铁路沿线环境整治工作座谈会在秦皇岛市召开。住建部副部长倪虹出席会议并讲话，对秦皇岛市整治“双违”工作给予充分肯定和高度评价，对铁路沿线整治工作提出要求。

2017年8月15日，秦皇岛市市长张瑞书主持召开集中整治“双违”专项行动调度会，对整治工作提出要求，市委常委、副市长陈峰出席。

2017年8月20日，秦皇岛市集中整治“双违”指挥部办公室出台《秦皇岛市集中整治”一区三边”违法建设专项行动实施方案》（秦整治“双违”办〔2017〕7号），对“一区三边”违法建设整治工作进行部署。

2017年8月22日，秦皇岛市委书记孟祥伟在《中共秦皇岛市委办公厅文件呈批笺》（收文杂字146号）上批示：我市城市“双违”整治成绩不错，农村“双违”恐问题不少，各县区要早做准备，暑期已过，今秋冬要决战，明年要扫尾。

2017年8月23日，秦皇岛市委书记孟祥伟在《中共秦皇岛市委督查室领导交办事项落实情况报告卡》（〔2017〕第239号）上批示：很好。越往后骨头越多越硬，但啃不下硬骨头就不能保证“双违”不反弹。所以，行百里者半九十。“双违”拆迁不能松。实际工作当中，对封阳台等一些不严重的具体问题认真研究，实事求是，不要机械教条和扩大化。

2017年9月6日，秦皇岛市委书记孟祥伟在《中共秦皇岛市委督查室领导批示事项落实情况报告卡》（〔2017〕信第19号）上批示：保护和使用好群众的积极性，取得“双违”拆迁最后胜利。

2017 年 9 月 20 日，副市长李春到海港区、北戴河区，实地查看“双违”拆除推进情况，对“双违”整治进行实地调研。

2017 年 9 月 25 日，集中整治“双违”故事会暨决战“双违”清零行动动员大会召开，同时，举办“决战‘双违’纪实展”。秦皇岛市委书记孟祥伟出席会议并作动员讲话；市委副书记、市长张瑞书主持会议，对决战“双违”清零行动提出具体要求。会上印发了《秦皇岛市决战“双违”清零行动实施方案》。

2017 年 9 月 25—26 日，河北省交通运输厅副巡视员王志强带领的省集中整治“一区三边”督导组，对秦皇岛市整治行动所取得的成绩给予高度肯定，并就推进下步工作提出建议。

2017 年 10 月 24 日，全省三项工作调度会在秦皇岛召开。河北省副省长张古江出席会议并讲话，充分肯定了秦皇岛市集中整治“一区三边”的经验做法，要求各市认真学习借鉴。

2018 年 1 月，秦皇岛深入开展集中整治“双违”（违法用地、违法建设）专项行动被中共河北省委政法委员会、河北省司法厅等七部门评为河北省 2017 年度“十大法治事件”。

后 记

在过去 100 天的日子里，我每每被我书中的人物、事件感动着。

记得 2019 年年初，和秦皇岛市城市管理综合执法局杨东明局长不期而遇，期间正值电视连续剧《启航》在中央一台黄金档，作为开年大剧热播。我们言谈之中自然提到了《破冰》，因为《启航》是根据本人长篇小说《破冰》改编的。杨局长感慨地说：秦皇岛这几年变化确实是挺大的，尤其是在拆“双违”方面，在全国走在了前列，提议让我写一部关于秦皇岛拆“双违”的长篇。为家乡做事是我的职责，我欣然地答应了。

我的破冰传媒团队家庭成员：苑野、李晓雷、尤维衡、石璐瑶、王霜霜、吕滢颖、郭斌马上开始工作，通过各种手段收集了大量资料，并组织了相应的材料。秦皇岛市城市管理综合执法局董颖给予了大力配合。

创作是个痛苦的过程，我把实实在在的人物进行了分解、组合形成了书中诸如：曾雁来、金海东、李旭天、武军、兰梅、何怡萍、海老、豪叔、翟彪、三雕、三凤、二驴子、贾文海等人物，力争让这些人物栩栩如生地站在读者面前，他们是秦皇岛市拆“双违”的方方面面人物的代表。我把几个县、区的拆“双违”故事进行了概况、提炼，在不脱离生活真实的原则下，用艺术的手法来表现。

生活中不乏美好的人和事，只是你没去发现。弘扬真、善、美，抨击假、恶、丑是我写作的一贯主题。我爱秦皇岛，是秦皇岛这片土地给予了我衣、食、住、行，弘扬我的家乡是我义不容辞的责任。但愿阅读本书能给你满满的正能量。

本书试图把秦皇岛轰轰烈烈的拆“双违”的真实故事艺术地定格在本书中；本书试图让人们永远记住那些为这座城市做过贡献的将士们；本书试图展示秦皇岛人民对真、善、美的追求；本书试图向天各一方的您展示经过拆“双违”洗礼的秦皇岛，无论是现在还是未来，无论是环境还是人们的心灵有多么美好。这片热土已经张开臂膀以她特有的热情欢迎您，请您检阅，我们希望享受到你们的快乐。

通过本书，破冰传媒的家庭成员都得到了锻炼和成长，请相信破冰传媒，请相信他们的每一位。

感谢市委、市政府领导对破冰传媒的支持，感谢杨东明局长对破冰传媒的信任，我们会一如既往地向读者奉献更多的现实主义题材的优秀作品。

2019年5月25日